仮面後宮 2

修羅の花嫁

松田志乃ぶ

本書は書き下ろしです。

目次

イラスト／皐月 恵

仮面後宮（かめんこうきゅう）

2

修羅の花嫁

一章　雷光殿の殺人

一　見えない魔手

その報せは、落雷よりも激しく搭の内部を揺るがせた。

「和歌の宮さまが――亡くなられた？」

火の宮は驚いて身を起こした。

「はい、我が君」

「まさか、そんな……嘘でしょう？　だって……和歌の宮さまはわたしと同い年くらいのはずよ。ご自分でも健康であることを誇っていらした。持病などもないはずだわ」

思いもよらない報せに火の宮はうろたえ、袿の端を強く握りしめた。

「実際、今朝、お顔を拝見した際にも、変わりなくいらしたようだったもの……それが、亡くなられた、ですって……？　信じられない。何かの間違いではないの、五百重」

「残念ながら、事実のようです」

「事実って、そんな恐ろしいことが……本当に？　いったいどうしてそんなことになったの？　ご病気？　それとも、事故？　和歌の宮さまに何があったの⁉」

　正確に申しあげれば、と五百重が冷静に言葉をつなぐ。

「亡くなられた、というよりも、殺された、ということになろうかと思われます」

「殺され、た……」

「見つけたのは和歌の宮さま付きの女房です。雷雨の始まった時分から、和歌の宮さまのお姿が見えなくなっており、探したところ、首を絞められ、自室の唐櫃の中に押しこまれていたご遺体を発見したとか。事故や自死であれば、そのような形で発見されることは、まずありえないでしょう。これは事故のたぐいではなく、殺人です、我が君」

　火の宮は、しばし言葉をうしなった。

　殺人！

「誰が……いったい、誰が、和歌の宮さまを……」

「詳しいことはまだ何も。ご遺体を発見した女房も、いまだ錯乱状態にあるようなので。八雲の院へはすでに報せがいき、急ぎ、南殿より院司たちが呼び寄せられ、現在、事件に関する調べが行われているそうです」

（ああ……やけに外が騒がしいと思っていたけど、そのせいだったのか）

　たしなみを忘れたようにバタバタといきかう足音も、緊張をはらんだ男たちの怒鳴り声も、今朝までは、姫宮ばかりがいるこの場所では耳にすることのないものだった。

軽い疲れを覚え、しばし仮眠をとっていた火の宮だったが、今や眠気は完全に吹き飛んでしまった。力なく脇息に寄りかかる火の宮の胸に、ほんの数刻前に言葉を交わした少女の笑顔があざやかによみがえる。

『やさしくしてくださって、ありがとう。わたし、これからも、火の宮さまだけは信じることにするわ……』

(なんてことなの。まさかあれが、和歌の宮さまに生きてお目にかかった最後の姿になるなんて……)

――痛むこめかみを押さえながら、火の宮は今朝のことを思い出した。

ふいうちで雷光殿を訪ねてきた少将、源翔と会った火の宮は、その後、彼のいとこである犬の宮と、彼女の部屋でしばし談笑の時を過ごした。

『昨日の騒ぎで、和歌の宮はすっかり気を挫かれてしまっている』

という犬の宮の言葉が気になった火の宮は、そのあと、和歌の宮を見舞うことにしたのだった。昨日の騒ぎ――初対面を果たした八雲の院から、器量と運を試すために髑髏と死体をつきつけられるという衝撃的なできごとだった――により、和歌の宮はその場で失神するほどの恐怖を味わったのである。

少しでもきもちを慰められれば、という火の宮の訪問を和歌の宮は快く受け入れてくれた。長居をしては迷惑だと思い、早めに切りあげたが、思い出す限り、そのあいだの和歌の宮のようすに異変はなかった。

もっとも、それも当然かもしれない。病死や自死ではなく、彼女の死は殺人だというのだから。あるいは、死の直前まで、彼女はまもなく自分に襲いかかる恐ろしい運命に気づいていていなかったかもしれないのだ……。

――ふと顔をあげた。

眠る前に耳にしていた雷鳴が聞こえない。

心地よく眠気を誘った雨音も、すでに弱まっているようである。

五百重に尋ねると、小雨はまだ降っているが、雷は少し前に止んでいるという。

「一階で行われていた雷避けの儀式も、もう終わっているのね……」

「はい。現在は八雲の院のご指示により、儀式に携わっていた武官たちが、急きょ、二階、三階の警備に当たっております。武官の他にも、侍や院司など、外は大勢の男たちがいきかい、混乱しています。しばらくのあいだ、お部屋からは出ぬようになさってください」

五百重は膝をすすめ、声をひそめた。

「我が君。儀式のため、入口付近にいた武官たちによると、事件前後、雷光殿から出た者も、入った者もいなかったそうです。八雲の院の命を受け、南殿から武官たちが呼び寄せられ、雷避けのための儀式が行われたわけですが、中島と岸を船が往復したのは、その時だけ。船は今もこちらの船宿に繋がれたままになっております」

火の宮は五百重の顔をみつめた。

今、聞いた言葉の意味を考える。

——雷光殿から出た者も入った者もいない。

春秋院の北端にあるこの雷光殿は、池の中島に建てられた三階建ての建物である。渡ってくるには、基本的に船を使うしか方法がない。泳いで渡ることもできるが、昼の日なかに池を泳ぐ人物がいれば、搭の上からも岸からも目につき、騒がれるはずだった。

ことに、池を挟んだ北側には春秋院の正殿にあたる南殿があり、政務を司る院庁が置かれているため、人の出入りが多くあるのである。

では、船で渡ってきた武官たちの中に、正体を隠した殺人者がまぎれこんでいたのか？

しかし、彼らは全員、重々しい正装に身を整えた上で、弦打ちの儀式に従事していたはずだった。そのうちのひとりが、同僚の目を盗んで儀式を抜け出し、雷光殿の二階まで誰にも見つからずに侵入し、五人の姫宮の中から和歌の宮ひとりを見つけ、すばやく殺害して逃走する——というのは、どうにも現実的ではないように思われた。

「つまり、和歌の宮さまを殺した犯人は、外部からきた侵入者ではなく、元から雷光殿にいた人間ということなのね。それに、出ていった者もいないというのなら……殺人犯は逃走しておらず、今もこの建物のどこかに身を潜めていることになる……」

「身を潜めてすらいないかもしれません。例えば、犯人が女房や女の童、男の童であったら。殺人者の素顔をたくみに隠し、なにくわぬ顔で通常の勤めを続けていたら？　よほどの証拠や目撃談が出てこない限り、その正体を見破ることは難しいでしょう」

「女房や女官や童が犯人？　まさか、そんなことが……」

「ご遺体の首には紐状のもので絞められた痕が残っていたそうです。和歌の宮さまは小柄で華奢な方だったとか。体力もあまりおありでなかったのでは？　ふいをついて襲いかかれば、女、子どもでも、殺害はじゅうぶんに可能だったのではないでしょうか」

　火の宮は、この雷光殿の長い階段をのぼるのに音をあげ、半泣きになっていた和歌の宮を思い出した。

「だけど……だけど、どうしてそのような者たちが、和歌の宮さまを！」

「我々を含め、現在、この雷光殿に集められているのは、ほとんどが昨日初対面であった人間ばかりです。和歌の宮さまを殺害した人間が、個人的な恨みや殺意をかの方に抱いていたとは考えにくい。動機が怨恨でないとすれば、犯人、あるいは犯人に殺害の指示を出した主犯の者に、何かしらの利益がもたらされると考えるのが自然ではないでしょうか」

　火の宮は目をみひらいた。

「利益とは何か？　それは、いわずともおわかりになるでしょう、我が君」

「東宮の座だわ。候補者がひとり減れば、それだけ、自分にその座が回ってくる可能性が高くなる……！」

「そうです。そして、次に狙われるのは、和歌の宮さまと同じく候補者であられるあなたさまかもしれないのです、火の宮さま。わずか二日で五人の候補者が四人に減りました。ゆめゆめご用心を。今後は、決しておひとりになられてはいけません」

五百重の口調は静かだったが、声はそれまでにない緊張をはらんでいた。

※

──次の東宮は、皇子ではなく、皇女の中から選ぶべし。いっとき、この皇女を東宮に立て、中継ぎの宮とすべし。さすれば、うち続く皇族男子の死は必ずや止むであろう。

猛威をふるう流行り病、葡萄病みにより、三代続けて東宮が逝去。前代未聞の事態に、時の宮廷は恐怖と混乱に陥った。

重なる悲劇を食い止めるためには、十四歳以上の未婚の処女を女東宮に据えねばならぬという老巫女、大斎院の言葉を容れ、上皇である八雲の院は、選び出した五人の内親王を自らの住まう院御所、春秋院へと招聘した。

火の宮を含む五人の内親王は、春秋の池の中央に建てられた雷光殿に集められ、八雲の院とともに試練の五日間を過ごすことになった。

その人となり、気質、言動などを院によって審査され、どのひとりがもっとも女東宮にふさわしいか、判断されることとなったのである。

両親を亡くし、双子の弟の映の宮と妹の貴の宮とともに、宇治の田舎で零落した暮らしを送っていた火の宮。

過去、葡萄病みに罹患したため、顔にあざが残り、平凡な結婚をあきらめて女東宮に選ばれる未来へ希望を見出している犬の宮。

年長者らしい落ち着いたたたずまいと、長身白皙の美貌が目につく四季の宮。

無口でおっとりとした、謎めいた雰囲気の恋の宮。

そして、無残にくびり殺された和歌の宮。

——五人の候補者が四人に減りました。次に狙われるのはあなたさまかもしれない。

宇治の地で、すでに謎の刺客による襲撃を受けていた火の宮にとって、五百重のその言葉は、肌の粟立つような恐怖をともなう実感だった。

(なんの前触れも警告もなしに、和歌の宮さまは殺された。もう宇治の時のように、髪を切る程度の威嚇や脅しが用いられる段階ではないんだわ)

火の宮は自分の身体をぎゅっと抱きしめた。

正体不明の犯人は、東宮の座を得るためならば、罪もない姫宮の命を容赦なく奪うことにも躊躇のない、冷酷非道な人間なのだ。

混乱と嘆きの内にその夜は過ぎた。

※

翌日。夏らしい、からりとした青空の広がる晴天となった。

が、昨夜の衝撃的な事件の余波はいまだおさまらず、雷光殿の中には落ち着かぬ空気がどんよりと漂い、人々の表情も晴れぬままである。

八雲の院からの通達が火の宮のもとに届けられたのは、朝餉をすませてしばらく経ってからのことだった。

「雷光殿から、誰も出てはいけない？」

火の宮の言葉に、彼女付きの女の童——玉君は不安げにうなずいた。

少し前に男の童がきて、火の宮への伝言を託していったという。

「和歌の宮さまの事件により、候補者のみなさまがたも死の穢れに触れられたので、すぐに後宮、森羅殿へお戻ししては、そちらに死穢を広げる恐れがあるからだ、と……」

「死の触穢であれば、晴れるのに一月はかかるわ」

火の宮は眉をひそめた。

「つまり、一月ものあいだ、わたしたちはこの雷光殿に閉じこめられるということ？」

「いいえ、そうではないみたいです。候補者であられるみなさまがたが、直接、和歌の宮さまのご遺体に触れられたというわけではないですし……ただ、ご遺体を発見した女房のもとに女の童たちが駆け寄り、それにまた他の女房や侍女たちが触れ……という形で、どんどん死穢が広がってしまったので、その対処が必要なのだとか。これから、陰陽寮から役人たちが呼ばれ、物忌みの期間が決定されるみたいです」

火の宮はうなずいた。

死の穢れ、あるいは出産などの血の穢れに触れた者は、何日間かその場所に留まるべきだとされている。

移動することで、穢れが周囲に広がっていくからだ。

特に穢れを重大な禁忌とする内裏では、軒下で犬猫の出産があっただけでも陰陽師が呼ばれ、厳重な物忌みが設定されるそうだが、はたして、この雷光殿で、その種の常識がきちんと踏襲されるものかどうなのかは、定かではなかった。

『院は、つねづね、この雷光殿は、春秋の池という神泉と、小櫛の森という結界に守られた、一種の異界で、触穢の禁忌から解き放たれている、とおっしゃっている』

(昨日、少将もそういっていたものね……じっさい、院じしんも、雷光殿は常識・慣例の埒外にある場所だ、なんて宣言して、気味の悪い髑髏や、葡萄病みの女の死体を運び入れる、やりたい放題のふるまいを見せているのだから)

つまり、ここでは、外部の常識など通用しないのではないか？

この先、雷光殿でどんな惨事が起ころうと、外部にことを知られぬまま、院の権力によってうやむやに収められてしまうのではないだろうか……。

「和歌の宮さまの件について、遣いの男の童は何かいっていた？」

「聞いてみたのですけれど、新しくわかったことは特にないみたいです。犯人らしき人間を目撃した証言もないそうなので」

「そうなのね」

「それから、あの、和歌の宮さまのご遺体は、今日じゅうに役人たちがひきとって、ご遺族のもとへお運びする予定になっているとか。もう、だいぶ気温の高い時季なので、ここに長く安置しておいては、何かと障りがあるということみたいです」

あまり時間を置いていては、腐乱が始まってしまうということだろう。生々しい話に、火の宮は顔をしかめた。

東宮候補として晴れがましく送り出した娘が、変わり果てた姿で戻ってくる。和歌の宮の両親は、いったいどんなきもちで事件の報せを受けとったのだろうか。

と、玉君の落ち着かなげなようすに火の宮は気づいた。

「大丈夫、玉君？　顔色があまりよくないみたいだわ」

「えっ。そうですか？　いいえ、大丈夫ですわ、火の宮さま」

「気分のよくない話題だったものね。さがって、しばらく休んでいてもいいのよ」

「いいえ、休むなんてそんな。五百重さんから、自分が戻るまでは、火の宮さまを決しておひとりにさせぬよう、いいつけられていますもの。ただでさえ人手が足りないのですし、仕事を怠けるわけにはいきませんわっ」

懸命に笑顔を作った玉君だったが、またすぐ沈んだ表情になり、

「それに……正直いって、ひとりになるのは怖いんです。あんな恐ろしいことがあって、どこにどんな悪い人が隠れているか、わかりませんでしょう？　火の宮さまや五百重さんのそばにいるほうが安心ですもの。ここには、ろくに知っている人もいませんし……」

玉君は、もともと、院の妃のひとりに仕えている女の童である。

五人の女東宮候補を雷光殿に滞在させるにあたり、世話係の女の童が必要になったことから、八雲の院が急きょ後宮の妃たちに呼びかけ、数人を借り受けてきたのだという。

仕えていた殿舎がちがうため、玉君は他の女の童たちともほとんどが初対面で、仕事の合間のおしゃべりなどで気を紛らわせることもできないようだった。

（こんな事件に巻きこまれてしまって、かわいそうに。気丈にふるまっているけれど、怖いだろうな。玉君はまだ貴の宮と変わらないくらいの年で、親元を離れて院御所にあがって、一生懸命に働いているけなげなよい子なのだもの。わたしたちと同じように、ここからしばらく出られないなら、なんとか不安を和らげてあげたいけれど……）

――と、火の宮の胸に、ひとりの女房の顔が浮かんだ。

（犬の宮さまのところの……たしか、千尋、と呼ばれていたっけ）

主人にも臆さずハキハキものをいい、高慢だという恋の宮の女房とも正面を切って喧嘩をしたという、芯の強い、しっかり者の若女房だった。

年齢は、たぶん、玉君より二つか三つ年上だろうか？

あの千尋なら、玉君のいい話し相手になってくれるかもしれない。

「ねえ、玉君。犬の宮さまのところへお遣いにいってくれない？」

「犬の宮さま……ですか？」

「そう。ご相談したいことがあるから、とお伝えして。わたしがまたお部屋におうかがいしてもいいし、犬の宮さまにきていただいても、どちらでもかまわないから」

「でも……火の宮さま。差し出がましいことを申しあげるようですが、他の候補者のみなさまがたとは、しばらく、距離を置かれたほうがよろしいのでは……？」

玉君は周囲をうかがいながら、おずおずという。

「だって、和歌の宮さまが殺されたのも、東宮候補の争いが原因でしょうし……あのう、失礼ながら、他のお三人の中に、事件に関係されている方がいるかもしれません。どなたが悪い人か、わかりませんわ。犬の宮さまだって……」

火の宮はうなずいた。

「たしかに警戒は必要ね。特にわたしは、以前、宇治でも襲われているのだし」

「そうですわ」

「わたしの身を心配してくれているのね。ありがとう、玉君。でも、大丈夫よ。だって、犬の宮さまは犯人ではないはずだから」

「え？」

「そして、犬の宮さまもわたしが和歌の宮さまを殺した犯人ではないとわかっておられるはず。さあ、そういうわけだから、早速、お遣いに出てちょうだい。こちらのお部屋へいらっしゃる場合は、必ず千尋を連れておいでください、ともお伝えしてね」

目を丸くしている玉君へ、火の宮はにっこりした。


ほどなくして、犬の宮がやってきた。

前回は火の宮を自分の部屋へ呼んだので、今度は自分が足を運ぶことにしたという。

「わたしも、火の宮さまとお話ししたいと思っていたので、ちょうどよかったですわ」

もっとも、と犬の宮はふしぎそうに首をかしげた。

「千尋をわざわざご指名いただいたことには、ちょっと驚きましたけれど」

火の宮は玉君にもてなし用の菓子の用意を命じると、彼女が部屋を出ていくのをまって、ふたりに簡単に事情を説明した。

「……というわけなの。不安がっている玉君を元気づけてあげたくて。同じ侍女でも、五百重では年が離れすぎているし、立場の違うわたしでは、色々と気兼ねがあるでしょう。それで、面倒でなければ、千尋に玉君と仲良くしてもらえないかと思ったのだけれど」

「お安いご用ですわ、火の宮さま」

千尋は笑顔で胸を叩いた。

「玉君とは、朝餉の支度の時などに、何度か言葉を交わして、礼儀正しい、まじめなよい子だと、好感をもっていたんです。わたしのほうがお姉さんなので、悩みでもなんでも聞いてあげられますわ。面倒なんてことはありません。どうぞ、おまかせください！」

「たしかに、あんな事件があっては、幼い子は不安になるでしょうね」

犬の宮はうなずいた。

「わたしのところの女の童は、恋の宮さま付きの女の童と姉妹だとかで、何かとくっついているし、夜も一緒に休んでいるから、そうした心配はいらないのだけれど。……それじゃ、千尋、こちらはもういいから、あちらにいって、玉君を手伝ってあげるといいわ」

「はい、犬の宮さま」

「まずは、そうね、ふたりで、菓子の毒見の仕事にかかってちょうだい」

「毒見――ですか？」

「そうよ。例の犯人がどこにいるのかわからないんだもの。わたしたちが口にする物は、そなたたちがきっちり毒見をして、安全を確認してくれないといけないでしょう？　そうそう、効き目の遅い毒もあるから、食べてすぐでは、安全かどうかが判断できないわね。しばらくふたりとも、腰を据えて、じっくり毒見の仕事に集中してもらわないと」

「なるほど。わかりました。じっくり時間をかけて、玉君と安全を確かめますわ」

千尋はくすくす笑い、腰をあげた。

──菓子をつまみながら、玉君としばらくおしゃべりをしてきなさい、という犬の宮の意をすぐに汲んだものらしい。

「千尋は賢い、気働きのできる女房ですね」

千尋の後ろ姿を見送り、火の宮は尋ねた。

「犬の宮さまには、もう長くお仕えしているんですか？」

「あの子はわたしの乳母の子、つまり、乳姉妹なの。千尋がまだ幼いころ、乳母が受領の夫と一緒に千尋を連れて豊後の国へ下ったのだけれど、その赴任先で、ふたりとも葡萄病みに罹って死んでしまって。千尋は五つかそこらでみなしごになってしまったのよ」

「まあ」

「赴任したばかりで、知人も少ない、なじみの薄い土地でしょう。ほうぼうへたらい回しにされたり、引きとられた先で使用人としてこき使われたり……小さいのに、ずいぶん辛い目に遭ったみたい。京へ戻ってきたのは、九つのころだったかしら？　噂を伝え聞いた母が哀れがって、人を遣って、なんとか千尋を手元へ呼び寄せたの」

幼いうちにそうした苦労を重ねたせいか、生い立った千尋は年に似合わぬしっかり者になったという。

犬の宮が葡萄病みに罹った際も、「自分はもう両親の時に罹っているから」と千尋が一手に看病を引き受け、寝食の時間を削って熱心に世話をしてくれたのだそうだ。

「わたしの母は、おやさしいけれど、寡黙な、どちらかといえば内省的な方でね、東宮の妃という華やかな立場に似合わない苦労をされてきた方でもあったの。孤独でいらしたのね、それを埋めるように動物を慈しまれて、わたしが生まれて以降は、わたしの養育に心を傾けられて……。それなのに、わたしが葡萄病みに罹り、顔にはこのあざが残ってしまったでしょう。その衝撃で、すっかり打ちひしがれてしまわれたのよ」

犬の宮は髪に隠された、赤い蔓状のあざへ手をやった。

「ムリもないわ。ただでさえ、後見の頼りない捨て宮であるのに、顔に難があってはまともな求婚者も望めないものね。母は、わたしが葡萄病みに罹ってしまったのも、あざが残ってしまったのも自分のせいだ、と嘆かれて……そんなはずがないのに、始終ご自分を責められていて。だから、『命あってのものだねですわ。そんなあざの一つや二つで、犬の宮さまの美しさや聡明さは損なわれませんわ！』と明るく支えてくれる千尋の存在は、本当に頼もしく、ありがたかった。何かと沈みがちな邸の中で『犬の宮さまは運の強いお方ですもの、この先にもきっと明るい未来がまっていますわ！』とあの子だけがいつも笑顔を絶やさずにいてくれて。東宮候補の話がきたときには、あの子の笑顔と言霊のおかげでこの幸運が舞いこんだのではないかしら、と本気で信じたくらいだったのよ」

快活な犬の宮には珍しく、その口調はしんみりしていた。

傍目にも仲の良い主従だと思っていたが、犬の宮と千尋は、想像以上に深い絆でつながっているようである。

「湿っぽくなってしまったわね。ごめんなさい、苦労自慢をしたかったわけじゃないの。火の宮さまだって、たしか、早くにご両親を亡くされて、自ら養蜂や蜜売りをなさるほど、ご一家で苦労を舐めていらしたのよね。こんなご時世ですもの。優雅な暮らしを送っている皇族のほうが稀というものだわ」

「四季の宮さまや恋の宮さまもそうなのでしょうか？」

「うーん、どうかしらね？　わたしも詳しくは知らないの。お二方とも、春秋院に入って初めてお名前を聞いたくらいだから、これまで目立たぬ暮らしをなさっていたのは間違いないだろうけれど……ただ、恋の宮さまは正統な内親王で、三品のご身分でもいらっしゃるそうだから、わたしたちとは、少し立場が違うかもしれないわね」

上流階級というのはごく狭い世界であり、系譜をたどっていけば、たいていどこかしらで姻戚関係がつながっているものだ。ことに皇族ともなれば、身分上、結婚相手もある程度限られてくるので、一般の貴族よりもその世界はさらに狭くなる。

都落ちの末、宇治に埋もれて暮らしていた自分たちが、世の人々から忘れられ、あるいは知られていなかったのは当然だろう、と火の宮は思う。

が、同じ京の内に暮らしていながら、犬の宮がこれまで知らずにいたという四季の宮と恋の宮は、どういう身の上の人たちなのだろうか、と今さらながらに興味がわいた。

「和歌の宮さまのことだけは知っていたのよ。彼女は、わりあい近い親戚筋にあたる方だから。もっとも、親同士に色々と軋轢があったらしく、これまで交流はまったくなかったのだけれど。おたがい、一昨日が初対面だったの」

「和歌の宮さまのご両親はご健在なんですよね」

「そう。と、いっても、お父上のほうは実父ではなく、義理の方だけれど。和歌の宮さまの本当のお父さまは、いっとき、東宮位にあられたのだけれど、ある時、突然、宮中で髪を落とされて、劇的な出家を果たされて、位を下りてしまわれたそうなのね」

東宮が周囲になんの相談もなく出家を果たし、退位する。

かなり不自然な話である。当然、兄であった当時の帝の意図するところがあり、政治的な駆け引きや策略が行われたのだろう、と察せられた。

退位の見返りとして、本来、「王」「女王」であるべき東宮の子女たちには「親王」「内親王」の身分が与えられ、和歌の宮もまたそれに与るひとりとなったらしい。

いわゆる「御位揚げ」と呼ばれる特例措置だ。

「その後、法親王となられた父宮が亡くなられて、お妃のひとりであった和歌の宮さまのお母さまは、裕福な貴族と再婚されたの。前東宮妃を妻に、内親王を義理の娘にもった義父は鼻高々で、和歌の宮さま母子をそれは大切にしていたと聞いているわ。ご両親の愛情にも、経済的にも恵まれて、和歌の宮さまは幸せな暮らしをされていたみたい」

「ああ……なんとなく、わかりますわ。和歌の宮さまは、とても素直で、のびのびとしていらして、なんとも可愛らしいご性格の方でしたものね」

人によっては、それをして、内親王という身分や年齢にふさわしい品位と思慮にやや欠ける、軽々しく、子どもっぽい少女だった、と評すかもしれない。

が、火の宮の目に彼女はただ、抑圧されたところのない、裏表のない、無邪気な少女と映ったのだった。生活の苦労を知らず、わがままを通せる恵まれた環境で育ったことは和歌の宮の罪ではない。何より、彼女は死んでしまったのだ。若くして無残に殺された少女のことを、いまさら悪くいいたくはなかった。

和歌の宮の名前が出たことで、会話の空気が変わり、沈黙が落ちた。

火の宮と犬の宮はどちらともなく顔を見あわせた。

「――いったい、誰が和歌の宮さまを殺したのかしら？」

ささやくように、犬の宮はいった。

「昨日、事件を知ってから、わたし、ずっとそのことを考えているの」

「ええ……わたしもですわ」

「そして、考えれば考えるほどわからなくなるのよ。誰が、なぜ、和歌の宮さまを、と。女東宮の座を巡り、自分こそが、と野心を燃やす四人の候補者のうちの誰かが恐ろしい犯行におよんだ――事情を知らない人間なら、そう考えるでしょうね。でも……」

「東宮の座を得るために、罪に問われる危険を冒(おか)してまで和歌の宮さまを殺す必要はないはずですよね。だって、あの方は東宮候補の座をおりようとなさっていたのですから」

そう、昨日の時点で、五人の候補者のうち、東宮の座を巡る争いからもっとも遠いところにいたのが和歌の宮だったはずなのだ。

もともと、和歌の宮は女東宮の座に執着はないようだった。宇治で起こった火の宮襲撃の一件を聞き、怖くなって邸へ帰ろうとも考えたが、両親の説得を受け、仕方なく春秋院に留まっていた――と初めて全員が顔をあわせた場で口にしていたのである。

つまり、彼女が東宮位争いにおける脅威とならぬことを候補者全員が知っていたのだ。

加えて、八雲の院との初対面の件があった。贈りものと称した唐櫃の底に髑髏や死体を忍ばせることで、八雲の院は火の宮たち五人の心の強さや運を試した。死体を見るまでもなく失神した和歌の宮は、間違いなくその試みにおける落伍者(らくごしゃ)だろう。

本人にその気がなく、客観的に見ても、東宮の座にふさわしい器量はない。

それなのに、なぜ、よりにもよって彼女が殺されたのだろう？

（犬の宮さまは、わたしが東宮の最有力候補だとおっしゃっていた。実際、そうなのかもしれない。なんといっても、わたしには普賢がいるのだから。八雲の院や大斎院と同じく、神使である天狼の飼い主であるという意味は大きいはずだわ）

にもかかわらず、犯人は火の宮を狙わなかったのである。

なぜだろう？　一度目の襲撃の失敗から、彼女を狙うことに慎重になっているのだろうか？　だとしても、代わりに和歌の宮を狙う意味がやはりわからなかった。

客観的に見て、次に有力な候補は、犬の宮あたりのはずだ。

彼女は女東宮候補への野心を明らかにしているし、あの八雲の院を相手に怯まずものをいえる度胸も、知性もある。

すでに葡萄病みに罹患しているため、今後、その病で命を落とす恐れもない。

いまだ東宮位争いの渦中にあるという現実に今ひとつなじめず、辞退することも選択肢に入れている火の宮より、よほど見込みのある候補といえるのだ。

（犬の宮さまには、和歌の宮さまを殺す動機はない。だって、昨日、和歌の宮さまと長く話されて、彼女がすぐにでも候補の座を棄権しかねない状態だったことを確認されているのだもの。もちろん、わたしもそのことを知っているし、もともと最有力候補らしいわたしが、すでに落伍しかけていた和歌の宮さまを殺す理由も必要もない……）

つまり、おたがい相手が和歌の宮殺しの犯人ではないと判断した上で、火の宮と犬の宮は、こうして警戒心を解いて話をしているのだった。

五人の候補のうち、和歌の宮が標的とされたのはなぜなのか、考えるほどに謎だった。犯人は彼女に東宮位への執着がないことを知らなかったのだろうか？　あるいは、とにかく競争相手をひとりでも減らそうと考え、隙のあった彼女を手にかけたのか……？

「火の宮さま」

ふり返ると、厨の仕事に出ていたはずの五百重が控えていた。

「お邪魔をして申し訳ありません。恐れながら、外で、騒ぎが起こっております」

「騒ぎ？」

火の宮は不安を覚え、思わず胸を押さえた。

「どうしたの。もしかして、また、何かよくないことが起こったの？」

「ご安心を。血なまぐさい話ではございません。どちらかといえば、我が君には歓迎すべき事柄かと……思いがけないご訪問者がいらしたので、みな、ざわついているのです」

「訪問者？」

「はい。どうぞ、廊下へおいでください。よろしければ、犬の宮さまも」

火の宮は犬の宮とともに廊下へ出た。

女たちが好奇心にあふれた表情で、窓の外をのぞいている。その視線を追っていくと、眼下に、春秋の池を進む一艘の船があった。火の宮たちがここへ渡ってきたときと同じ船だが、屋根についた幕があげられているため、船上の人々の姿が隠れなく見える。

（少将）

源翔だった。棹を動かす男の童たちから少し離れたところにその人が立っている。

威儀を正した衣冠姿。今日も内裏からきたのだろうか。夏の陽の下、あざやかな緋色の袍に包まれたその長身、たくましい体軀は、離れたこの距離からもよくわかった。

高い鼻筋と白い額、彫りの深い横顔がまぶしい夏の陽に照らされて、その姿は一幅の絵のように見える。

「――ねえ、ねえ、あれは何？　犬？　それとも、狼かしら⁉」

いっぽう、火の宮の背後では、女たちが興奮気味にしゃべっていた。

「まさか、犬ではないでしょう。あんなに大きな犬、見たことがないもの」

「ねえ、ひょっとして、あれは、院の天狼――日輪王ではないのかしら？　日輪王はとても大きな狼だという話を聞いたことがあるわよ」

「でも、日輪王の毛色は金色だったのではなくて？　あそこにいる獣は銀色よ」

「ねえ、火の宮さま、もしかして、あの子は――例の……？」

犬の宮が火の宮の袖をひいた。

「はい、普賢ですわ」

「やっぱりそうなのね。すごいわ、なんてきれいな子かしら！　それに、とっても大人しくしているし。ねえ、火の宮さま、少将にいって、普賢を連れてきてもらったの？」

「いいえ、わたしは何も……」

「そうなの？　では、少将が気を利かせて連れてきたのかしら。ともかく、少将と一緒に普賢もここへあがってくるのよね？　わたしも普賢をなでることはできるかしら？」

動物好きの犬の宮は、嬉しそうにいって、そわそわしている。

火の宮の忠実な愛犬、普賢は、前脚をちょこんと揃えた伏せの姿勢をとり、船の屋根の下で行儀よくしていた。船に乗せられるのは初めてのはずだが、特に怯えたようすもない。元より落ち着いた、温和な性格の犬ではある。翠緑色の目を興味深そうに周囲へむけている普賢のかたわらには、火の宮の双子の弟、映の宮が立っていた。

（どうして映の宮がここに？）

翔よりも、普賢よりも、火の宮を驚かせたのは映の宮だった。

入京後、映の宮は従者の那智とともに、後見役である紀伊の守の邸に留まっていた。近衛の少将として、院の殿上を許されている翔はともかく、無品の親王でしかない彼がまさか院御所へやってくるとは。火の宮にとっては思いもよらない弟の登場だった。

「あれが、火の宮さまの弟君の映の宮さまなのね？　驚いたわ。想像以上に瓜二つでいらっしゃる……なんて、まあ、世にも美しい双子であられること。おふたりが並んだお姿を見てみたいものだわ！」

船上の弟と隣の火の宮とを忙しく見比べ、犬の宮が感心したようにいった。

ふだんは無造作な括り髪に、着馴らした水干姿という無頼な恰好を好んでしている映の宮だったが、さすがに院御所へ入るとあって、今日は髪をきっちりと下げみづらに結い、葡萄色がかった二藍の童直衣の正装に身を整えていた。

舳先に立つ水手役の男の童ふたりも映の宮と似たようないでたちである。が、彼らと比べ、映の宮の姿は際立っていた。細身の肢体の凜とした立ち姿。濃い睫毛にふちどられた杏仁型の大きな目。通った鼻梁。生まれ持った華やぎにより、まるで同じ絵の中にありながらも、彼だけが、ひとり異なる名人の手にかかったように見える。

――と、映の宮のかたわらで大人しくしていた普賢が立ちあがった。

船のへりへと移動し、普賢はじっと遠くをみつめていたが、それからしなやかに上半身を反らし、青空を仰いだ。その口から、オゥ、オゥ、と短い咆哮が何度か放たれたかと思うと、それはやがて長々とした遠吠えへと変わった。

対岸の木から鳥の群れがいっせいに飛びたち、男の童たちが驚いたように棹をとめる。

咆哮のこだまが完全に消えて間もなく、一つの声が小櫛の森の方向から聞こえてきた。

（日輪王……）

深みのある声が朗々と森を縫って響いてくる。

ただ一度だけ見た、孤高の金狼の姿が火の宮の脳裏によみがえった。火眼金睛の燃える双眸、輝く被毛にその巨体を包んだ異形の獣の王者の姿が。

普賢は二つの耳をぴんと立て、その声を、狼の言葉を、天狼のいらえを聞いている。人間である火の宮の耳には、いっさい解せぬやりとりである。

獣同士の礼儀にのっとり、日輪王は型通りの挨拶を普賢に返しているのか。同じ天狼として、歓迎の意を示しているのか。あるいは、自分の縄張りに近づくな、と若い訪問者に警告しているのか――。

やがて、咆哮は途絶え、樹々を渡る鳥のさえずりだけがあたりに響いた。

男の童たちが再び棹を動かし始めた。

船がゆっくりと中島へ近づいてくる……。

二　男たちの攻防

「どういうつもりなの？　先に文なり使者なりを遣してくれればよかったじゃない」

火の宮は両腕を組み、顔をしかめた。

「東宮選定の件が片づいて、わたしが春秋院を出るまで、あなたは紀伊の守の邸でまっているはずだったでしょう？　それが、いきなりこんなふうに先触れもなしに現れるなんて……びっくりするじゃないの。どうして一言知らせてくれなかったの。いい？　ちゃんと説明してもらいますからね。しかも、ひとりでなく、普賢まで連れてくるなんて！」

「すまない」

「ちがうの。少将に怒っているんじゃないの。わたしはこっちでしれっとした顔で座っている弟にむかっていっているの」

指さされた映の宮は肩をすくめた。

「ぼくたちを連れてきたのは少将なのだから、怒るなら、少将に怒ればいいさ」

「どうせ、あなたが無理をいって少将に同行したんでしょ」

「ばかなことを。ここは院御所だぞ、そんなわがまま一つで入れるものか。第一、先触れの使者など出すひまはなかったんだ。急きょ決まったことだったんだから」

「急きょ決まった、って、あなたが雷光殿にくることをいったい誰が決めたというの」

「主上だよ」

「え？」

「聞こえなかったのか？　主上だよ。帝だ。帝がぼくをここへ遣わしたんだ」

思いがけない答えに、火の宮は言葉をなくした。

(帝が映の宮を……？　どういうこと？)

「映の宮どののいうことは本当だよ」

御簾越しに翔がいった。

さっさと室内に入って着座した映の宮とは異なり、死の穢れに触れ、それを広めることを懸念している翔は、昨日同様、りちぎに廊下に立っていた。

入室し、着座をしなければ、触穢の禁忌に触れない、とされているからである。

「映の宮どのを伴い、春秋院へ参上せよ――と、今朝、私が帝からお言葉を賜ったんだ」

「どうして帝が映の宮を？　だって、帝とはお会いしたこともないのに。宇治育ちの無名の映の宮を、帝がご存じだというだけでも驚きだわ」

「それは……」

「いいさ、少将、説明はあとでするから。一から話せば長くなるし、それに、どうせすぐに火の宮だって事情を知ることになるんだ」

答えようとする翔の言葉を映の宮が遮った。

「それより、今は支度を急がせるほうが先だ」

「支度？　支度って、なんの？」

けげんな顔の火の宮に映の宮は膝を近づけてきた。

ジロジロと何かを点検するような厳しい目で姉をみつめる。

「――何よ」

「化粧は、それでもうすんでいるのか？　紅も塗っていないように見えるが」

「塗っているわよ。でも、朝餉を食べたあと、口紅を直していないから、とれっぱなしのままで……何よ、いいでしょ、別に。大した用事もないのに、いちいち、気合いを入れたお化粧なんてしないもの」

「だったら、悪いが気合いを入れてもらおう。これから八雲の院と会うことになる」

「院と？　そんな予定はないけど……」

「じきにお召しの沙汰があるはずだ。その前に顔を作り直して、髪に櫛を入れて、着替えをして、きれいに身を整えてくれ。ただし、唇も、頰も、紅はできるだけ薄く。それから、その柳色の袿はいけない。ぼくと同じような二藍か、葡萄色のものにするんだ」

「どういうことなの」

火の宮はすっかり困惑した。

この硬派な弟が姉の化粧や衣装に口出ししてきたことなど、これまでに一度もない。

「だいたい、葡萄色なんて、わたし、そんな衣装はもっていないんだけど？」

「だったら、藤色でも紅梅色でもいいさ。とにかく、赤系統の、今、ぼくの着ているこの直衣とできるだけ似たような色にするように」

「もう。だから、どうしてそんなことをしなきゃいけないのか、説明しなさいってば！」

火の宮が癇癪を起こしかけた時、

「――葡萄色の衣装？」

話を聞きつけた犬の宮が横からいった。

「わたし、その色の小袿ならもっていてよ、火の宮さま。よくわからないけれど、お貸ししてもいいわ。ねえ、その代わり、しばらく、ここで普賢と遊ばせていただける？」

いいながら、犬の宮は目を細めて普賢の豊かな毛皮をなでた。普賢はちょっと眠そうにまたたきをしながら、伏せの体勢で、両脚のあいだにちょこんと顔を置いている。

ふかふかした銀色の被毛には、いつもよりもだいぶ艶があった。外遊びが大好きで、土やら枯れ葉やらをつねにくっつけている普賢だが、今日は洗われたばかりのようにどこもかしこもきれいで、その体からは趣味のいい香さえ漂わせている。

『院の御前へつれていくから普賢をきれいにしてくれ』

という映の宮の指示を受け、貴の宮が、今朝、大急ぎで体を清めたのだという。

犬の宮に大人しくなでられている普賢とは反対に、まわりはなかなかに騒がしかった。

女たちにしてみれば、いきなり伝説の天狼とやらが居住空間に入ってきたのだから、驚くな、というほうがムリである。

「すごいわ。仔馬みたいに大きいわ」

「きゃっ、見て。あくびをしたわよ。あの大きな口！　牙！」

「怖いわ、食べられちゃいそう。いやだわ、もう、押さないでったら！」

きゃあきゃあと悲鳴とも歓声ともつかぬ声をあげ、女房や女の童たちが几帳の端から顔を出してはいなくなる、ということがくり返された。

騒ぎのおさまらぬうちに、千尋のとりつぎで、見慣れた男の童が姿を現した。

「──失礼いたします。院よりの仰せにございます。源氏の少将さま、火の宮さま、映の宮さま。どうぞ、御前に参らせませ」

「そら、きた」と映の宮が目くばせする。

「さっさと支度をすませろ、火の宮。院を長くまたせるわけにはいかないだろう」

「わかったわよ、って本当は何がなんだかさっぱりわからないけど、とにかく、いわれた通りに化粧を直して、犬の宮さまから葡萄色の小袿をお借りすればいいんでしょ！」

火の宮は頰をふくらませた。

「でも、その理由くらいは教えてよ」

「院をよろこばせてさしあげるのさ」

「院を？」

うなずき、映の宮が姉の肩を引き寄せる。ふたりの前には仕事の早い五百重によって、すでに化粧道具や鏡台が並べられていた。

八稜形の鏡の中には、よく似た美しい二つの顔が映っている。

一つはかすかな笑みを浮かべ、一つは子どもっぽいふくれっつらをしている。

「まあ、そっくりといえるだろう。ぼくたちふたりを見慣れない人間からすれば」

「当たり前でしょ。双子なんだもの」

「ぼくたちにとっては当たり前だが、世の中の人間にとってはそうじゃない。瓜二つの男女の双子、しかも、天狼を従える世にも珍しい皇族の双子をこれまでに見たことのある人間がどれだけいると思う？　ぼくたちは、人語を話す鸚鵡や、豪奢な羽根をもつ孔雀くらい珍しい存在なんだよ。それは、八雲の院にとっても同じことだ」

「世にも珍しい、って、まるで見世物みたいないいかたね」

「その通り、すすんで見世物になるのさ。気まぐれな上皇のお気に召す珍奇な見世物にな。——顔をしかめるな。唇を尖らすな。おでこにしわを寄せるんじゃない。いいか、下手に出るには、それだけの理由があるんだ。ぼくだって、我慢してこんな窮屈な恰好をしているんだからな。見ろ、髪に艶が出るように、とガシガシ梳られて、一筋の乱れもないように、とぎゅうぎゅう髪をひっぱられて、今にも後頭部がハゲそうだ！」

「——顔をおあげなさい、映の宮」

八雲の院がいった。

「火の宮も。今さら、扇の隔てもいるまいよ。おたがい、すでに一昨日の対面で、隠すところなく、たがいの姿を見ているのだから」

その言葉に従い、火の宮は顔の前で広げている檜扇をさげた。

隣に座る弟と呼吸をあわせ、同じ速度でゆっくりと顔をあげる。

「――ほう」

手にした蝙蝠扇がパチン、と音を立てて閉じられる。

端整な上皇のおもてには面白がるような笑みが浮かんでいた。

「なるほど……女房の宣旨の報告や人の噂に聞いてはいたが、これは想像以上だな。鏡に映したようにそっくりなふたりではないか」

脇息にもたれかかっていた身体を起こし、八雲の院は代わる代わる双子を見る。

「映の宮になよやかな女衣装を着せ、火の宮を凛々しく男装させても、ふたりの違いに気づかぬかもしれぬ。炎を冠する火の宮と、その火に映える映の宮――か。なんとも美しい奇跡もあったものだ」

「恐れ入ります」

火の宮と映の宮は声を揃えて頭をさげ、また同時に顔をあげた。

――偶然一致した行動ではなかった。できるだけ自分と同じ動き、同じ反応をしろ、と、院の御前に出る前に、映の宮から指示されていたのである。

双子が似た行動をとるのを人はよろこぶものだ、と映の宮はいった。

同じ顔をしたふたりが同じ言葉を発し、同じ動きをするふしぎに、多くの人間は驚きとともに、視覚的な快感を得るのだ、と。

できるだけ似た色の衣装を、というのも、つまりはそのための演出の一つだったわけである。むろん、身長差をはじめ、男女の骨格や肌色の違いなどはあるものの、それらは衣装と化粧の工夫によって、だいぶ目立たなくなっていた。

姉に倣い、映の宮も肌や唇に薄い化粧をほどこしている。

(院の反応を見るに、どうやら、映の宮のもくろみは成功したみたいだけど……)

美々しく装った双子を前にした八雲の院は上機嫌だ。珍しい生きものをながめるような視線は、なるほど、鸚鵡や孔雀にむけるものと変わらないのかもしれない。

「源氏の少将」

院が後方へ視線をやる。

は、と答える翔はひとり廊下に座っている。

院のすすめに従い、膝こそ折ってはいるものの、やはり慎重を期して、彼だけは室内に入ることを辞退していた。

「主上よりのお文は拝見した。日頃、春秋院に関してご遠慮がちな主上にしてはお珍しい行いであられる。東宮選定のことが終わるまで、映の宮を特別に雷光殿に滞在させてほしい――とのご要望であったが、さて、ずいぶんと意外な話であったことよ」

映の宮にあわせ、表情を変えぬよう努めてはいたが、火の宮は内心驚いていた。

――映の宮をこの雷光殿に滞在させるよう、帝が提案した？

「どうやら、少将、そなたが主上にこのことを進言申しあげた当人のようだな。なにせ、そなたは主上のお気に入りだ。……答えよ。その意図するところはいったい何か？」

「恐れながら、私めは、昨夜の件について、憂慮（ゆうりょ）しております」

顔を伏せたまま、翔が控えめに答える。

「和歌（わか）の宮（みや）のことか」

「はい」

「むごたらしく、不可解な、思いもよらない事件ではある。犯人を捕らえるべく、現在、調査を命じている最中だが、定かなところはまだ何もわかっていない」

「存じております。聞けば、和歌の宮さま殺しは、まだ日のあるうちに行われた大胆な犯行であったとか。人目を盗んでの抜かりない所業、犯人もうかつな手掛かりなどは残していないでしょう。宇治では火の宮さまが狙われ、この雷光殿では和歌の宮さまが標的とされました。院、二度あることは三度あると申します」

「次にまた誰かが殺されるかもしれないと申すのか？」

「ありえないと院にはお考えあそばしますか？」

冷静に言葉を返す翔を八雲の院はじっとみつめていたが、

再び脇息に肘をかけ、皮肉っぽい笑みを唇の端に浮かべた。

「むろん、再び悲劇の起らぬことを願い、その防止に努めるつもりではいるが、今の段階では確たることは何もいえぬ。この件、死んだのが内親王であるから、ことの外いたましく、ありうべからざるできごとのように思われるだろうが、古来より、帝位、東宮位の争いにこの種の血なまぐさい話はつきものだ。実際、この私とて、なんの犠牲も出さず、無垢な身で玉座にあがったとはいいがたい」

「院におかれましては、東宮選考をいっとき保留なさるお考えは」

「ない。残る皇族男子を葡萄病みの脅威から守るためにも、可能な限り早く女東宮を立てよ、と大斎院から忠告を受けているのだ。長くともこの十日ほどのあいだには私も結論を出すつもりでいる。第一、選考を延期し、四人を邸に戻したところで、安全性が高まるというわけでもあるまい。限られた人間のみが集うこの雷光殿よりも、誰もが自由に出入りできる私邸にそれぞれ帰るほうが、かえって危険が増すやもしれぬ」

院の言葉にはそれなりの説得力があった。

「保留も中止もなさらぬのであれば、女東宮の最終決定が行われるまで、なんとしても、残る姫宮がたの安全を確保せねばなりません」

翔は強い口調でいった。

「わからぬな」

「その主張に異論はないが、それに、映の宮がどう貢献できると申すのか？」

「映の宮どのには、事件の調査役および、身辺警護の役を担っていただくつもりです」

「身辺警護？」

　翔はうなずいた。

「和歌の宮さまの事件を踏まえれば、犯人は身近な侍女などに紛れて凶行を果たしたと考えられます。遠く御簾の外に警護の者どもを立たせるだけでは、事件を捜査することも、次の悲劇を阻止することも難しいでしょう。とはいえ、高貴な姫宮がたのおそばに、むくつけき男どもを配するわけにもいかない。その点、いまだ童形であられる映の宮どのは御簾の内にあることを許されるはずですから、姫宮がたを脅かす事態にはならないかと」

「ふむ……たしかに、この花のような姿であれば、日ごろ男子を見慣れぬ姫宮たちも嫌悪感や恐怖心は抱かぬであろうが……」

　院は値踏みするように、無遠慮な視線を映の宮へ投げる。

「……しかし、雛遊びの相手ならともかく、この華奢な親王に警護の侍の役が果たせるとは、どうにも、信じがたい話ではあるな」

「その点につきましては、恐れながら、この私めが保証いたします」

「弓の名手であるそなたが、か」

「はい。弓も、剣も、馬も、映の宮どのは際立った技量をお持ちです」

──いったい、いつ、映の宮の武芸の腕を保証できるほど、彼と翔が親しくなったのだろう、と火の宮はふしぎに思った。

(わたしと一緒に春秋院に入った貴の宮とちがって、映の宮は上洛以来、ずっと紀伊の守の邸に滞在していたから、少将がそちらを訪ねていって、交流をしていた、とか？　上洛以来、ずっと会おうとせずにいたわたしを少将は心配してくれていたし、映の宮もろくに知り合いもいない京の邸で、時間をもて余していたはずだものね……)

見かけによらず硬派な映の宮と、昨今の宮廷人には稀な、生真面目で誠実な翔は相性がよい気がした。翔が映の宮に京を案内がてら、馬を並べて駆けたこともあったのかもしれないし、鍛錬を兼ねて、弓や剣の腕を競ったりもしたのかもしれない。

そして、ふたりともに火の宮の身を案じていたのは間違いのないところだった。

和歌の宮殺害の報を聞き、火の宮の安全を危惧したふたりは、急ぎ話しあい、映の宮を雷光殿へ送りこむ計画を思いついたのだろう。それを実現させるには、かなり強力な後押し──つまりは、帝の口添えが必要だった。

この雷光殿で起こった事件はすべて院の権力によって握りつぶされ、隠蔽されてしまうのでは？　と火の宮は危惧したが、帝もまた同じ懸念を抱いていたのかもしれない。

映の宮を警護役として送りこむことで、選考の過程で何が起こっているのか、雷光殿内がどうなっているかを把握できると考え、帝も彼らの計画に同意したのだろうか？

そう考えれば、唐突としか思えなかった弟の登場に至るまでの事情が、おぼろげながら火の宮にも理解できる気がした。

「映の宮」

院に呼ばれた映の宮が伏せていた目をあげる。

「あなたは少将のいう、事件の調査役および身辺警護の役を果たせる自信があるのか」

「調査役についてはわかりませんが、身辺警護の役に関しては、ある、と申せます」

映の宮は淡々と答える。

「とはいえ、全員ではありません。別々の部屋で暮らす四人の姫宮を同時に警護する、というのは、武芸に長けた者であっても相当に困難でしょうから。まして、そのうちのひとりは内親王殺しの犯人、あるいは共犯者である可能性さえある。懐に刃を隠した相手であれば、守るどころか、下手をすれば、こちらが牙をむかれる危険があります」

「正直だな」

「一つ腕の中で、子猫と毒蛇を同時に養うことはできませんゆえ」

火の宮は八雲の院の表情をうかがった。

下手に出ろ、と姉には忠告していた映の宮だが、彼じしんのものいいはそれとはほど遠い、不遜なものだった。院の機嫌を損ねはしないかと気になったが、意外にもそのようすはない。初対面時の火の宮に対してもそうであったように、この上皇には治天の君である自分に物怖じしない、気性の強い相手を興がるところがあるようである。

「率直に申しあげれば、私は我が姉の安全以外に関心はないのです、院。とはいえ、源氏の少将には、このたびの役目にご推挙いただいた恩義がありますゆえ、彼のおいとこであられる犬の宮さまへ、姉と同様の関心を払い、その安全を守ろうと努めることはやぶさかではありません。しかし、他のおふたり、四季の宮さまと恋の宮さまに関しては……」

「自分の関知するところではないと？」

「そうは申しませんが、優先順位をつけるとすれば、そのおふたりの名前は、姉と犬の宮さまの後になる、ということです。実際、私には姉と特別な絆があるゆえ、彼女の危機をある程度察することができますが、他の方々にはその方法がとれません」

「特別な絆とは」

「いうなれば、院と日輪王に通じる縁と似たようなものです」

院は数拍、沈黙した。

「言葉を介さずとも、心が通じている、ということか」

映の宮がうなずく。

「私と姉の絆は、たがいの感情が極端に昂った時、あるいは相手が危険な状況にある時に感知される、いわば、見えない狼煙のようなものなのです。また、相手が怪我をした際、離れた場所にいるもうひとりが痛みを感じたこともあります。とはいえ、それらはあくまで特殊な心理状態にある時にのみ起こりうるもので、今のような平時に発揮されることはまずありません。なので、これからすることは、いってみれば遊びのようなものにすぎませんが……それでもよろしければ、双子の絆の証(あかし)を院にお目にかけましょう」

「面白い。ぜひ、やってみせよ」

映の宮は立ちあがり、畳の上をすべるようにして院へと近づいた。

「扇の陰で、お好きな数字を指でお示しください。姉には見えぬよう、隠されて……そうです。では、私が心で、その数字を姉に送ります。彼女がその数字を答えるでしょう」

映の宮のいう通り、院は手にした蝙蝠扇を広げ、左手をその陰に隠した。指で数字を示しているのだろう。映の宮がそれをのぞきこみ、うなずいている。

(――ちょっとまってよ。そんな話、聞いていないんですけど?)

いっぽう、火の宮のほうは困惑しきりである。

映の宮が説明したように、双子といえど、相当な感情の高揚がなければ、相手の感情を我がもののように感じることはできない。自分たちでも意図的におたがいの心の壁をとり払うことは不可能なのだ。表情を見れば、相手の考えていることはおおよそわかるが、それは感情をつかめるというだけの話で、数字を当てるほどの正確性はない。

(院の関心を引きたいんだろうけど、映の宮ったら、〝双子〟に神秘性を与えすぎでしょ……仙人や超常力者じゃあるまいし、口をきかずに会話ができれば苦労はしないわ)

「火の宮、気を散じるな」

映の宮がぴしゃりといった。

「見るのはぼくの顔ではなく、心だ。葦みたいにフラフラしていないで、集中しろ」

(えばってる。何よ～、いきなり勝手な当て物を始めたのはそっちじゃないの～)

登場から何から、予告なしに行動する弟に今日の火の宮はすっかり振り回されていた。

不満顔を隠すために目を伏せた火の宮は、そこで、ふと気がついた。

(――なるほど。そういうことね……)

「いいか、火の宮、もう一度、念じる。数字が心に浮かんだらすみやかに答えるように」

火の宮はうなずき、目をつむった。

数泊後、彼女が目を開いたのを見て、映の宮が尋ねる。

「受けとめたか?」

「ええ」

「数字は?」

「――三」

パチン、と蝙蝠扇が閉じられた。

顔をあげた火の宮の目に入ったのは、三本の指を立てている院の姿だった。

「まぐれかもしれぬな。もう一度だ」

「はい」

「火の宮、次の数字はなんだ？」

「──七」

「次の数字は？」

「──一」

同じことが五度、くり返された。

最後には火の宮も疲れ、ぐったりして首をふった。

「わかりません。なんの数字も心に浮かんできませんでした」

「で、あろうよ」

見ると、院の左手は袖(そで)の中に完全に隠れ、なんの数字も示してはいなかった。

「戯(たわむ)れをお目にかけました」

映の宮が頭をさげる。

──どうやら、ふられた役目は果たせたようである。火の宮はこっそり息を吐いた。

「なかなか面白かった。百発百中となれば、さすがに偶然やまぐれではあるまい。なるほど、あなたたちふたりが特殊な絆でつながっているというのは確かなようだ」

「おそれいります」

「よかろう。双子の絆はまこととわかった。では、次は、映の宮、あなたの武芸の技量を見せてもらわねばならぬな」

院はしばらく無言で蝙蝠扇をもてあそんでいたが、ややのち、顎をあげた。

と、端近に控えていたふたりの男の童が素早く寄ってくる。

何やら耳打ちをされた男の童たちは頭をさげ、早足に部屋を出ていった。

院が立ちあがった。その後へ映の宮が続く。どうするべきか、火の宮は一瞬迷ったが、うながすような院の表情に気づいて従った。三人は廊下へ出た。

(？　いつのまにか少将がいなくなっている……)

開いた窓の下には、夏の陽を受け、きらきらと輝く春秋の池が広がっている。

「刀や騎馬の腕をはかるのは難しいゆえ、映の宮、あなたには弓の腕を見せてもらおう。このような時でなければ、馬場なり弓場なりに舞台を設えるところだが、そうもいかぬゆえ、池に船を浮かべるよう命じた。ここより、船上の的を射てみせよ」

「かしこまりました」

「手持ちの弓を貸してもよいが、私の愛用の弓では、あなたの身の丈に合わぬであろう。警護の者どもから、急ぎ、弓を借り受けてくるよう命じた。しばしまたれるがいい」

(手持ちの弓……八雲の院が武芸を能くする方だというのは聞いていたけれど……)

多芸多才と評判の院である。和歌や書画、音楽などの風雅に深く通じる一流の文人であるとともに、馬や弓や刀剣などにもそれと劣らぬ情熱を注いでいることは有名だった。

実際、上皇らしからぬその風貌――つやつやと浅黒い肌、武人並みにたくましい体軀――からも、院が忙しい政務の合い間を縫い、日常的に身体を鍛えていることがうかがえる。

その在位中、倒錯と堕落の種を周囲に蒔き、軽佻浮薄の風を都に流行らせ、宮廷に退廃と悪徳の果実をたわわに実らせた張本人であるその人は、しかし、じしんその風には無闇に染まらず、清廉ともいえる健全さの中に平然とわが身を置いているのだった。

しばらくして、一艘の船がゆっくりと姿を現した。

見れば、船の上にいるのは翔である。いつのまにあんなところに、と火の宮は驚いたが、院が男の童に与えた指示に従っているのだろう。

まもなく、男の童が弓を抱えて戻ってきた。

「――あまり、弓を引くのにふさわしい恰好とはいえぬようだな」

渡された弓の具合を確かめている映の宮をながめ、院がいった。脇の部位が縫いふさがれている直衣は、騎馬や武芸などの活動的な場面にはやや不向きな衣装である。

「かまいません。腰紐の一つでもお借りできれば、袖を括るのに事足りますゆえ」

「いや、あなたには正しく弓の技量を示してもらわねばならぬ。仕損じた際、衣装をいいわけにされては興醒めというものだ。それは脱いでしまうのがよいだろう」

映の宮が眉をひそめる。

「直衣の前を開き、袖を抜くことをお許しいただけるのですか？」

「私の言葉を聞いていなかったのか。直衣だけでなく、下の衣や単なども不要ゆえ、脱ぎ捨てるがいい、といっているのだよ。ちょうどよい、腕にせよ、背中にせよ、筋肉のつき方を見れば、ある程度の武芸の技量は推し量れるゆえ」

火の宮は耳を疑った。

――筋肉のつき方を見るために、単まで脱ぎ捨てよ?

それはつまり、上半身裸になれということではないか。

火の宮が抗議の口を開くよりも、映の宮が解いた腰帯を足元に落とすほうが早かった。

「ちょっと、映の宮……!」

あわてる火の宮を一顧だにせず、映の宮は無言で手を動かしていく。そのおもては無表情で、脱衣を続ける手にはいささかのためらいもなかった。

冬鳥のように大きくふくらませた陰影が最新の流行という当世の風を踏まえ、映の宮もまた直衣の下に、ふんだんに糊をきかせた衣を何枚も重ねていた。次々に脱ぎ捨てられていく衣装が彼の足元に美しい色目を見せてわだかまっていく。

単を引き抜き、床に落とすと、とうとう下は紅の下袴ばかりになった。

半裸になった映の宮の上半身をみつめ、八雲の院が微笑む。

「――なるほど。細身ではあるが、よく鍛えてあるな。それにしても、この美しい白い肌に、いくつも古傷のあるのは惜しいことだ。どうやら、清げな見かけによらず、宇治ではずいぶんと自由で、やんちゃな生活をしていたようだな……映の宮」

院の太く長い指が映の宮の白い肌をすべり、つつ、と肩の傷をなぞるのを見て、火の宮の頬に血がのぼった。

「院……！」

「それはそれとして、身に着けているのが下袴ばかりとは、あまりに無粋な姿といえる。それでは脚の筋肉のつき方も見れぬというもの。映の宮、半端な姿をさらさず、いっそ、その袴も脱いでしまうのがよろしいのでは」

「院!!」

火の宮はたまらず、院と映の宮のあいだに割って入った。

「お戯れはおやめください、院。これ以上、弟をお嬲りあそばしますな」

「何か誤解をしているようだな、火の宮。私は決して、好色な興味からこのようなことをいっているのではないのだよ」

「そうでしょうか⁉」

半裸になることを強いておき、彼の肌に触れながら、下心がないなどとよくいえたものだ。この上皇が美貌と才気にすぐれた人物であれば男女を問わず、貴賤を問わず、夜の相手にしている話は火の宮も噂に聞いて知っていた。

「――どけ、火の宮」

映の宮が静かにいった。

「いやよ。裸になれなんて、こんな理不尽な命令に従う必要はないわ！」

「命令ではない。院は何も命じてはおられない。第一、そんな命令にぼくが従うと思うのか？　ぼくが人に何かを強いられることを死ぬほど嫌うのをきみも知っているだろう」

「だけど……」

「ちょうどいい。重くて窮屈な衣装にはうんざりしていたんだ。いいか、ぼくが袴を脱いだとしても、それは強制ではなく、まぎれもなくぼくの意志によるものだ」

「映の宮」

「わかったら、そこをどけ、火の宮」

火の宮は弟をみつめた。

——治天の君の言葉であれば、どんな命令であっても従うしかない。命じられる前に自ら袴を脱ぐことで、彼は自分の誇りを守ろうとしているのだ。

映の宮が下袴の紐を解く。かすかな音をたて、衣が床に落ちた。

院の喉から低く、満足げな声が漏れるのを聞き、火の宮はぎゅっと目をつむった。

（やっぱり、こんなの、嫌！）

火の宮は力いっぱい指笛を吹いた。院と映の宮が驚いてふり返る。

指笛のこだまの消えぬうちに、火の宮は唯一無二の味方を大声で呼んだ。

「普賢!!」

──かすかな悲鳴が遠くで聞こえた。

双子の匂いをやすやすとたどり、階段を飛ぶように駆けのぼってきたのだろう、銀色のつむじ風のように普賢が廊下にその姿を現した。

「おいで、普賢!!」

軽やかな跳躍を見せ、普賢は双子のあいだにその巨体をすべりこませる。

「そうよ、ここにいて、普賢。おまえの身体で映の宮を隠すのよ！」

普賢は銀色の煙のように裸の映の宮に音もなく寄り添った。ふさふさした長い尾を巻きつけ、少年の白い身体を覆う。豊かな被毛がかすかに逆立ち、波打つように輝いているのは、主である火の宮の感情に激しく呼応しているからだった。

「──火の宮。よけいなことを」

閉口したようににらむ映の宮へ、火の宮はつん、とした。

「裸になるのを邪魔していないでしょ。あなたが自分の意志で服を脱いだように、わたしも自分の意志で普賢を呼んだのよ」

「こうやって、普賢にまとわりつかれながら弓を引けというのか？」

「そうよ」

「まったく……かえって邪魔なんだが。素肌に毛が刺さってちくちくするぞ」

「世界で一番豪華な毛皮をまとっているんだから、文句をいわないで」

突然、八雲の院が弾けるように笑いだした。

この上皇が声をあげて笑うところを見るのは初めてだった。

火の宮は一瞬あっけにとられたが、すぐに相手のしたことを思い出し、にらみつける。

──少し冷静になってみれば、院のいった通り、その人が映の宮に強いたことが、好色な興味や性的な欲望を満たすためでないことは察せられた。

理解できたからこそ、火の宮には、なおいっそう憎しみが募った。

(宇治にいたころ、宣旨に命じてわたしの身体を検めさせたのと同じやりかただわ。院は屈辱を与えることで、相手を支配しようとするんだ)

処女であることを証明しろと秘部を調べられることも、裸体をさらせと命じられることも、どちらも同じ、屈辱によって相手を屈服させるやりかただった。

相手の誇りをへし折り、自分の足元にひれ伏せさせる。従順にさせ、頭を垂れさせる。院は優雅で婉曲な命令によって、いとも簡単に相手から反抗の芽を摘みとってしまうのだ。

「──院！　申し訳ありません……！」

バタバタと足音が響く。普賢に警護の陣を破られたらしい武官たちが駆け寄ってくる。

腰の刀に手をかける彼らを「よい」と院が手で制した。

「しまえ。むだな怪我を負わずともよい」

「しかし……！」

「我が領域を血で汚すな。第一、安易な方法で制せられると思うのが驕りというものだ。天狼がそうやすやすとそなたたちの手に負えるものか」

下がっておれ、と一蹴され、武官たちはすごすごと廊下の端まで後退する。

「知恵の菩薩、普賢か。明るい場所で姿を見るのは初めてだが、美しい銀狼だな」

院が半歩進み出ると、普賢は小さくうなり、牙をむいた。

「これは雄だな。普賢の主は、正確には、火の宮と映の宮、どちらなのだ」

どちらもです、と映の宮が答える。

「彼は、私たちふたりを守護しています」

「普賢の性格は？」

「温和で、優しく、従順です。稚気もあり、遊び好きで、活動的です。好奇心も旺盛ですが、どちらかといえば慎重な性格なので、無茶な行動はとりません」

「天狼は、自分に似通う性質の主を選ぶといわれているのを知っているか？」

映の宮は首をふった。

「己でも気づかぬ性質、特性、あるいは表に現れぬ気性を、天狼はそのままに体現するといわれている。――たとえば、大斎院の従える天狼は火輪という。ふしぎな真珠色の眼と漆黒の毛皮がぬばたまのように美しい雌狼だが、火輪は大の男嫌いだ」

「男嫌い。それは、男子禁制の斎(いつき)の宮(みや)で暮らすにふさわしい天狼なのでは」

八雲の院は笑った。

「少々、度が過ぎる。男嫌い、というと何やら可愛らしく聞こえるが、その実態は苛烈なものだ。火輪はこれまでに、斎院付きの女房目当てにこっそり宮へ忍びこんできた男たちを三人、嚙み殺しているのだよ」

「嚙み殺して……」

「そう。全員の陰嚢(ふぐり)を食いちぎってな」

ぐっ、と映の宮の喉が鳴った。

「大斎院は偉大な巫女(みこ)、神おろしの皇女(ひめみこ)として世間では尊敬され、あがめられている。が、その天狼は、喧嘩好きで、攻撃的で、警戒心が強く、残酷だ。火輪は男という生きものにいっさい容赦がない。私は火輪を通して、帳(とばり)の奥深くに隠された大斎院その人の真の顔、権威と神威に蓋(ふた)された老巫女の内なる激情と闇とをのぞき見るのだよ」

院は普賢をみつめた。

「同じく、人は日輪王を通して、私という人間の内面を垣間(かいま)見ることだろう。もっとも、人間嫌いの日輪王は、めったに小櫛(おぐし)の森から姿を現すことはないが……。普賢が双子の天狼であるなら、彼の中には、あなたがたふたりぶんの性質が備わっているということになるな。火の宮と映の宮。姉と弟。炎のような反骨(はんこつ)と、冷静な恭順(きょうじゅん)と……」

院は双子(ふたり)を見比べ、目を細めた。

「なんとも面白く、興味深いことだ」

院は床に落ちた直衣を拾いあげると、映の宮の裸の肩にそれをかけた。

「恥をかかせる意図はなかったが、すまぬことをした。袴をおつけなさい」

映の宮はかすかに目をみひらき、院をみつめたあと、うなずいた。

身を整え、再び弓を手にとると、窓の外へと顔をむける。

翔を乗せた船は先ほどよりもだいぶ遠ざかっていた。

「――あの船の的を落とせとおおせですか？」

「できるか？」

「正直に申しあげて、無理です。私の弓の技量には余る距離です」

「で、あろうな。私でもこの位置からあの船上の的は落とせぬ。よほどの名人でなければ成功はしまい」

院は窓のそばへ寄ると、手にした蝙蝠扇を高くあげ、ひらひらと動かした。

「そして、その名人のひとりが、今、あの船の上にいるわけだ」

扇の動きが合図だったのか、船上の翔がこちらへむかって弓をかまえ始めている。

火の宮と映の宮は思わず視線を交わしあった。

（この距離を、不安定な船の上から狙わせるの？　しかも、陽の位置からして少将からは

逆光に近い)

静寂が落ちる。

数泊後、鋭い風切り音が鳴った。

凄まじい勢いで外壁に矢が突き刺さる。

窓の横、院の立っている場所のわずか数寸ばかりそばだった。

ビィン……、と震える矢羽根を見て、火の宮の背中に冷たい汗が流れた。

五百重の狩りに同行した経験から、弓の威力は理解していたつもりだった。が、自分にむかって飛んでくる矢が、これほど恐怖を与えるものであることを火の宮は知らなかった。そして、この距離から狙いを射ぬいた翔が、まさしく弓の名手なのだということも。

院は露とも動じない。矢を抜きとり、そこに結ばれていた文らしきものを外した。

――傲慢でひともなげなふるまいが憎らしいが、目の前のその人が並々ならぬ豪胆さを備えた人物であることは火の宮も認めざるを得なかった。

「――ふむ、これは……生真面目で無粋な少将には珍しく、気の利いたことをするようだ。さて、これは、私にあてたものなのか、それとも……?」

院が笑いながら差し出す文を火の宮は困惑しながら受けとった。

細く折った懐紙の中に、早咲きの蓮の花びらと露に濡れた小ぶりな葉が入っている。

紙には一首の歌が記されていた。

蓮葉の　濁りに染まぬ　心もて
　しづく思ひを　君に見せばや

濁った池の泥の中から生える蓮の葉の清らかさ。その葉に置かれた雫の美しさをもって、あなたさまを思う私の深く澄んだ心を知ってもらいたいものです――

「雫」と「沈く」をかけた歌だ。

上皇に対して二心なく忠心を捧げる臣下の歌、と見ることができるが、そのしっとりと清涼な風情には、恋歌と解しても自然なほどの、純にして艶な響きがあった。

――私が会いにくるのはきみだけだ。会いたいと思うのはきみだけだから――

昨日の翔のひたむきなまなざしがよみがえり、火の宮の胸はかすかに甘く疼いたが、探るような院の視線に気づき、強いて無感動を装った。

「武芸にすぐれ、人柄もよく、若木のように美しいという源氏の少将の評判は、私も早くから耳にしていた。院御所の殿上をすぐに許したのだが、主上に仕えるのが忙しいという理由で、少将はこれまで、めったに春秋院へは姿を見せなかったのだよ。誰も彼もがこの私におもねり、媚びへつらう中で、帝にいちずに仕える少将の潔癖さは珍しくも好ましく映ったものだ。源翔。火の宮。映の宮。そして普賢。女東宮冊立の計画から、美しいあなたがたが私の懐（ふところ）に飛びこんできたのは、良い意味での誤算だったといえるであろうな」

　院が再び扇をふると、船がこちらとの距離を縮めた。

「――この距離であれば、いかがか？　難しくはあろうが、不可能ではあるまい」

　映の宮は船までの距離をじっと目で測っていたが、うなずいた。

「先ほどの無礼の詫びに、映の宮、あなたには、三度の機会を与える。一度、的を落とすことに成功したら、普賢とともにこの雷光殿に滞在することを許そう。二度、成功したら、あなたの元服（げんぷく）を私が采配しよう。その加冠（かかん）役には、左右大臣のどちらかを指名しよう」

　映の宮の表情が変わった。

　十六という年齢にもかかわらず、映の宮がいまだ童形のままでいるのは、まさしく、親王というその身分にふさわしい加冠役を見つけられずにいるためだった。

「三度の試みがすべて成功したら、あなたの望みをなんでもかなえると約束しよう」

「かしこまりました」

　映の宮は自分に寄り添い続けている普賢の背をなで、そっと押した。

　普賢は大人しく彼から離れ、火の宮のそばに腰をおろす。

　風がないのは幸いだった。が、陽を反射させ、池の水面（みなも）は目を刺すようなまぶしさである。船上の翔はすでに弓を置き、代わりに、先端に扇を括りつけた棒をかかげている。

　失敗した時のことを考えれば、的をもつ翔の危険も小さくはないはずだった。

それを覚悟の上で、彼は映の宮に協力してくれているのだ。

映の宮が弓をかまえる。キリキリと弦が引き絞られ、緊張の頂点で矢が放たれる。

知らず、火の宮は息を止めていた。

パン、と遠く乾いた音がして、棒の先の扇が宙を舞った。

（成功した……！）

間を置かず、映の宮が二の矢をかまえた。

その横顔には緊張も危うさもなかった。ひたすら的に集中している。二本目、弧を描いて飛んでいった矢が、再度、扇を射落とした。続く三本目の矢が船上の扇を落とした時、階下からどっと歓声が響いた。風変わりなこの遊戯に、階下の女たちも気づいたらしい。

気負いや緊張は見えなかったが、それなりに心にかかる負荷はあったようだ。映の宮は小さく息を吐くと、そばの壁に弓を立て、院に頭をさげた。

「全的か。みごとな腕だ。少将の言葉は正しかったようだな」

「おそれいります」

「約束通り、望みをかなえよう、映の宮。あなたの望みはなんだ。銀造りの刀剣か。絹布か。宝石か。官職か。品位か。遠慮なく、欲するところを口になさい」

「ありがたいお言葉ですが、雷光殿での滞在をお許しいただけ、元服をご采配いただけますなら、私にはもうそれで十分です」

「興の醒めることをおっしゃるな。あなたのような美しい若者は、もっとわがままに、貪欲にあるべきだ」

映の宮はしばらく黙った。

主張を通し、気まぐれな上皇の機嫌を損ねるのは得策でないと判断したのだろう。

「本当に、どんな願いでもよろしいのですか？」

「かまわぬ」

「それでは申しあげます」

「いってみなさい」

「和歌の宮さまの死体を調べさせてください」

三　狼の結婚

火の宮は不機嫌だった。

（映の宮の狙いは成功したわ）

院の傲慢な命令に動じず、怖じず、それでいて媚びもせず、平然と指示をこなした映の宮を八雲の院はおおいに気に入ったようである。

狙い通り、映の宮は雷光殿での滞在を許され——普賢は建物への出入りを許されたものの、寝起きの場所は建物の外の船宿になった——元服の約束までをもとりつけた。

そこまではよい。弟に立派な加冠役に見つけてやりたい、というのが火の宮が上洛した理由の一つだったのだから。

大臣を加冠役に据える元服式は、無品の親王としては異例の厚遇であり、それが映の宮の未来に、何かしらよろこばしい結果をもたらすことは間違いないだろう。殺人事件の起こった今、双子の弟と普賢がそばにいてくれることも心強かった。

頭にくるのは、それらがすべて男たちの駆け引きとやりとりのみで決定され、かたわらにいた火の宮の存在は、ほとんど彼らに無視されていたことである。

（こっちは、院の歓心を買うために映の宮とよく似た装束を着させられて、御前にひっぱり出されて、いきなり無茶な当て物までやらされたっていうのに。もう！）

映の宮が裸にされては憤り、的当ての結果を見守っては、はらはらしていたというのに、これでは、ひとり気を揉んでいた自分がばかみたいではないか。

「——それで、映の宮どのは、今どこに？」

ぷんすかしている火の宮へ、翔が尋ねた。

役目を終えた翔は、池から戻り、火の宮の部屋へと再びやってきたところだった。

ひき続き室内には入らず、廊下に立って、御簾越しに火の宮と会話を交わしている。

「映の宮なら、一階へいったわ。五百重と一緒に」

「一階？」

「さっそく、和歌の宮さまのご遺体を調べにいったの。ご遺体は一階の部屋に安置されているから。それを聞いて、五百重が自分も同行する、と申し出て。その種のことなら、映の宮よりも自分のほうが詳しいだろうから、って」

「五百重は死体に詳しいの？」

「五百重はなんにでも詳しいの」

「そうか」

翔は感心したようにいった。

「京広しといえど、きみたちほど有能な侍女をもっている人間は他にはいないだろうな」

真面目な口調である。

——たしかに、死体に詳しい侍女など聞いたことがない。からかうでもない翔の言葉から、五百重の多芸多才ぶりに慣れてしまっている自分たちの感覚のおかしさに気づき、火の宮はくすっと笑ってしまった。

——口角の緩みとともに、少し、心のつかえもとれたような気がした。

「そういえば、きみたちの、あのふしぎな能力は本物なのか？」

「能力？」

「双子の絆さ。おたがい、相手の心を読めると映の宮どのがいっていた……事実、きみは院の示した数字を見ないで当てただろう」

ああ、と火の宮は苦笑した。

「あれは、映の宮のハッタリ、ただのイカサマよ。心の中なんて読めるわけないわ」

「からくりがある？」

「そうよ。あれはね、映の宮が足の指を使って、わたしに数字を教えていたの。袴の裾の陰でこっそり指を動かして。『葦みたいにフラフラするな』と映の宮がいった、あの言葉でわかったわ……とはいえ、ずっと足元を注視していたら院に気づかれてしまうから、わたしも集中するふりをしてうつむいて、視線をごまかさなくちゃいけなかったけれど」

宇治での奔放な生活。賭場にも出入りしていた映の宮は、イカサマに詳しかった。

火の宮も弟からその種のからくりをいくつか聞いて知っていたので、弟のしかけたハッタリにすぐに気づき、対応することができたのである。

「なるほど、そういうことか。……だが、打ち合わせもなしにそんなイカサマを一発で成功させたのは、やっぱりきみたちのあいだに特殊な絆があるからだという気がするな」

「悪さをするとき、わたしと映の宮は怖いほど呼吸があうのよ」

妙な自慢をする火の宮に、翔は笑った。

「うまいやりかただったたと思うよ。ふたりで衣装や所作を揃えた件といいね。おかげで、あのきまぐれな院の興味をおおいに引き、もくろみ通り、気に入られた。映の宮どのがそこまでしたのも、院の傲慢な要求を撥ねつけなかったのも、ひとえにきみのためだろう。雷光殿での滞在許可を得て、正体不明の殺人犯からきみを守るために」

映の宮が着物を脱がされ、裸にされた件を、翔も先ほど火の宮から聞いたのだった。

「だから、映の宮どのへの腹立ちは、そろそろおさめてもよいのでは？」

火の宮はうなずいた。

わかっている。和歌の宮殺害の報を聞き、映の宮と翔が、離れた場所にいる自分をどれほど心配したか、こうして朝から駆けつけたふたりを見れば想像できる。帝を説き伏せ、推挙の言葉なり文なりを携えてここへくるまでには、相当の苦労をしただろう。

火の宮が本当に怒りを覚えているのは、院のひともなげな仕打ちに対してであり、同時に、それを止められなかった自分に対してだった。

「映の宮が裸にされたあの時、普賢を院にけしかけてやればよかった、と思うわ。三人の男の陰嚢を食いちぎったという、大斎院の火輪みたいにね」

怒りがよみがえり、内親王らしからぬどぎつい言葉が口をついて出る。

「わたしはやっぱり院が嫌い。あの方は、ご自分が何をしても許される身だと驕られていらっしゃる。実際、院には恐れるものなど何もないのでしょう。生まれながらに日輪王の守護を得られて、多くの皇子を押しのけられて帝位につかれて、思うままに政を操られて。上皇となられてからは、この雷光殿の高みから、悠々と人々を見おろされて。弱い者の声など、院の耳には秋虫のさえずりほども響かず、興味も引かないのよ。頭にくるわ」

「院をお庇い申しあげるわけではないが、以前の院は決してそうではあられなかった」

翔が慎重な口調でいった。

「今と同じく、大胆で、奔放で、気性のお強い方ではあられたが、あの種の傲慢なふるまいをなさる方ではなかった。三人の東宮の死が、院の中の何かを変えて、歪めてしまったんだと思う。そう……ことに、最初の東宮、敦人親王の死が」

――悲劇の幕開けである敦人親王の死。

敦人親王重篤の報がもたらされた時、院は周囲の制止を一蹴し、院御所より東宮御所へ車を走らせる急な行幸を決行した。当時、帝の文の使者として春秋院にいた翔も、たまたま警護のひとりとしてこれに加わったそうである。

院が駆けつけたとき、東宮はすでに危篤状態だった。上皇を万が一にも死穢に触れさせるわけにはいかない、という配慮から、父子の対面はごく短い時間で終わったが、それは幸いだったと翔はいう。それほどに敦人親王の死にざまは凄惨であったらしい。

白磁の肌を冒す焼けただれたような発疹。血と膿の混じりあった甘い貴腐の匂い。

在り日の皇子のかがやかしい思い出——幼少時の愛らしい笑顔も、元服時の凜々しい姿も、すべてが悲惨なその死の記憶に覆われてしまったのだ。

「後にも先にも、あれほどの衝撃に打ちのめされた院を見たことはない。おそらく、あの時、敦人親王とともに、院の中のかけがえのない何かが死んだのだよ」

火の宮は初めて対面した日の院を思い出した。

唐櫃の中に押しこめた全裸の女の死体を前に、平然とその乳房を切り裂いて葡萄病みの予防薬にする方法を説いていた院。医師や学者を春秋院に集め、独自に研究を行わせていることからも、愛し子を奪った葡萄病みを憎む院の執念のほどがうかがわれる。

和歌の宮の死に、院がさほどの動揺を見せずにいるのは、天狼の加護を受けている自分は安泰だという驕りゆえだと火の宮は思っていたが、あるいは、そうではなかったのかもしれない。

幼い我が子を立て続けに三人も奪われた絶望の経験から、院はすでに死への恐怖に麻痺してしまっているのかもしれない……。

「院もある意味、病み人であられるのね。葡萄病みに負わされた深い傷を抱えていらっしゃる。そして、それゆえの横暴なふるまいを誰も止められない……東宮になるということは、そんなきまぐれで残酷な院の傀儡になって生きるということなのね」

中継ぎである女東宮の寿命はそう長いものではないはずだった。

だが、一度、その座に就いた人物は、女院と同様の地位を与えられ、立場にふさわしい生き方を求められることになる。東宮の位を降りたのちも、見えない権威をまとった孤高の内親王として、世間に交らず、生涯独身を通すことを強いられるだろう。

「火の宮」と翔がいった。

「このままいけば、東宮に選ばれるのは、おそらくきみだ。きみは天狼に選ばれた特別な皇女で、美しく、賢く、その強い気性を院に気に入られている。だが――率直にいって、私は、きみに女東宮になってほしくはない。勝手な願いだとわかっているが、もしもきみにも迷いがあるのなら……候補の座をおりることを早急に考えてみてはくれないか」

――東宮候補をおりる。

胸によぎった考えを読みとられたようで、火の宮は顔をあげた。

「女東宮は、いわば、贄だ。世の平安と引き換えに、葡萄病みの疫神にその純潔を捧げさせられる花嫁。荒ぶる神のために手折られる高貴な花。私はきみに、そんな重い、陰鬱な、わずらわしい役目を負わせたくはない」

翔の声が近くなった。

ふたりを隔てる御簾がかすかに揺れる。

膝を折り、こちらへ身を寄せる翔の顔を火の宮は御簾越しに透かし見た。

「きみには、禍々しい疫神ではなく、平凡でも、きみを心から愛する人間の男の妻になってほしい」

「少将」

「映の宮どのの意見も私と同じだ。もちろん、候補をおりるといっても、そう簡単にいかないことはわかっている。すでに選定は始まってしまっているし、きみはその中の最有力候補なのだから。将来のことを考えれば、強引に事を進めて、院のご不興を買うのもうまくないだろう。下手をすれば、映の宮どのの元服の件も取り消されてしまうかもしれないからね。できる限り穏便に、角を立てないやりかたで、きみを東宮候補から外すにはどうすればいいか、私と映の宮どのは、ここ数日、真剣に策を考えているんだよ」

「わたし、女東宮になりたいなんて思ったことはないし、ここにいる限り、和歌の宮さまのようにいつ殺されるのかわからないことも知っているわ」

火の宮はいった。

「だから、あなたと映の宮が今すぐ候補をおりろというなら、そうしたっていいと思っている。それが、わたしの家族やあなたに不利益をもたらさないなら。あの傲慢な院を怒らせずに東宮候補の座をおりる——そんな方法があるのかしら？」

「ある。きみが天狼に選ばれた人物であることを逆手にとればいいんだ」

「逆手にとる？」

「そうだよ。そのためには、まず、女東宮の座には、犬の宮に就いてもらう」

翔は説明した。

これは犬の宮じしんの強い望みでもあるし、いとこととして、彼女と彼女の母親の希望をかなえてやりたいきもちもあり、両者に益のある計画だ、と翔はいう。

火の宮を最有力候補たらしめているのは、いうまでもなく普賢の存在である。

天狼に選ばれた皇女を女東宮に据えれば、おそらく、大斎院の予言通り、天意によって葡萄病みの猛威は鎮まり、皇族男子の死は止まるのだろう。人々は花鎮めの能力をもつ聖なる女東宮に、多大な感謝と尊敬と熱狂を寄せるにちがいない。

だが、その成功は、次の東宮と、その父である八雲の院にとって、なかなか厄介な存在を誕生させることをも意味するのだ。

「院が周囲の反対を押し切られ、女東宮の冊立を実行されたのはなぜだと思う？」

「さあ……大斎院の神託を、それだけ強く信じているから、ではないの？」

「それもあるが、一番の理由は女東宮の栄誉が一代限りだからだ。男子の東宮とちがい、常処女であるべき女東宮は子を生せない。たとえ期待通りに病を鎮め、人々の称賛と支持を集めたとしても、その権威は継承されない。つまり、院の血筋による帝位の存続や院政体制を脅かさないということだ。大斎院にしても、その点はまったく同じで、かの偉大な巫女はどれほど権威と世の信奉を集めようとも、それを継がせる後継者をもたない。……だが、火の宮、きみと大斎院では決定的に異なるところがある。わかるだろう」

火の宮はうなずいた。

「映の宮の存在ね」

「そうだ」

――輝かしい天狼の守護を宿した美しい親王。姉は予言によって選ばれた女東宮。

それに双子という神秘性が加われば、晴れて成人した映の宮がどれほど世間の評判を集めることになるかは、明白だった。女東宮である火の宮へ寄せられた称賛や好意は、そのまま、同じ顔をした弟の映の宮へ引き継がれることになるだろう。

「中継ぎとして都合よく利用するつもりだっただけの女東宮とその弟に、必要以上の人気と権威が集まることを院は望まれないはずだ。ことに映の宮どのは男子で、子を生せる。院からすれば、権門と結びつき、新たな後宮の勢力となる可能性がある。その危険性を示唆して、東宮の座にはきみではなく、犬の宮を据えるべきだ、と院をご説得申しあげる」

「なるほどね……でも、それって、同時に、映の宮の将来を閉ざすことになりはしない？　だって、院にわたしたち双子の存在を危険視させるという方法なのでしょう。わたしを東宮候補から外すのと同時に、あの子も宮廷から遠ざけられてしまわないかしら」

「そうならないための策も用意してある。火の宮、きみは尚侍になるんだ」

思いがけない翔の提案に、火の宮はめんくらった。

「わたしが尚侍に？　尚侍って……たしか、内侍所の長官のことよね」

尚侍は女官の最高位とされる職掌である。

後宮にある殿舎、内侍所に奉安されている神鏡を祀る役目を担う。

定数は二名だが、ここ数年、そのうちの一つが空いたままになっているという。

「きみは宮廷でもっとも高貴な女官、尚侍として、女東宮に、犬の宮に仕えるんだ。数百年ぶりに冊立される女東宮には、それを支える人間が必要なはずで、神鏡を祀る尚侍という役目は、天狼の守護を受けたきみに、まさしくふさわしいだろう」

「わたしが尚侍として犬の宮さまに……」

「きみだけじゃない。映の宮どのも、皇族として、女東宮を支える立場に身を置くことを宣言する。不本意だろうが、姉弟そろって院にこうべを垂れ、恭順の意を示すんだ。天狼の守護者として恵まれる幸運をじしんのためではなく、この国の安寧のために捧げる、と宣言して。天狼の守護をもつ美しい双子が左右から犬の宮を護る、という安定した構図を作りだせば、女東宮冊立に反対する派の声も抑えられ、院も満足されるだろう。〝女東宮の弟〟でなく、〝尚侍の弟〟となれば、映の宮どのにもそこまでの権威や信奉は集まらず、院の警戒心を刺激しないですむはずだ」

火の宮は考えた。

後宮についてはよくわからないが、内侍所の長官という高い地位に就いていれば、この先、映の宮にとって何かと有利に働くのではないか、ということはわかる。

権門との人脈も作れるだろうし、宮廷内の有力な情報を得る機会も多くなるだろう。

親王の多くは名ばかりの名誉職を与えられ、有閑の身をもて余すのが普通だが、映の宮の性格からして、彼がそんな退屈な境遇に甘んじるとは考えがたかった。

それならば、姉として、弟の未来が輝くものとなるべく助力してやりたい。

「映の宮も、今いった計画を知っていて、賛成しているのよね？」

「そうだよ」

「それなら、いいわ。女東宮ではなく、尚侍になる。少将、あなたのいう案にのるわ」

ほっ、と翔が御簾のむこうで安堵の息を吐いた。

「よかった。もっとも、何もかもが計画通りにいくとは限らないが。多くの懸念を踏まえた上で、それでも院がやはりきみを女東宮に、と強く望まれる可能性もあるからね」

「それはそうね。院には院のお考えがおありでしょうし」

したたかな院のこと、こちらの思惑など、ある程度は見通しているはずだ。

その上で、互いの利益が一致する、と判断すれば、計画に賛同してくれる可能性はじゅうぶんにあるはずだと院の性格を熟知した上で、翔は踏んでいるのだろう。

帝に忠誠を誓う翔である。何かと帝を軽んじる院のやり方に、思うところは多々あるはずだった。が、彼はいったんそれらを呑みこんだ上で、冷静に現状を見極め、帝の忠臣としての立場を守りつつ、院の信頼をも獲得している。

（少将は、大人なんだな……）

自分たちのため、知恵を巡らせてくれている翔を前にすると、院への悪態ばかり口にしてきた自分が、なんだか急に子どもっぽく思えてくる。

「急に黙ってしまったね。今、話した計画に、何か懸念や不安がある？」

火の宮は首を横にふった。

「不安なんてないわ。あらためて、あなたに感謝していたの、少将」

「私に？」

「そうよ。だって、わたしや映の宮のために色々と尽力（じんりょく）してくれて、本当にありがたいと思うから。さっきの的当てだって、あなたは危険を押してまで映の宮に協力してくれたのだし、映の宮の滞在の件も、主上（うえ）にかけあってくれたのよね。あなたの助けがなかったら、わたしも、映の宮も、今の状況を前に、途方に暮れているしかなかったと思う」

火の宮は心からいった。

「宇治からずっと、わたしたち一家を支え続けてくれて、本当にありがとう、少将。見返りも求めず、ずっとやさしくしてくれて……あなたには、どうやってお礼をしたらいいのか、わからないくらいだわ」

「見返り」

御簾のむこうで、翔がつぶやく。

「私も聖人ではないよ。見返りをまったく求めていないわけではないんだ」

「そうなの？　水臭いわね。何かほしいものがあるなら、遠慮なくいってちょうだい。といって、うちには蜂蜜くらいしかあげるものはない気がするけど」

翔は笑った。

「……火の宮。きみは、私が矢に結んでおいた文は読んだ？」

すぐに思い当たらず、火の宮は少し考えた。

「文って、院の命令で射かけた、あの矢文のこと？　それなら、ここにもっているけど」

懐に入れたままにしていた文をとり出した。

「蓮葉の濁りに染まぬ心もて……しづく思ひを君に見せばや」

男らしい、大ぶりな手蹟をなぞって読む。

口にすると、その歌の清涼な情緒が、あらためて甘やかに耳に響くようだった。

「それは、きみを想って詠んだ歌だよ。雫のきらめく池の蓮を見て、きみに見せたいと思ったから。私の目に映るきれいなものは、火の宮、みんなきみに見せてあげたい」

「やさしいのね。わたし、この歌、好きよ。……院が、この歌を見たあとに意味ありげにわたしを見てくるのが、あの時は、少し、恥ずかしかったけど」

「恐れ多いが、その歌で、私は院をご牽制申しあげたつもりだったんだ」

「牽制？」

「院には、あの時、船上より自慢の弓の腕を披露してみせよ、と命じられていた。成功したら、相応の褒美をとらすと。褒美は望まないが、院には知っておいていただかねばならない、と思った。だから、歌を通して、院にその意をお伝え申しあげたんだ。私が……きみを東宮にさせたくないと思っていることを。東宮ではなく、きみを私のものに、私の人に、私の妻にしたいと思っていることを」

火の宮はびっくりして、御簾のむこうの翔をみつめた。

「少将！」

「尚侍は、女東宮とはちがう。人の妻であっても、なれるんだ。お召しに応じて出仕すればいいから、常時、宮中に暮らす必要もない」

翔は早口にいった。

「だから……もしも、院が我々の申し出を容れられて、きみを候補から外してくださったら。火の宮、その時はここ春秋院を出て、私の邸へきてくれないか」

「あなたの邸に……？」

「いつまでも紀伊の守の邸に厄介になるのも肩身が狭いだろう。むろん、映の宮どのも、貴の宮どのも、五百重も一緒だ。みんなで一緒に私の邸で暮らさないか。これからの生活の苦労や心配事はすべて私が引き受ける。私は生涯、きみだけを護り、きみの他には妻をもたないと誓うよ。だから、火の宮、私との具体的な将来を、考えてみてほしいんだ」

火の宮はなんと答えていいのかわからなかった。あまりに唐突な申し出だった。

(――でも)

と手の中の恋歌(こいうた)に目を落としながら、思う。

(唐突だと思ったのは、わたしだけなのかもしれない)

女東宮の冊立は政治的事案であり、一介の少将が踏みこむには覚悟のいる領域の話だった。場合によっては帝や院の不興を買い、出世の道が閉ざされることもある。

身内でもない翔がその危険を押してまでこの件に関わるのは、それだけ、火の宮への強い想いがあるからなのだろう。

彼の好意には気づいていたが、火の宮の中の彼へのきもちはまだごく淡いものだった。そのあいだに、彼はもう彼女との具体的な未来を考えていたのだ。

それは男女の違いによるものなのか、ふたりの年齢の差がそうさせるのかはわからないが、翔がそれだけ彼女のことを、真剣に考えてくれていることは事実だった。

御簾のむこうにいる翔の存在を、この時、火の宮は初めて男性として強く意識した。

(――少女でいられる時間というのは、そう長くはないものなのね)

裳着(もぎ)をすませ、大人になったと思っていたが、実際、火の宮の心はどこかまだ、自由な子どもの時間に留(とど)まっていた。のどかな宇治での生活がそれを可能にさせていた。

もうそんな時代に終わりが近づいていることを、翔の言葉で知らされる。

両親もいない身の上であれば、東宮候補をおりたあとの現実的な身の振り方を考えねばならない。総領姫として、養うべき弟妹がいるのならなおさらだった。

そして、十六歳の娘にとって、結婚は決して早すぎる話ではない。

「……すまない。今するべき話ではなかったかもしれない。きみにとって人生を左右する重要な決断を立て続けに迫って、戸惑わせてしまったかもしれないね」

火の宮の沈黙をどう解釈したのか、翔はぎこちなくいった。

「すぐでなくともいいんだ、答えは。いくらでもまつ覚悟はあるよ。ただ、私はこの危険な場所から、一日も早くきみと犬の宮を脱出させたいし、脱出した先々のこともきちんと考えているから、春秋院を出たあとのことを不安に思う必要はない。それだけ、きみに伝えたかったんだ。きみの気がかりをとり除いて、安心させたいと……本当に……」

火の宮はちょっとおかしくなった。

(わたし、何もいっていないのに、勝手に反省して落ちこんでいる)

いわれた話をよく考えていただけだったのに、彼女が拒絶の意味で沈黙を守っていると思ったのだろうか。火の宮は御簾のあいだから、そっと顔をのぞかせた。

翔と目が合った。彼は強ばって、不安げな、これまでに見たことのない顔をしていた。

先ほどまでの、船上で悠々と弓をかまえていた雄々しい姿とは別人のようである。

その必死さ、深刻さが、火の宮の中の悪戯な子どもの部分をくすぐった。

「狼の結婚を知っている?」

「え?」

翔が目をみひらいた。

「狼よ。前に、五百重が教えてくれたの。動物は、ふつう、繁殖相手をこの一匹、というふうには定めないものでしょう。でも、狼は違うんですって。いったん夫婦になったら、どちらかが死ぬまで、狼は生涯、つがいの相手を変えないんですって」

「そう、なのか。知らなかった」

「あなたはさっき、結婚したら、妻はわたしひとりだといったでしょ」

火の宮は大きな目でじっと翔をみつめた。

「その言葉は、本当?」

「本当だよ」

かぶせるように答えが返ってくる。

「神仏に誓って、きみの他には妻をもたない」

「浮気もなしよ。わたし、そういうことには寛容になれないと思う。狼と一緒なの。契りを結んだ相手にはわたしのすべてをあげるから、伴侶になる人にも同じことを求めるわ。わたしだけだと愛を誓いながら、隠れて他に女の人を作るなんて、許せないもの」

「わかっている。きみだけだよ。私は他のどんな女性もいらないから」

「本当に？」

「きみに嘘はつかない。万が一、浮気なんて愚行を犯した日には、私はきみを愛する貴の宮どのから言葉の限りに罵られ、軽蔑され、映の宮どのには無言で殴られ、五百重には矢を射かけられ、普賢には全身嚙みつかれて、半死半生の目に遭うだろう。でも、いいんだ。そのぐらいの覚悟はできているよ」

火の宮はくすくす笑った。

「そんな乱暴なこと、しないわよ。わたしの家族をなんだと思っているの？」

翔は目を細めて彼女をみつめる。

「きみのその笑顔が好きなんだ」

いとおしむようにいった。

「火の宮、きみが笑うのを見るたび、何かが心の中で音を立てて動きだすように感じる。自分の頑なな一部が壊れていくようでもあるし、柔らかな何かが芽吹くようでもある。初めて味わうふしぎな感覚で、落ち着かないが、無視できない。きみから目を離すことができないんだ」

「いつから？」

「たぶん、最初から。きみが狼の面をとって、私に素顔を見せた、あの時から」

「あんなおかしな出会い方だったのに」

「そうだね。でも、仕方がない。始まってしまったんだ。抗(あらが)えないよ」

「いったい、わたしの何が気に入ったの」

「何もかもだよ。気に入らないところを見つけるほうが難しい」

「あなたは、きっと、わたしに手を焼くと思うわ、少将。京(みやこ)の流儀は一つも知らないし、型にはめられるのは大嫌いなんだもの。こんなはずじゃなかった、って、妻に迎えてから後悔しても、遅いわよ。わたしは、わたしを変えられない。おてんばでわがままなわたしを御(ぎょ)せられるのなんて、五百重ぐらいのものだもの」

「きみを御そうなんて考えたこともないよ。今のままのきみがいい。髪の毛一筋も変えないでくれ。きみの五百重はなんでもできるだろうが、夫の役だけはできないはずだ。だから、その仕事は、この私に一生をかけて引き受けさせてくれないか」

火の宮は笑った。

(――少将はやさしい)

彼のやさしさは、少し五百重に似ている、と火の宮は思う。火の宮を大きなたくましい腕の中に守り、わがままを許し、彼女の負う荷をおろさせ、甘えさせてくれる。

火の宮は甘やかされるのが好きだったし、そういう愛されかたに慣れていた。自由闊達(かったつ)な彼女を抑圧せず、のびのびとふるまうことを許してくれる、それでいて彼女が道を外さぬよう、手綱(たづな)はしっかり握ってくれている、そういうおおらかな愛情に。

火の宮の運命が大きく動きだしたその時に、翔は現れた。助けたこともあれば、助けられたこともある。助けが必要な場面に、いつもなぜだか、おたがいがいたのだ。

そういう縁だったのだろう、と思えば、自然の流れに抗わず、彼の手をとるのが正しい選択なのかもしれない、と思えてくる。

「――正式な返事は、もう少し、まって」

火の宮はいった。

「こんな大事なこと、ひとりでは、決められないもの。貴の宮や五百重たちにも相談しなきゃ。それに、まずは東宮候補をおりることを第一に考えなくちゃいけないでしょう？」

「きみの心が固まるまで、まつよ。気は長いほうだから」

翔はうなずいた。ようやく緊張から解かれたように、和らいだ表情で。

（――東宮候補をおりて、少将の妻となって、彼の邸で暮らす）

同時に、尚侍となり、女東宮としての重圧を背負う犬の宮を友人として支え、映の宮の未来が望ましいものになるよう助ける。貴の宮や五百重を生活の苦労から解放してやる。そのかたわらには、これまで通り、自分たちを守ってくれる普賢がいて……。

そんな暮らしができたら、どんなに素晴らしいだろう。

そして、それは決して手の届かない夢物語ではないのだ。

女東宮候補となって以来、ずっと、霧に包まれたように曖昧で不確かなものに思えていた自分たちの未来が、火の宮には今、初めて明確に見えた気がした。

「きみのいう通り、まずは東宮候補の件を片づけなくては。院のご気分は日によって大きく異なる。慎重に、よい時を見計らって、話をもちかけてみなくてはね」

「そうね。でも、大丈夫よ。きっと、うまくいくわ」

　火の宮は楽観的にいった。

　自分の運の強さをあまり疑ったことのない火の宮だった。恵まれたとはいいがたい境遇にあっても、これまで、強く望んだことは、ふしぎと叶えられてきた。天狼の守護といい、そういう星回りに生まれてきたのだろう、と思う。

「最悪、院の機嫌を損ねたとしても、絶対東宮にはならないとわたしが拒めば、あきらめざるをえないでしょ。引きずってでも女東宮に、とはさすがに院も思われないはずよ」

「さあ、どうかな。院は決定権を他人に委ねることに慣れておられないお方だ。きみを女東宮に、という考えを否定された場合、意地になってその案に執着される可能性も考えられなくはないよ。むろん、そうならないことを願ってはいるが……」

「じゃあ、その時には強硬手段をとるしかないわね」

「強硬手段？」

「女東宮になる条件は処女であることでしょ。だったら、それを放棄してしまえばいいんじゃない？　地上の男の妻になってしまえば、神の花嫁にはなれないもの。院の大勘気をこうむるのは必至だろうけど。その時は少将も覚悟を決めておいてね——ひとりでは処女の資格は捨てられないもの。共犯者が必要なんだから！」

火の宮は悪戯っぽくいった。

翔は絶句した。端整なその顔が、みるみるうちに朱に染まっていく。

「なんて、悪い子だ」

火の宮は笑った。

「生まれた時から悪い子だし、これからも、そうよ。結婚したって、変わらないわ。求婚を撤回するなら、今のうちよ」

「撤回なんて、誰がするものか」

少将は苦しそうに息を吐き、近くの柱を拳で叩いた。

「きみにはわからないだろう、火の宮。きみの奔放な言動が、その笑顔が、どれだけ簡単に私の心をかき乱すか。そんな大胆なことをいわれて、今すぐきみを抱きしめたい衝動に駆られないわけがない。本当に、悪い子だよ、きみは。頼むから、これ以上、私を誘惑しないでくれ」

うめくようにいった。

火の宮は翔をみつめた。彫りの深い、男らしい、端整な横顔。長い睫毛がせわしなく動き、たくましい胸がかすかに上下している。その目は頑なに火の宮を見ず、廊下の床の一点をにらんでいる。

　死穢に接した火の宮に触れたら、彼にもそれが移り、参内その他の行動を控えねばならなくなる。それではくだんの計画を進めるにも支障が出るため、翔は彼女に触れたい衝動と懸命に戦っているのだ。そう思うと、火の宮は疼くような甘い痛みを胸に感じた。

（この人は、本当にわたしのことが好きなんだ）

「源　翔」

　火の宮はつぶやいた。近い未来に、夫になるかもしれない男の名前を。

「こっちをむいて」

　翔の瞳が揺れた。瞬きもせずにその目をみつめていると、吸いこまれるように、彼の心が自分へと引き寄せられるのを感じる。映の宮をのぞいて、他人の心の動きをこんなふうに我がもののように感じとれたのは初めてだった。

　誘惑――これは誘惑なのだろうか？　たぶん、そうなのだろう、とじしん、胸の高鳴りを感じながら、火の宮は思う。愛される側の傲慢なふるまいだと自覚していても、彼のきもちを、恋心を、その情熱を確かめてみたい欲望を抑えられなかった。その理由が、好奇心からなのか、彼の想いにほだされつつあるゆえなのかはわからなかったけれど。

　気がつくと、翔の顔がすぐそばにあった。

　その表情は怒っているようでも、何かを乞うてるようでも、途方に暮れているようでもあった。人にまさってたくましい、武芸に秀でた雄々しい青年が、小さな子どものように不安げな目で自分をみつめるさまがいじらしく、いとおしく思え、火の宮は微笑んだ。

距離がさらに近づいた。彼の香りに包まれる。視線がからみあう。吐息が混じりあう。たがいの指先は触れあわんばかりの近さにある。

御簾の隔てはすでになく、ふたりを遮るものは、たがいの理性ばかりだった。

「火の宮……」

「——コホン」

気まずそうな咳払い。

「盛りあがっているところを邪魔して悪いんだが、続きはまたあとにしてもらえるか」

火の宮と翔は同時に顔をあげた。

「どうせ、死穢が晴れるまでは手を握ることもできないんだろうから、ふたりとも、続きは明日にでもゆっくりやってくれ。少将、きみには退出の時間がある。それまでに、できる限りの情報を共有しておきたいんだが」

翔の背後に映の宮と五百重が立っていた。

一瞬、状況がわからなかった火の宮は、

「あ」

思い出して声をあげた。

「そうだったわ。ふたりがご遺体の調査を終えるのをまっていたところだったんだ！」

翔との会話に没頭し、すっかりそのことを忘れていた。

やれやれと映の宮が頭をふる。

「思い出してくれてうれしいよ、姉上。きみと少将が熱くみつめあっているあいだ、ぼくと五百重がジメジメした陰気な部屋で冷たい死体とみつめあっていたことを」

「イヤミないいかたをしなくてもいいでしょ。何よ、その仕事は、自分からいいだしたんじゃないの」

隣に腰をおろした映の宮の膝を火の宮は軽く叩いた。

「わたしも一緒にいきたいといったら、絶対ダメだといったくせに」

「失神されたり吐かれたりしたら面倒なんでね」

「それで、何かわかったことはあったの？」

「犯人が一発でわかるような、思いがけない大発見というものはない。だが、まあ、いくらか整理はできただろうさ」

「教えてよ」

「おい、きみは切り替えが速すぎないか、火の宮」

あきれたように映の宮はいった。

「今の今までうっとり甘い雰囲気に浸（ひた）っていたのに、よくもそうさっさと死体の話に興味をむけられるものだ。見ろ、少将のほうが、よっぽど乙女みたいな反応をしているぞ」

いわれて、視線をむけると、翔は夢から覚めたばかりといったようなぼうっとした顔で火の宮を見ていた。

「もうしばらく、お席を外していましょうか、少将さま？」

五百重が気を利かせていうと、

「ああ――いや。大丈夫だ。ありがとう」

翔は頭をふり、苦笑した。

「映の宮どののいう通りだ。退出の時間が迫っているのだし、話を聞かねば。このあと、主上への報告のために内裏へも参らねばならないから」

恋の余韻を振り払うように、翔は大きく息を吐くと、袖を払って衣装を整えた。

「――それで、ご遺体の検分は滞りなく行われたのか？」

翔の問いに、映の宮はうなずいた。

「入口を見張っていた番人からは、わざわざ絞殺死体を見にくるなど正気の沙汰ではない、という目で見られたがね」

「嫌な役目を引き受けさせてしまったな」

「火の宮ではないが、自分からいいだしたことだ。それに、実際、死体を調べたのは五百重であって、ぼくではないからな。ぼくはせいぜい、いわれた通りに灯りを近づけたり、死体を動かすのを手伝った助手役にすぎないよ。功労者は五百重だ」

　みなの目が五百重に注がれる。

　騒ぎや事件、解決すべき問題が起こった時、誰も彼もが五百重を頼る。ゆえに、注目されれ、こんなふうに期待の目をむけられることに、彼女は慣れていた。

「幸いだったのは」

　と五百重は控えめにいった。

「和歌の宮さまがお召しになられていたご衣装に、たっぷり香がたきしめられていたことでしょう」

「香？」

「はい。ここ数日の暑さに加え、池のそばで湿気の多いこの場所では、ご遺体の傷みも、相当早くなります。目で見る死体のありさま以上に、死臭というのは、耐えがたく強烈なものです。ですが、衣装にたきしめられていた高価な香が、その匂いをだいぶ抑えてくれていました。薄闇の中、最初に私の目に入ったのは葡萄色の唐衣でした。前面に散った蝶の刺繡——黄泉からの遣いの蝶の文様が、和歌の宮さまのご遺体を弔うように包んでいたのです。……」

二章　双調の殺意

一　森羅殿（一）

「――失礼いたします。よろしいですか、貴の宮さま」

　女房の声に、貴の宮は文机から顔をあげた。

　あたりは薄暗く、灯台にはすでに火が入っていた。写経に熱中しているあいだに、すっかり日が暮れていたらしい。

　女房のひとりがそろそろと近づいてくると、手にした椀状の大きな銀器を貴の宮の前に置いた。ちゃぷん、とかすかな水音が響く。

「これは？」

「源氏の少将さまからですわ」

　女房がいった。

「翔さまから？」

「はい。お美しゅうございましょう。春秋の池の蓮だそうですわ。昼間の暑さのお慰みにどうぞ、と、火の宮さまからのお文と一緒に、少将さまがお届けくださいましたの」

銀の泔坏に生けられた蓮の花。透き通るような花弁に触れると、真珠にも似た露の玉がころころと葉の上をすべった。

みずみずしく、涼しげなその姿に貴の宮は微笑んだ。さほど日持ちはしない花だが、水替えに気をつければ、一日二日はじゅうぶん楽しめるだろう。

後宮、森羅殿。

春秋殿の北端にあるこの場所で、貴の宮は姉の火の宮の不在を守っている。

五人の女東宮候補が雷光殿への同行を許可されたのは、各自ひとりの女房だけだったため、万事有能な五百重にその役を任せ、貴の宮は森羅殿に残っていた。

「きれいね。清々しくて、目が洗われるみたい」

「春秋の池では、ちょうど盛りだそうですわ。雷光殿にいらっしゃる火の宮さまも毎朝ながめて過ごしていらっしゃることでしょうね……恐ろしい事件の最中にあられますもの、清雅な蓮の池の景色で、お心を鎮めていらっしゃればよろしいのですが」

「姉さまはお心の強い方だから、大丈夫でしょう。それに、今はおそばに五百重も普賢兄さまもいるし。少将さまも気をつけてくださっているから、心配はいらないわ」

貴の宮は努めて穏やかな口調でいった。

が、それは、幼いながらも主として女房の心配を和らげるための気遣いであり、本当のところは、彼女じしんも姉の身の上を心配しない時はないのだった。

（例の事件を知らされた時には、恐ろしさで息が止まるかと思ったもの……）

和歌の宮殺害の報が貴の宮にもたらした衝撃は、決して小さなものではなかった。

聞いた瞬間、宇治で下賤な男に襲われたあの夜の記憶が生々しくよみがえり、貴の宮は激しい動悸と痛みを覚え、ひそかに我が胸を押さえたのである。

（そう……気をつけなくちゃ。わたしは、姉さまや兄さまのように、健康な身体には恵まれていないのだから）

天狼の神力に守られ、幼いころから病知らずであった姉兄と違い、貴の宮は生まれつき蒲柳の性質で、季節の変わり目などには熱を出して臥せ、胸の痛みを覚えることもしばしばだった。病弱な体質は、若くして身罷った母女御に似たのだろう、とみながいう。

それを理由に、彼女を愛してやまない姉兄の庇護の下、宇治の邸にあったころの貴の宮は、毎日をぬくぬく安穏と過ごしていた。

が、女東宮選びという嵐に一家して巻きこまれ、権謀術数渦巻く院御所に入ることになって以来、彼女も意識と行動を大きくあらためざるをえなくなったのである。

自分は兄や五百重のように知恵や腕力で姉を守ることはできない。ならば、せめて心配だけはかけぬよう、気強くあらねばならない、姉の心の支えにならねばならない、と貴の宮はこれまでのような幼い甘えを自分じしんに禁じたのだった。

「このお花をどこへ飾りましょうか」

「そうね。少将さまが風情ある銀器に飾ってくださったのに、でんと床の上に置いてしまうのではつまらない気がするし……そうだわ、脚付きの台をもってきてくれる？　そう、漆塗りの……それに錦の敷き布を置いて、そう、その上に据えてみたらどうかしら」

「ああ、たしかに、このほうがずっと見栄えがよろしいですわ」

女房が花を飾りつけているあいだ、貴の宮は文机の上の写経道具を片づけた。

文机には数珠と、小さな木製の厨子が置いてある。

中には、生前、父宮が愛した小さな千手観音像が収められており、貴の宮は上洛以来、この観音像に姉兄のぶじを祈願する習慣を持つようになっていた。

肩先で切り揃えられた尼削ぎの髪。十三という年齢に似合わぬ地味な鈍色の袿。

文机の上に重ねられた経典や、一画に飾られた蓮の花をもって、室内はますます、後宮の浮ついた華やぎからは遠い、尼寺の一室のような雰囲気を漂わせている。

「ねえ、姉さまから届いたお文を見せてくれる？」

貴の宮がいうと、蓮の花を台座に飾り終えた女房は、あら、と口元を押さえ、

「そうでしたわ。申し訳ありません。肝心のものをお渡しするのを忘れていました」

笑って、懐から文をとり出した。

「こちらにいては、雷光殿のようすがまるでわかりませんから、火の宮さまからお文をいただけるのは幸いですわね」

「少将さまがご尽力くださったおかげね。後日あらためて、お礼を申しあげなくては」

火の宮のいる雷光殿は、同じ院御所内にこそあれど、会うにも、文をやりとりするにも、いちいち人に頼んで船を出さねばならない不便な場所だ。

加えて、内親王の殺害という重大事件の渦中にある今、建物に近づけるのは、八雲の院の許可を得た限られた人間のみになっていた。

限られたその人間のひとりが翔であり、彼は姉の身を心配する貴の宮からの文を雷光殿へ届け、その返事をこうして美しい蓮の花とともに遣してくれたのである。

(少将さまは、今どきの宮廷人らしからぬ生真面目で融通の利かないお人だと噂をされているようだけれど、この蓮の花の贈りもの一つとっても、決してそんな無粋な方などではないみたい……姉さまに文を届けてほしいという願いも快く承知してくださったし)

彼の姉への好意を早くから察していた貴の宮は、上洛以来、姉兄の友人としてにわかに存在感を増し始めている彼の人となりをひそかに見定めていた。

源翔。

世間の評判は申し分のない貴公子である。

帝の覚えもめでたく、人柄も誠実で、浮ついたところのない謙虚な青年だ。気難しいところのある兄の映の宮も信頼を寄せつつあるようだし、普賢も懐いていることから、彼が一家に害をもたらすたぐいの人物でないことは確かである。

だが、彼は本当に姉の夫となるにふさわしい人物なのだろうか？

ある日突然、宇治の里に現れ、一家の中へ入りこんできた青年。だが、我々は彼の家のこと、両親のこと、姻戚関係など、詳しいことを何も知らないままではないか。

何より、肝心の姉は彼をどう思っているのだろう。

己の美貌や魅力に無自覚な姉。まだ恋を知らない、愛の喜びも悲しみも知らない、無邪気で美しい、あの姉は……。

貴の宮が文を開くと、まろみのある、女らしい手蹟が目に入った。

火の宮は奔放で大胆で型破り、貴の宮は内気で可憐でしとやか――と評されるが、面白いことに手蹟はまるきり逆で、火の宮のそれはちまちまと可愛らしく、貴の宮の手蹟は大胆で大ぶりなのだった。あるいは、内に隠れた姉妹それぞれの見えない一面が、手蹟にはふしぎと表れているのかもしれない。

貴の宮は文を読み始めた。

※

貴の宮へ。

普賢をきれいな姿で雷光殿へ送り出してくれてありがとう。

大きなあの子を洗ったり、梳ったり、突然のことで大変だったでしょう。

でも、おかげで、今は千人の味方を得た気分でいるわ。やさしくて、楽しくて、たくましい、もうひとりのきょうだいみたいなわたしの普賢。普賢がそばにいるというだけで、ここは安全な場所なんだと安堵できるのよ。

わたしを心から心配してくれていることは、貴の宮、あなたの文から伝わってきた。和歌の宮さまが殺されて、犯人の目星はいまだついていない。次にまた女東宮候補の誰かが狙われるのではないか、とあなたが案じるのは当然のことよね。

だけど、あまり心配しないでちょうだい。身の回りにはじゅうぶん警戒を敷いて、慎重に行動もしているから。できうる限り五百重がそばにいてくれるし、五百重が所用で離れる時は、普賢か、女の童の玉君が必ずついていてくれることになっているの。

玉君はとてもよい子よ。森羅殿へ戻ったらあなたにも紹介してあげるわ。あなたと同い年で、素直で真面目な性格だから、きっとあなたも気に入ると思う。

わたしはむしろ、自分より、貴の宮、あなたのことを案じています。

映の宮も、普賢も、五百重も、わたしのところにきてしまった今、あなたのそばには、頼りにできる人間がほとんどいなくなってしまっているでしょう?

お妃がたの多く住まう森羅殿で、何か起こるとも考えにくいけれど、まだまだ勝手のわからない場所だし、人の出入りが多いぶん、人目を盗んで、どんな人間が入りこむかもわからない。用心するに越したことはないから、どうか気をつけてちょうだいね。

同じ院御所内にいながら、気軽に行き来できない状況はもどかしいけれど、幸い、少将が使者役を買って出てくれているから、不安に思うことがあったら、すぐに少将を通じてこちらへ知らせてちょうだい。彼は誠実で、とても頼りになる人だから。

気になっているようだから、事件のことについても少し綴ることにするわ。

昨日の夜、和歌の宮さまのご遺体が船に載せられて、雷光殿をひっそりと離れたの。

ご遺体は夜を縫って院御所を出て、ご両親のいるお邸へ運ばれたそう。和歌の宮さまを載せた船の灯りが蛍のようにゆらゆらと池を渡っていくのを見て、窓辺に並んだ女房たちはずっとすすり泣きの声をあげていたわ。

あの明るい、おしゃべり好きだった和歌の宮さまがこんな形で雷光殿を離れることになるなんて、いったい、誰が想像できたことか……。

わたしは結局、亡くなられた和歌の宮さまと対面することはなかったけれど、映の宮と五百重は院の許可を得て、ご遺体を検分したの。凶器や殺害方法を調べることで、犯人の手がかりが何かしらつかめるかもしれない、という理由から。

遺体を詳しく調べたのは五百重だった。

映の宮もご遺体を前にして足がすくむようなことはなかったけれど、傷の形状や致命傷についての知識が五百重のように豊富にあるわけではなかったから、検分の主役は五百重に譲ることになったというわけね。死体や致命傷に関する五百重の豊富な知識とやらがどこから得たものなのかは、まあ、とりあえずは考えないことにして……。

「首を絞められた死体を見たのは初めてです」

とはじめに五百重はいったわ。

「わたしがこれまでに見てきた死体は、病死以外では、ほとんどが刀傷や矢傷により命を落としたもの、あるいは、殴る蹴るなどの暴行が原因のものでしたから。まれに、焼死体、溺死体、茸や魚の毒に当たった中毒死体などもありましたが」

「和歌の宮どのの死因が絞殺であることは間違いないんだな?」

映の宮が尋ねると、五百重は確信あるようすでうなずいたの。

「それは、間違いないと思います。首に細い紐状の痕がくっきりと残っていましたし、顔は腫れ、袴は汚れていましたから。絞殺死体は初めてですが、首を吊った死体ならば以前に見たことがあります。顔にまだらな鬱血が起こり、目が充血し、筋肉が緩み……それらと同じような特徴が、和歌の宮さまのご遺体にも見られました」

説明しながら、五百重はわたしのようすをうかがっていた。

わたしを驚かす、どぎつい表現にならないよう、気を配ってくれていたの。

首を吊ったり絞められたりして絶命すると、死後、筋肉が緩み、失禁その他の現象が起こるらしい、ということを、五百重の婉曲な言葉から、わたしもなんとか理解した。

怯えたりはしなかったけれど、思わず、眉をひそめずにはいられなかったわね。

「死因は紐状の凶器による絞殺だと思いますが、ご遺体にはそれ以外の傷もありました」

「それ以外の傷？」

「はい。まず、後頭部に殴られた痕がありました。髪の毛に埋もれた箇所で、出血もそこまで多くなかったので目立ちませんでしたが、まだ新しい傷でした。出血があったということは、生前の傷ですね。それから、首に残る紐状の痕の一部に重なる形で、指の痕が残っていました。紐上の痕が一部隠れておりましたので、紐か何かで殺害したあと、さらに、犯人は両手で死体の首を絞めたということになると思います」

五百重以外の全員が顔を見あわせた。

「――つまり、犯人は、まず、和歌の宮さまを背後から襲って固い物か何かで殴って昏倒させ、そのあと、紐状の凶器を使って絞殺し、さらに、万が一にも息を吹き返さないよう、念入りに両手で首を絞めてから唐櫃に押しこめた……ということ？」

わたしの言葉に、五百重はうなずいた。

「なんとも執拗で執念深いやつだな。すでに死んでいる相手の首に、もう一度己が指をわざわざ食いこませるとは。相手によほどの恨みをもっていたのか、死体に触れることにも、人を殺すことにも躊躇がないのか。どちらにせよ、薄気味悪いことだ」

「半面、冷静で、慎重でもあるといえる」

映の宮の言葉に対して、そういったのは少将だった。

「思うに、凶器として、一番手っとり早く有効であろう小刀や鋏のたぐいを犯人が使わなかったのは、返り血を浴びることを避けたからではないのかな。現状、ここにいる人間は全員、容易に外へは出られない。和歌の宮さま殺害の決定的な証拠となってしまう汚れた衣類を処分するのは難しいと考え、犯人は殺害方法に絞殺を選んだんだろう。が、正面から襲いかかっては、騒がれ、逃げられる可能性がある。そこで、まず後頭部を殴って昏倒させ、和歌の宮さまが痛みと衝撃で声を出すいとまもないうちに、すばやく紐状のものを巻きつけ、絞殺した……という流れだったのでは」

それから、少将は少し考えるように沈黙したあと、

「和歌の宮さまは小柄な方だったと聞いている。力仕事に縁のない、非力な内親王であれば、抵抗されることを考えても、さほどの脅威ではない――私たち男や、多少、力のある人間からすれば。だが、この犯人は、背後から殴り、道具を使って首を絞め、さらに念を入れて首を絞めるという三段階の殺害方法をとっている。冷静というべきか、冷酷というべきかはわからないが、きわめて慎重であり、じしんの腕力を過信しているところがない。そうした点から思うに、犯人は、力の弱い女ではないかと思うのだが」

「わたしもそう思います」

五百重がいった。

「ご遺体の首に残っていた指痕はかなり小さなものでした。わたしなどと比較しても参考にはなりませんが、仮に火の宮さまのものと比べたとしても、かなり小さかったので」

「……いったいどうやってわたしの指と比べたの？」

わたしは首をかしげたわ。だって、ご遺体を検分するそばにわたしがいたわけでもないし、五百重に指の寸法を測られた覚えもないのだもの。

「わざわざ見ずとも、我が君のお指の長さ太さぐらいは把握しておりますよ」

「そうなの？」

「はい。我が君の現在のご身長も、重さも、おみ足の大きさも、あらゆる黒子の位置も」

冗談でしょ、といいたいところだったけれど、あるいは五百重であれば本当かもしれない、とも思った。なにしろ、五百重ときたら、わたしじしんも知らない、寝言の内容すら把握しているような女なのだものね。

雷光殿には少数の男の童たちがいるのだけれど、その者たちも犯人ではないと思う、と
これは映の宮の発言だった。

映の宮は雷光殿に到着した日に男の童たちから弓を受けとる機会があったのだけれど、武芸好きの八雲の院に仕える男の童らしく、弓弦をよく扱っているらしい、節の目立つ太い指をしていた、というのがその理由だったの。

少将も、春秋の池を渡す水手役の男の童たちをここ数日、近くで見ているけれど、みな、

少年ながら、よく鍛えた体つきと身のこなしをしていた、腕力には相応の自信をもっている者たちばかりのはずだ、と映の宮の推測を補強したわ。

そういうわけで、犯人は標準的な腕力の女であろう、という結論が導かれたの。

もっとも、それはさほど意外な話ではなかった。なにせ、現在、この雷光殿にいる大部分の人間はその条件にあてはまるのだもの。

ただ、みなの話を聞いているうちに、わたしには気づいたことがあったの。

和歌の宮さまのご遺体は、美しい蝶紋の刺繍をほどこした葡萄色の唐衣を纏っていた。けれど、わたしがその朝、お見舞いに訪れた際にお会いした和歌の宮さまは、花菱紋の白っぽい五つ衣をお召しでいらしたのよ。

寝不足でいらしたのか、今朝は袿と同じほどに白いお顔をしていらっしゃる、と思ったから、衣装のことをよく覚えていたの。

華やかな蝶の刺繍をちりばめた葡萄色の唐衣は、その前日に八雲の院から贈られたものだった。高価な紫根をたっぷりと使い、蝶の刺繍を全面にほどこした豪華な逸品よ。その衣装を選んだがために、和歌の宮さまは、唐櫃の中に隠されていた女の死体を引き当てるはめになってしまったわけだけれど……それはともかく、その葡萄色の唐衣はとびきり美しいもので、和歌の宮さまもたいへん気に入っていらしたの。

ねえ、貴の宮、あなたも女ならわかるでしょう。

それほどとっておきの美しい衣装を、はたして、自室でくつろいでいる時に着ようと思うかしら？

わたしが見た限り、あの朝の和歌の宮さまは、きらびやかな蝶紋の唐衣を纏う心理状態にはなかったように思う。前日のできごとのせいで、桃色の頰の輝きはうせていたし、泣きすぎたせいか目も腫れていらして、お化粧もおざなりだった。そんな状態でいるとき、女は特別に華やかな、新しい衣装を身につけようとは考えないものだわ。院のお召しでもあれば話は別だけれど、そんな予定はなかったと聞いている。

だとしたら、くだんの唐衣は、和歌の宮さまご本人が纏ったものではなく、犯人が着せたものだとは考えられないかしら。

なんのために？

完全に力を失った死体に唐衣を着せるのは、頭で考える以上に手間のかかる作業だろうとわたしは思うの。犯人がさほど力持ちでもない女なら、なおさらよね。その手間を厭(いと)わず、犯人はご遺体に唐衣を着せ、唐櫃に押しこめた。

唐櫃に隠したのは、少しでも発見を遅らせるためだと思うけれど、わざわざ唐衣を着せたことに関しては、どうしても合理的な理由をみつけられないのよ。

もしかしたら、それは犯人が自分の殺した相手に対して見せた、一片の哀れみ、憐憫(れんびん)の情だったのでは？　とわたしは思ったの。

死体を隠すため、唐櫃の蓋を開けたら、そこには最新流行の唐衣があった。二度とそれを纏うことなく死んだ和歌の宮さまにふと同情したのか、良心の呵責を覚えたのか、わからないけれど、ともかく、最期だけはせめて美しく飾ってやろうと考えた犯人は、自分が手にかけた死体にわざわざ唐衣を着せたのではないかしら。

黄泉からの遣いだといわれる蝶たちが、布地いっぱいに飛び交う唐衣を……。

映の宮は犯人を執念深い、薄気味の悪いやつだといったわ。その通りだとわたしも思う。冷静で慎重な性格だといった少将の言葉もうなずける。

けれど、同時に、犯人は和歌の宮さまのご遺体をとびきり美しいご衣装で包んであげようと考えられる感性の持ち主でもあるのかもしれない。

狂気や暴力に憑かれた獣のような殺人鬼などではなく、この犯人は完全に正常で、もののあわれや美を知りながら、同時に、殺人という特異な行為においても自分を律する意志の強さに長けている、きわめて知的な人間だということよ。

とても恐ろしいことではない？　現に、今日に至っても、雷光殿では犯人と目される人間の名はひとりとして挙がっていないのだから。犯人は冷血な正体を隠し、完璧な擬態をしているのよ。それほど頭のいい人間のつけている凡人の仮面をどうやって見破ることができるのかしら。

ごめんなさい、恐ろしげなことばかりを伝えて、あなたの心配を深めてしまったかもしれないわね。でも、最初にいったように、わたしには多くの味方がいるから大丈夫よ。

今は、ともかく八雲の院が一刻も早く女東宮選定の試みを中止すると決断して、わたしたちをこの恐怖の搭から解放してくれることを願うばかりだわ。

貴の宮、わたしは女東宮候補を正式におりようと考えているの。和歌の宮さまが殺されたのはまぎれもなくこの争いが原因のはずだもの。最有力候補であるわたしが辞退を表明すれば、次の事件が起こるのを防げるかもしれないでしょう。

それに関して、相談したい計画もいくつかあるの。早く森羅殿(そちら)へ戻ってあなたの意見を聞きたいわ。

五百重が呼んでいるみたいだから、そろそろ筆をおきます。

これ以上、誰かの上に悲劇がふりかからないよう、どうか、お父さまの観音さまにお祈りしていてちょうだいね。そして、あなたもくれぐれも用心して。

※

貴の宮は読み終えた文をそっと畳んだ。

硯箱(すずりばこ)を開け、その中に文をしまうと、じっと灯台の火をみつめた。今読んだ文章を心の中で反芻(はんすう)する。

——犯人は冷静で、知的で、自分たちと同じような感性や教養ももっている女……。

それは、貴の宮の中の、ある記憶を強く刺激していた。

(宇治の紀伊の守の邸でわたしを襲った、ふたりの刺客)

あの恐ろしい事件の夜。

女東宮候補から火の宮をひきずりおろそうと、姉と間違えて貴の宮を襲った犯人は、男女の二人組だった。貴の宮が気をうしなったあいだに、男のほうは映の宮に斬り殺されたが、女はそれ以前に素早く逃走し、結局、捕まらなかった。

自分を襲ったあの女こそが、和歌の宮を殺した犯人なのではないだろうか?

いまだ生々しい恐怖がよみがえるため、貴の宮は今日まで、あの夜のことを努めて思い出さないようにしてきた。が、犯人に関する姉の考察を読んで、記憶の蓋が自然と開くのを感じた。推理された人物像が、あの夜の女の姿ときれいに重なったのである。

(とはいえ、女の姿そのものを、わたしはほとんど覚えていないけれど……)

暗闇の中、いきなり寝込みを襲われた上、女は用心深く覆面をしていたからである。

が、声や身のこなしの軽さからして、若い女であったことは間違いなく、言葉遣いから推すに、貴族階級か、それに準ずる階層に属する人間であることも確かだった。

女は、最初、源翔に仕える侍女を名乗って紀伊の守の女房に手引きを依頼したと聞いている。つまり、都からきた少将の侍女を騙っても疑われないだけのたたずまいや雰囲気をもつ人物だったのである。

いっぽう、斬り捨てられた男は、明らかに下層階級の人間だった。

後日、那智（なち）が調べたところによると、近くの山荘で働く下人のひとりが行方不明になっているそうで、これがくだんの男だろう、と報告を受けた映の宮が貴の宮に教えてくれた。男は一時期、紀伊の守の邸で働く下女といい仲になり、壊れ物の修繕や、重い荷物の運び入れなどを頼まれており、邸内に足を踏み入れる機会が多々あったらしい。

刺客の女は、どうしてかこの男の存在を知り、紀伊の守の邸に入りこむために利用したのだろう。いくばくかの金銭を与え、紀伊の守の邸の女房に手引きを依頼するよう渡りをつけること、火の宮を脅（おど）す際に暴力の助太刀（すけだち）をすることなどを命じた。

『――火の宮さま、命と名誉が惜しくば、どうぞ、女東宮候補はご辞退なさいますよう。不相応な野心はお捨てになり、のどかなこの宇治の里でご生涯を終えられませ』

あの時、貴の宮の髪の一部を容赦なく切り落とし、ささやいた女の声がよみがえる。

（あの女は、死んだ男には本当の身元を隠していたはずだわ）

だからこそ、脅すには髪を切るだけでよしとしていた女の制止をはねのけ、下劣な欲望に駆られて貴の宮を辱（はずかし）めようとした男をさっさと見限ると、単身で逃げたのだ。仮に男が捕まっても、自分の身元がバレることはない、と確信していたのだろう。女は顔を隠し、身元を隠し、証拠を残さなかった。用心深い、用意周到なやりかただった。

女と組んだ共犯のあの男は映の宮に斬り殺されてもういない。

寝室への手引きをした紀伊の守の女房も、あの夜の火に巻かれて死んでしまった。

自分について証言できる者はもういない、と女は安心しているかもしれない――

(だけど、わたしがいる。わたしはあの声を覚えているのよ)

声だけではない。だんだん闇に慣れてきた目で見た女の体格や、きびきびとした動作も、足どりも覚えている。どれもかすかな、あやうい記憶ではあったが、かき集めてつなげば、おぼろげながらもひとりの女の輪郭が見えてくる。

(わたしは雷光殿にいくべきなのでは？　姉さまたちには見破れない犯人の仮面も、あの「声」を知っているわたしなら、剥ぎとれるかもしれないもの。ああ、でも、たぶん、院の許可はおりないでしょう……すでに特例で兄さまが入っている。その上、わたしも、という望みは、他の内親王たちの手前、受け入れられるとは思えないわ)

今すぐ姉のもとへ駆けつけたい衝動とそれができない苛立ちとで、貴の宮は焦れた。

他に自分ができることはないだろうか。

「声」の他に、あの女に関して覚えていることは？

具体的な犯人の手がかりとして、姉に教えられることはないだろうか？

貴の宮はふいに思い出した。

自分に覆いかぶさってきた女の陰影。女は貴の宮の左側の髪の束を無造作につかみ、先の脅し文句を口にしながら、手にした小刀でザクザクと切り落としていった。左右の髪の長さが恐ろしく不均衡になり、後日、貴の宮は髪を短く切り揃えることになったのだ。薄闇の中で光っていた小刀――それを握っていた女の手。

（左だった。そうだわ――あの女は左手で小刀をもっていた！　あ、あ、あの女は左利きだったんだわ！　女の位置、切られた左の髪……間違いない。犯人は左利きなのよ！）

貴の宮は興奮から思わず立ちあがりかけた。

左利きの女。

現在、雷光殿にいる女の数がどれほどかは知らないが、その特徴をもつ者は多くはないはずである。そして、「声」とちがって、この手がかりならば姉たちも容易に該当者を突き止められるのだ。有能な五百重のこと、命令を受ければ雷光殿じゅうを探って、左利きの殺人犯の容疑者をたちまち絞りこんでくれるにちがいない。

（早く姉さまに知らせなくちゃ……！）

すでに日は落ちている。ムリをいって翔に頼んだとしても、さすがに夜に船を出すのは憚られる。雷光殿へ文を届けるのは明日の朝になるだろう。

そうわかっていても、じっとしていられず、貴の宮はいったん片づけた文机に書き物道具を広げた。

逸る心を抑えて最初の文章を考えていると、背後で女房の声がした。

「貴の宮さま。宣旨どのがお目通りを願っております」

チリン、チリン……と涼やかな鈴の音が響く。

(この音を聞くのも、今ではずいぶんと慣れた気がする)

森羅殿に入った当初は、女官や女房たちが衣装のあちこちに縫いつけた鈴が、朝となく夜となくチリンチリン鳴るのが耳につき、落ち着かなかったものだ。

最新の宮廷風俗にあこがれた家の女房たちが、彼女たちの真似をして衣装に鈴をつけたがるのを、火の宮も貴の宮も頑として禁じたものである。

「――失礼いたします。貴の宮さま。ご機嫌いかがでございますか」

部屋に入ってきた宣旨はいつものように優雅な所作で頭をさげた。

すらりと長身のこの中臈女房は、ほっそりと優美な白い首をしており、冬鳥のように大きくふくらませた青墨色の強衣装がその痩身によく映えている。灯台の光に針のようなきらめきを見せるのは、紗の唐衣に縫いつけられている芥子粒大の黒水晶だ。

深い黒色の衣装といい、ちりばめられている宝石といい、恐ろしく高価な女房装束を宣旨はひけらかすふうでもなく、いかにも上品に、瀟洒に着こなしている。

「突然、おうかがいして申し訳ありません。夕餉はおすみになられましたか」

「いいえ、まだよ。もう少ししたら運ばれてくると思うけれど」

「それでは、あまり長居をしてはなりませんね。本日はお礼におうかがいしました。貴の宮さま、先日は希少な蜂蜜と薬をお分けいただき、ありがとうございました。おかげさまで、娘の体調も回復いたしまして。あらためて感謝申しあげます」

宣旨は深く頭をさげた。

今年、五つになる宣旨の娘がひどい夏風邪を長引かせて苦しんでいるらしい——という話を貴の宮が女房のひとりから聞いたのは、数日前のことだった。

彼女が結婚していたことも、五つになる子どもがいることも、貴の宮はその時、初めて知った。年齢からいって、驚くことではなかったが、宣旨が己(おのれ)の私生活に関する話をすることはなかったため、少々戸惑(とまど)ったのも事実である。宣旨は隙(すき)のない、完璧な女房であり、生活の匂(にお)いというものをいっさい感じさせない女性だった。

女東宮の選考がいよいよ始まり、最有力候補の火の宮を担当する宣旨は、この森羅殿で院の女房としての仕事に追われている。そのため、実家にいる病気の娘にも寄り添えずにいるらしい……という彼女の事情を貴の宮は気の毒に思った。

そこで、雷光殿へ移る前の五百重に頼み、貴の宮は子どものための薬を煎(せん)じさせると、それに蜂蜜と、急ぎ自分で縫った布製の玩具(おもちゃ)を添え、宣旨へ届けさせたのである。じしんも幼いころ、やはり何度か夏風邪をこじらせ、五百重の調合した薬によって回復した経験があったからだ。

宣旨はすぐにやってきた。

贈った品一式を携え、慇懃に礼を述べつつ、自分には不相応な品である、と辞退の意を表したが、貴の宮は引かなかった。

『女東宮の件が決着するまで、あなたは森羅殿を離れられないのでしょう？　それは院の命令で、わたしたちにはどうしようもないことだから、せめて子どもの件を手助けできたら、と思ったのよ。病に苦しんでいる時、母のいない心細さが幼い子にとってどれほど大きなものか、わたし、痛いほど知っているから』

『ですが』

『宣旨の君、あなたは賢い人だわ。有効な薬があるのに、大人の意地でそれを使わず、五つの子どもが病気に苦しんだままでいるなんて、ばかげていると思わないこと？』

貴の宮は贈りものの箱の中から、自ら縫った布製の玩具をとりあげ、そっと宣旨の手に押しつけた。

厄除けの天児に似た玩具で、中には香りのいい薬草と綿が詰めてある。

『五百重の薬は本当によく効くのよ。それに、この蜂蜜は喉によいの。咳に苦しんでいる子どももよろこんで口にすると思うわ。目が覚めるほど甘くて、美味しいのだもの。これは、賄賂などではないの。単なるわたしの、尼の姫宮のお節介なの。どうか、今回だけは受けとってもらえない？　あなたではなく、あなたの子どものために』

熱心に言葉を続ける貴の宮を宣旨はじっとみつめていた。

それから、深々と頭をさげ、

『貴の宮さまのおやさしさとおん真心、ありがたくちょうだいいたします』

おもてをあげると、微笑んだ。

いつもの儀礼的な微笑ではない、温もりを感じさせる笑みだった。完璧な女房の仮面の下に隠した宣旨の素顔が——病気の娘を案じる母親の表情が——貴の宮にも、この時、初めてわずかに見えた気がした。

「書きもののお邪魔をいたしましたか？」

文机の上の書道具を見て、宣旨が尋ねる。

「いいえ、いいのよ。夕餉のあとにまた書くつもりだから」

宣旨の登場で、先ほどまでの興奮が少しおさまったのを感じる貴の宮だった。

結局、明日にならなければ文を送ることはできないのだから、焦る必要はないのだ。

「子どもは元気になったのね。よかったわ。忙しい中、わざわざお礼にきてくれたの？」

「それもございますが、実は、頼まれごとをされておりまして」

「頼まれごと？」

「はい。ご一家の養蜂の件を耳にした朋輩の者に、一度、貴の宮さまにお目通り願えないか、とりついでほしいといわれたのです」

宣旨の話はこうだった。

宣旨と同じく八雲の院に仕える女房のひとりで、大夫の君という女がいる。参議の夫と五条の邸で暮らしているのだが、この夫が庭で蜂を飼っているのだそうだ。

養蜂を始めて十年ほど、いろいろと努力や工夫を凝らしてきたが、その甲斐なく、生産量があがらない。特に今年は例年の三分の一も採取できず、夫はずいぶん気落ちしているという。そこに、女東宮候補として現れた火の宮一家が、良質な蜂蜜を宇治からふんだんに運んできた、という話が聞こえてきたので、大夫の君は関心を寄せた。

夫のために何かご助言をいただけないか、と宣旨に依頼してきたのだという。

「養蜂のことで、わたしが教えてやれることは何もないと思うけれど」

貴の宮は首をかしげた。

養蜂の責任者は五百重である。山で長く暮らしてきた五百重には蜂飼いの経験があったため、傾いていくばかりの一家の台所事情を案じ、故院の許可を得て養蜂を始めたのだ。

「養蜂について、一通りは理解しているけれど、人に教えるコツのようなものは何も知らないもの。そういうことなら、五百重に聞くしかないと思うわ……」

「はい。その旨は、わたくしからも伝えております。大夫の君は、ならば、ぜひその五百重という者をいっとき、お貸しいただきたいと思うが、それに先立ち、まず、主である貴の宮さまにご挨拶をさしあげたい、とこう申しておりまして」

なるほど、と貴の宮はうなずいた。

「貴の宮さまがお望みでないのでしたら、もちろん、お断りいただいてけっこうです。申し訳ありません、大夫の君は朋輩ながら、わたくしには先輩格にあたる人なので、断りきれず、お話だけは伝えさせていただきました。ちなみに、今回の女東宮選定にあたって、大夫の君は犬の宮さまをご担当しております」

五人の女東宮候補には、それぞれ、院からさしむけられた女房がついている。

貴の宮は宣旨以外の女房を知らないが、全員、院の指名を受けて女東宮候補の世話役に抜擢されているのだから、それぞれ優秀な女房たちなのだろう。

会ってみてもいいかもしれない、と貴の宮が思ったのは、じしんが他の候補者に関する情報をほとんどもっていなかったからだった。

この森羅殿に入ってからそこそこの日数が経ったが、いまだ他の殿舎との交流はまったくない。姉の文で読む以外、他の候補者たちのひととなりを知るすべもなく、貴の宮は歯がゆい思いをしていた。雷光殿にいる姉は危険と隣り合わせの日々を送っているというのに、自分はここで朝晩念仏を唱えているだけというのもやるせない話である。

(犬の宮さまは、少将さまのいとこにあたる女性と聞いている。そうね、少将さまについても、大夫の君の口から、何か得られる情報があるかもしれない)

「大夫の君に会ってもいいわ。夕餉の膳が運ばれてくるまでの時間でいいなら……」

「ありがとうございます。それでは、大夫の君を呼んでまいります」

宣旨はいったんさがり、まもなく、ひとりの女性をつれて戻ってきた。

どうやらあらかじめ、近くで待機をしていたらしかった。

「――お目通りをおゆるしいただき、まことにありがとうございます、貴の宮さま。大夫でございます。どうぞ、以後、お見知りおきくださいますように」

大夫の君は愛想よくいった。

二　森羅殿（二）

大夫の君の年齢は四十を越えたくらいか、貫禄のある女性だった。

肌艶のよい、ふくよかな体型で、宣旨と同じ紗の黒唐衣の下に、派手やかな紫の袿を重ねている。襟元についた蝶の刺繍は葡萄病み避けの装飾だろう。そこからのびた紐の先端に鈴が括りつけられており、彼女がしゃべるたびにリンリンと鳴った。

「まあ、みごとな蓮の花をこのように飾られて、ご趣味のよろしいこと。初めておうかがいいたしましたが、こちらの殿舎の静謐な雰囲気に、心が洗われる気がいたします。ええ、やはり、ここ数日、森羅殿全体がざわついておりますものね。院が長くご不在であそばすことに、お妃がたも不安がられていらっしゃいますし。それにしても、まあ、和歌の宮さまの事件の恐ろしいことといったら、言葉になりませんわ！　和歌の宮さまのお世話を担当していた女房は、介の君というのですけれど、報せを聞いて、いまだに寝込んでおりますのよ。もともと繊細な人なのですが、そうなるのもムリはないですわ。わたくしは犬の宮さまの担当を仰せつかっておりますけれど、ええ、かの宮さまにも、和歌の宮さまと同じ事態がふりかからないと、どうしていえましょう？　尊い内親王が首を絞められ、唐櫃に押しこめられるなんて！　想像するだけで震えがきて、青ざめる思いですもの」

　言葉とは反対に、大夫の君のふくよかなおもてには、興奮のためにいきいきとした血色が通っていた。

　立て板に水といった調子のしゃべりに圧倒され、貴の宮は目をぱちくりするばかり。宣旨は慣れているのだろう、黙って目をふせている。

「貴の宮さまも、すでに宇治で恐ろしい目に遭われていらっしゃるのですものね。まあ、おいたわしい、これほどに美しいお髪を尼削ぎにされて……それでも、和歌の宮さまの身に起きた悲劇を思えば、ごぶじでよかったと申しあげる他ありませんけれど」

「ええ――そうね。髪だけですんだのは、み仏のご加護と思うわ」

　貴の宮はようやくいった。

「養蜂(ようほう)について、聞きたいことがあるそうね。わたしからは知恵を授けることができないから、必要なことは侍女(じじょ)の五百重(いおえ)にお聞きなさいな。今は姉さまについて雷光殿(らいこうでん)へいっているから、帰ってきてからの話になるけれど」

「まあ、女房ふぜいの不躾(ぶしつけ)なお願いを快く(こころよ)お聞きくださいまして……感謝いたします」

やや大げさなほどの喜びようで、頭をさげる。

それから大夫の君は、自分と夫が、いかに熱心に養蜂にとりくんでいるかをひとしきり語った。巣箱の形を工夫し、気候や季節にあわせて、所有するいくつかの邸(やしき)や山荘に蜂を動かすなどしているが、どうにもうまくいかない……といった話である。

「やはり土地の問題も大きいのでございましょうね。宇治の里と京の町中では、蜂の働きも違いましょうし。わたくしどもも嵯峨(さが)と伏見(ふしみ)に別邸をもっておりますので、あるいは、養蜂はそちらで専門の者を雇って行わせたほうがよいのかもしれません」

大夫の君の丸い顎(あご)がさかんに上下するのにあわせて、衣装につけた鈴がリンリン鳴り、彼女の饒舌(じょうぜつ)な印象はいっそう増した。とはいえ、その話術はなかなかに巧(たく)みで、機知に富んでおり、貴の宮は退屈することもなく彼女のおしゃべりに耳を傾けた。

「自然の豊かな場所のほうがむいてはいるでしょうね。もっとも、今年は天候のせいで、宇治の蜂の働きもあまりよくなかったけれど。たまたま、山の古木の中にあった蜂の巣を五百重がみつけて、その蜂蜜が不足分を補って余るほどの量だったのよ」

「まあ、すばらしいご幸運ですこと！　さすが、女東宮候補筆頭をお出しになったお家ですわ。古木の中いっぱいに貯められていた蜜を得られるとは。……ところで、失礼ながら、ご一家は、これまで、採取なさった蜂蜜をどのように処理していらしたのか、おうかがいしてもよろしいですか？」

婉曲ないいかたではあったが、要は蜂蜜の売りさばきかたを尋ねているらしい。

「宇治の里にいる仲買いの女に、五百重が売りにいっていたと思うわ」

「まあ。それはあまりうまいやりかたとは申せませんね」

「そうなの？」

「はい。上質な蜂蜜の買い手は、京に住む裕福な貴族と決まっておりますわ。ご一家のやりかたですと、宇治の仲買い人から、貴族の手に渡るまで、他に何人もの仲買い人を挟んでいるはずですもの、そのあいだに値はどんどん吊り上がっていくという仕組みです。これだと、一番儲かるのは商人たちなのですよ！　右から左へと動かすだけで、ご一家が手にされた数倍もの金を彼らは手にしていたはずですわ」

「そういうものなのね。でも、他にやりかたなどわからないから……」

大夫の君はちょっと考えるようにうつむき、

「どうでしょう、貴の宮さま。もしもわたくしどもにそれらをお預けいただけましたら、蜂蜜を求める上流の方々に、直接お渡しできるのですけれど」

「大夫の君に蜂蜜を預ける？」

「はい。そうしましたら、仲買人どもに不当に上前をはねられることもなく、多くの利益を得られるようになりますわ！　蜂を飼っているということで、わたくしどものところにも、絶えず上流の方々からお問い合わせがあるのです。そうした需要を宮さまがたへつなげることができるはずですわ。あまり、お節介がすぎるかもしれませんけれど」

「そうね。そうしてもよいのかもしれないわね……」

抜け目ない笑顔をむける大夫の君へ、鷹揚にうなずいてみせながら、貴の宮は頭の中で忙しく考えを巡らせていた。

（——どうやら、大夫の君の本当の目的はこちらにあったみたい）

彼女の狙いは一家から預かった蜂蜜を知り合いの金持ちへとあっせんし、仲介料をこっそり中抜きすることにあるのだろう、と貴の宮は見抜いていた。

本当に親切心から顧客へつないでくれるというのなら、彼らを紹介してくれればいいだけの話で、蜂蜜を手元に預かる必要はないはずである。これまでより多い利益を得られるという話は本当かもしれないが、結局、それ以上に儲けるのが太夫の君とその夫で、今まで複数いた仲買人が、この夫婦ふたりに変わるだけという構図なのだろう。

院の女房という華やかな地位。

栄養のいきとどいたふくよかな体型と、それにふさわしい豪奢な女房装束。

邸をいくつか所有しているという話からも、大夫の君とその夫が相当に裕福な暮らしをしていることが見てとれる。養蜂への関心も、つまりは金への執着なのだろう。蜂が甘い花の匂いに誘われるように、大夫の君も儲け話の匂いを敏感に嗅ぎとり、貴の宮へと言葉巧みに近づいてきたのにちがいない。

宣旨が含みのある表情でこちらをみつめている。大夫の君の誘いに警戒しろ、と伝えているようでもあり、彼女の真のもくろみを見破れるかどうか、貴の宮を観察しているようでもあった。あるいは、そのどちらでもあったのかもしれない。

『近づいてくる者たちは、みな、自分から何かをかすめとり、奪おうとしているのかもしれないと警戒なさい』

火の宮が那智から受けたという警告。人なつこく、楽天的な姉にはなじまぬ忠告だったろう。彼女は他人の善き面に目をむけてしまう人だから。

だが、貴の宮はちがった。弱い生きものというのは警戒心が強いものである。目の前の女房の目に自分がどんなふうに映っているか、貴の宮には手にとるようにわかっていた。

親もなく、後ろ盾もない、世間知らずの内親王。青白い顔をして、華奢な身体を鈍色の衣装に包んだ尼削ぎ姿の彼女は、世慣れて計算高い中臈女房の目には、さぞかし頼りなく、浮世離れして見えることだろう。

だが、病弱な見かけとはうらはらに、貴の宮が年齢よりもはるかに成熟した知性を隠していることを大夫の君は知らないのである。

「いろいろと親切にありがとう。兄さまと姉さまにも勧めてみるわ。なにしろ、わたしたち、京のことには疎くて……今後も相談に乗ってもらえたらうれしいのだけれど」

「もちろんですわ。なんでもご相談くださいませ」

満足そうに大夫の君は笑った。

（――大夫の君の提案に従って、まずはいくらかの蜂蜜を預けることにしよう）

最初の取引によってだいたいの顧客を把握したら、次からは大夫の君を介さず、直接、彼らに蜂蜜を売ればいいのだ。いくらか値をさげれば、客は喜んでこの直接取引に応じるだろうし、仲介者を省くことで、こちらの利益も増える。世情に通じた那智に命じれば、そのあたりのことはうまくさばいてくれるだろう。

陰謀の後宮。駆け引きと裏切り。笑顔の仮面をつけての騙しあい。

あんがい、姉よりも、自分のほうがこうした世界にむいているのかもしれない……。

「そうですわ。すっかり忘れておりました。わたくし、蜂蜜を持参してまいりましたの。わが家の蜂蜜の味を、貴の宮さまにも、ぜひ、試していただきたいと思いまして」

「まあ、ありがとう」

「お手持ちの蜂蜜のお味とお比べいただけましたら……宮家の蜂蜜はたいそう美味と聞いておりますので、ホホ、優劣は端からついておりますけれど。さぞかし濃厚なお味なのでございましょうねえ。わたくしも一口でよいのでご相伴に与れればと思いますわ」

ちゃっかりした言葉に貴の宮は苦笑したが、蜂蜜の味比べというのも面白い、と思えたので、女房にいいつけて蜂蜜と小皿などを運ばせた。

宣旨にも勧めたが、丁寧に辞退されたので、貴の宮と大夫の君の前に四つの小皿が並んだ。二つの小壺からよそった蜂蜜を大夫の君が慎重な手つきでとりわける。

「どうぞ、お召しあがりくださいませ。こちらが我が家の蜂蜜です」

小皿に盛られた蜂蜜は、淡い金色、匙ですくうとさらりとしていた。

かすかに粒のようなものが混じっているのは気泡だろうか、不純物だろうか？

対して、貴の宮の家の蜂蜜は濃い琥珀色で、練りあげたようにとろりとしている。

貴の宮は大夫の君の持参した蜂蜜を口に入れた。

（……なんだか、少し、変わった味）

味わいは薄いが、妙にクセというか、口に残る苦みのようなものがあった。

幼いころ、五百重が調合してくれた薬湯がどうしても苦くて飲めず、蜂蜜を混ぜてもらったことがあったが、それを思い出させる味である。

「大夫の君、この蜂蜜は、何か手を加えてあるわけではないのね？」

「手を？　いいえ、今年の春に採ったもの、そのままですわ。強壮のためにわたくしの局に常備してあるものの一部を、本日はおもちしたのです」

「なんだか、苦いような気がしたの」

「まあ、蜂蜜が苦いなどと、そのように奇妙なことがありましょうか」

そういって自分も匙を口に運んだ大夫の君は、顔をしかめた。

「どうしたことでしょう。たしかに味が……いえ、以前はこのような苦みはなかったのですけれど。申し訳ありません、この暑さでよくない変化があったのかもしれませんわ」

苦みを感じながらも、貴重な蜂蜜を惜しむきもちがまさったらしく、大夫の君は自分のぶんの蜂蜜をきれいにたいらげた。

貴の宮は匙を置き、口直しに自分の家の蜂蜜を味わった。味わい慣れた濃厚な甘みが口内に広がり、先に感じたかすかな苦みをたちまち打ち消してくれる。

「まあ、本当に上等な……美味なるお味でございますこと。評判の蜂蜜を味わわせていただき、感激ですわ。これほど濃厚な蜂蜜はなかなか口にできるものではございません」

大夫の君のもつ小皿を見ると、すでに猫が舐めとったようにきれいになっていた。

「ありがとうございました。貴の宮さまは、本当にご寛容でいらっしゃる。火の宮さまも、とても朗らかなお方とうかがっておりますわ。このようなご一家とお近づきになれて、宣旨どのは幸運でいらっしゃるわねえ」

大夫の君に話をふられた宣旨の君は、微笑んだ。

「わたくしも、まこと、そう思われますわ」

「犬の宮さまも、とても聡明なお方とお聞きしているけれど」

「ええ、それはもちろん。犬の宮さまは申し分のない姫宮でいらっしゃいますわ。本当に利発な、賢いお方ですもの！　ただ……お身体の疵のことがございますゆえ、女東宮にご指名いただけるかどうか、難しいところではございましょうねえ。なんと申しましても、八雲の院は、ことの外、審美眼に長けたお方でございますから……」

赤く彩られた唇の端に、やや意地の悪い笑みが浮かんだ。

疵。犬の宮の顔にはかつて罹った葡萄病みの痕が残っていると貴の宮も聞いていた。

実際、それが八雲の院の判断にどの程度影響するかは不明だったが、東宮候補の選定においては明確な減点対象になる、と大夫の君は考えているようである。

「大夫の君は、犬の宮さまのおいとこの、源氏の少将さまは知っていて？」

「源翔さまのことでございますか？」

「ええ」

「もちろん、存じあげておりますわ。評判のおよろしい方ですもの。たくましく、見目麗しい……お若いわりには真面目すぎるという評価もございますけれど。森羅殿には、これまであまりおいでになられませんでしたが、このところ、頻繁にお見かけするようになりましたね。おいとこの犬の宮さまが女東宮候補になられたからでしょうけれど」

「おふたりは、同じ邸でお育ちになられたと聞いているわ」

「ええ、少将さまのお母さまの死後、叔母(おば)君にあたられる犬の宮さまのお母さまが、少将さまとお兄さまを養育されたのですわ。もっとも、お兄さまのほうは幼いうちに稚児(ちご)として某(ぼう)寺に入られてしまいましたけれど。あれほど複雑なご関係ですのに、仲がおよろしいのは、本当にけっこうなことだと思いますわ」

「複雑なご関係……？」

「そうですわ。あら、もしかして、ご存じありませんでした？　源氏の少将さまと犬の宮さまは、いとこであり、同時に異母兄妹でもあられるのですよ」

貴の宮は驚き、目をみひらいた。

「おいとこ同士で異母兄妹(きょうだい)？　どういうこと？」

「おおっぴらに語られるお話ではないですから、宇治にお住まいでいらした貴の宮さまはご存じなかったのですね。でも、実際はみなが知っていることですのよ」

貴の宮の反応に満足を覚えたのか、大夫の君は得意そうにいった。

「——すべての元凶は、おふたりの父君であられる先々帝の弟宮(おとうとみや)、二の宮さまのおふるまいにございましたの。二の宮さまは、東宮位にあられたのですが、帝位を踏まれることなく亡くなられた方でした。この二の宮さまの後宮へ、犬の宮さまのお母さまが更衣(こうい)としてあがられていたのですわ。とはいえ、あまりご寵愛(ちょうあい)は盛んでなく……入内(じゅだい)以来、東宮の後宮でさみしいお暮らしをなさっていらしたため、お姉さまの大君(おおぎみ)を、たびたび後宮へお呼びになられていたのです……ええ、それが、源氏の少将さまのお母さまですわ」

大君はごく若いころに某大臣の妻のひとりとなったが、彼の死後は、実家の邸に戻って静かに暮らしていたという。妹を気遣い、招待に応じて後宮にあがっていたこの若く美しい未亡人を見初めたのが、東宮の二の宮だったのである。

「妹の夫に姉が言い寄られるという……ええ、当時でも、たいそうな醜聞でしたわ。大君は妹君への罪悪感から、必死に求愛を退けていたそうですが、相手が東宮さまでは、やはり拒み通せるものではございません。これも公然の秘密ではございましたが、二の宮さまという方は、昔から奇矯なふるまいの多い方で。いっときは物の怪に憑かれているともいわれておりましたのよ。若くして亡くなられたのもそのせいではないかといわれているのですが……とにかく、二の宮さまの、大君へのご執着は凄まじく、兄帝をはじめ、誰の進言をも聞き入れられなかったんですの。周囲の反対を押し切り、強引に大君を後宮へ呼び寄せられて……数カ月後、ついに大君はご懐妊されました」

大君は健康な皇子を産み落としたものの、妹の更衣への遠慮から最後まで正式な妃とはならず、今の御息所、東宮の女君、という曖昧な名で呼ばれる身の上になった。東宮からの寵愛はやまず、三年後には再び皇子を出産。これが翔である。

さすがに東宮も妹の更衣への良心の咎めを感じたのか、あるいは大君から妹へも愛情を割くよう懇願されたのか、彼女を厚遇するようになり、数年後、犬の宮が生まれた。

その半年後、東宮が急死すると、後を追うように大君もこの世を去ったという――

「すべての後始末をなさったのが、東宮の兄君であられた先々帝ですわ。弟宮の生前のご乱行を苦々しく思われていた先々帝は、お気の毒な立場になられた更衣さまを哀れまれ、おん娘の犬の宮さまへ特別に内親王宣下をされましたの。いわゆる御位揚げですわね」

本来であれば女王であった犬の宮には、内親王として四品の位が授けられたという。

いっぽう、男子に関しては、後々、よけいな政争を引き起こす原因となりかねないため、そうした寛大な処置はとられなかった。先々帝は大君の遺した兄弟へ、ひとりは俗世を捨てて僧籍に入り、ひとりは皇籍を離れて源の姓を賜るよう、厳しく命じられたという。

兄弟が二の宮の遺児である、という事実は揺らがないものの、これを不快に思う帝の手前、おおっぴらに口にされることは憚られたため、翔とその兄は更衣の甥であり、犬の宮のいとこ――と世間的には語られるようになったそうである。

「幼くしてご出家させられた長男の君も、お兄さまと離れ離れにされた少将さまも、更衣さまも、まことにお気の毒なことでございました。そのおかげで、というのはなんでございますけれど、犬の宮さまが内親王へと格上げされ、こうして女東宮候補として選ばれたのは、幸いなことではございますけれど……まあ、思い返しましても、さまざまな醜聞、変事の絶えない、大変な時代でしたわ。先々帝から八雲の院へと帝位が引き継がれるまでに、何人の東宮とその候補が立てられ、廃され、亡くなられ、その子女たちのために御位揚げの大盤振る舞いがされましたことか！」

懐かしげに息を吐く大夫の君へ、宣旨が咎めるような視線をむける。

貴の宮たちの父である故院もまた、そのうちのひとりであったことを大夫の君は忘れているらしい。

だが、今、貴の宮は目の前の女房の無礼を叱るきもちにはなれなかった。

（少将さまと犬の宮さまが異母兄妹だったなんて……姉さまは知っているのかしら）

少なくとも、雷光殿へ入るまでの火の宮はそのことを知らなかったはずだった。

翔の複雑な出自について火の宮が誰かから——あるいは翔本人から——聞いていたら、そのことを貴の宮に話さないはずがない。姉妹のあいだに秘密はないのだ。

「そのような複雑なご関係で、犬の宮さまと少将さまは、よく良好なご関係を保たれたものね。更衣さまにしても、遺児となられた少将さまご兄弟を引きとられて、娘の犬の宮さまとご一緒に養育されたとは、お心の広い……」

「本当に。外から見れば、ご姉妹のあいだにいかほどの愛憎と確執がドロドロと渦巻いていたことかと邪推してしまいますけれど、実際のところは、おふたりともに世間体の悪い立場に置かれたことを苦悩されていたそうですわ」

大夫の君はふと顔をしかめた。

「もともと、更衣さまは、無口で、内向的で、人よりも犬猫などの生きものに心をお寄せになられる、独自の感性をお持ちでいらっしゃるお方と聞いておりますし。まあ、東宮さまのご寵愛が乏しかったのも、あるいは、そのあたりに原因があったのかもしれませんけれど――ゴホン、ゴホン。まあ、失礼を。なんだか喉にひっかかりまして。少し、おしゃべりが過ぎたのかしら？　ともかく、更衣さまとは反対に、お姉さまの大君は明るい性格のお方だったそうですから、はじめから、大君が東宮に入内され、妹君が大臣に嫁いでいらっしゃれば、あのようなご不幸は起こらなかったでしょうねえ。今も、犬の宮さまと少将さまが仲睦まじくあられるのは、寛大な更衣さまのご教育の賜物にございましょう。もっとも、そのあたりには、ご両親からの遺産やら、財産分与の話やらがからんでいるとも聞きますけれど……ゴホン……ゴホン、ゴホン！」

咳きこみ始めた大夫の君があわてて貴の宮に背中をむける。

そのあいだに、貴の宮はじっと考えた。

(今、聞いた話は、女東宮候補の選定に、何か関係してくるのかしら)

翔は姉に好意を抱いている。

ゆえに彼は、姉が女東宮になることを望んでいないだろう、最終的に候補から外れた姉が、ゆくゆくは自分の妻になってくれたらいいと考えているのでは……と思ってきたが、彼と犬の宮のもう一つの関係を知ると、それにもちがう側面が見えてくる。

もしも犬の宮が女東宮になったら、翔は彼女の異母兄として、これまでとはまた異なる立場を獲得することになるのではないだろうか？

帝に忠実に仕え、八雲の院とは距離を置き、謙虚に控えめに世を過ごしてきたという翔。それは、醜聞にまみれたじしんの出自ゆえの処世術だったのかもしれない。

だが、御代は変わり、時代は変わった。彼が過去のしがらみを捨て、異母妹の立太子を好機に、本来の出自にふさわしい立身出世の野心を抱いたとしたら？

（ただの推測だわ……まさか、あの誠実そうな少将さまが、血縁の犬の宮さまを女東宮にするため、姉さまに近づいてきたとも思えないし）

だが、今までより慎重な目で彼の言動を観察する必要はある、と貴の宮は思った。

最後に大夫の君がいっていた、遺産や財産分与がどうこうという話も気になった。

幼かった翔に代わり、亡くなった大君から継いだであろう財産を管理していたのは、養育を引き受けた叔母の更衣だったのではないだろうか。更衣が翔と兄を引きとったのは、本当に身内としての親切心からだったのか？　財産は正しく彼へと相続されたのだろうか？　叔母と甥の関係は、本当に世間でいわれているほど親しく、円満なものなのか？

これまで漠然と話に聞いていたよりもはるかに、翔と犬の宮の関係は血縁と愛憎と利益のからまった密接なものであるのかもしれない……。

ふと、違和感を覚えて、貴の宮はうつむいた。

なんだろう？　もやもやとした不快感が胸にせりあがってくるような、この感じは。

「――貴の宮さま」

大夫の君がいった。

先ほどまでの陽気な口調は失われ、声がわずかにしゃがれていた。

「申し訳ありません……その、お水を所望してもよろしいでしょうか？　ゴホン……なんだか、やけに……喉が渇いてなりませんの……ゴホン……ゴホン！」

「わたしもだわ」

貴の宮は喉を押さえた。

先ほどの苦い蜂蜜がどこかに残っているのだろうか？　喉の奥がふさがれるような感覚がだんだんと強くなっていくのを感じる。

「宣旨の君。お水をもってくるよう、女房に……どうか……」

命じる自分の言葉が弱々しく、途中からかすれていくことに、貴の宮は戸惑った。

胸が苦しい。うまく声が出ない。どうして？　ぐらりと視界が回った。

(頭が痛い)

「貴の宮さま……！　どうなさいました⁉」

駆け寄ってきた宣旨が、倒れかけた貴の宮の身体を素早く支える。

「ご気分が悪いのですか？　お胸が痛まれるのですか？」

「頭が……痛いの……」

宣旨の腕をつかんだ自分の手がブルブルと激しく震えていることに貴の宮は気づいた。

「気分が悪くて……めまいが、するの……なんだかおかしい……目が回って……」

宣旨の顔色が変わった。

「すぐにお医師を呼びますわ。誰か！　薬所(くすりどころ)へ報(しら)せを！　貴の宮さまが急病だと医師を呼んで！　そなたはそこの盥(たらい)をおもちなさい！　水も！　吐かせるのよ！　早く！」

鋭い声で女房たちへ指示を出す。

「しっかりなさいませ、貴の宮さま。胃の腑(ふ)の中身を吐き出すのです！」

(鈴の音が……)

リンリン、リンリンと途切れなく聞こえてくる。

(うるさい。やめて——やめて。どうしてそんなに鈴を鳴らすの)

息苦しさをなんとかしたいと思うのに、呼吸ははっはっ、としだいに短く、浅くなっていくばかり。自分で自分の身体の手綱(たづな)をとれない。脂汗(あぶらあせ)を流し、苦しさに胸をかきむしりながら、貴の宮は目を開けた。大夫の君が真っ赤な顔をして咳きこみ、ふくよかな身体を激しく揺らしている。リンリン鳴る鈴の音はこのせいだ、とおぼろげな意識の中で貴の宮はようやく気づいた。彼女が苦痛にのたうち回るたびに、衣装についた鈴が鳴るのだ。

大夫の君の身体がぐらりと傾いた。

「大夫の君！」

皿の割れる音が響き、悲鳴があがった。ひっくり返った小壺からこぼれた蜂蜜が乱れた黒髪の上にどろどろと流れだす。陸に打ちあげられた魚のように、大夫の君の大きな身体が床の上で激しく痙攣(けいれん)し、口からは泡立った緑色のものがぶくぶくと吐き出された。飛び出すほどにみひらかれた目は真っ赤に充血している。やがて、ヒーッと笛の音(ね)にも似た音を長く吐くと、それきり、大夫の君の身体は動かなくなった。

リンリンリンリン……

太夫の君の身体はぴくりともしない。それなのに鈴は鳴り続けている。それが鈴ではなく、激しい耳鳴りであることに気がついた瞬間、貴の宮は焼けるような胸の痛みとともに熱い何かを吐き出した。宣旨の叫び。鮮血。血の花。割れるような頭の痛み。

(姉さま)

リン……という音を最後に、貴の宮の意識は闇に沈んだ。

三　雷光殿(一)

火(ひ)の宮(みや)は廊下に立って、薄闇に沈む春秋(しゅんじゅう)の池をながめていた。

雷光殿の窓から漏れる灯りが池の水面に映り、ちらちらと揺れるさまが美しい。

遠くからかすかに聞こえてくる遠吠えは、小櫛の森に棲む日輪王のものだろうか？

こうしていると、何ということもない、平穏な夏の夕べに思えるが、それはもちろん幻にすぎないとわかっている。自分たちは未解決の殺人事件の渦中にあるのだから……。

火の宮が小さく息を吐いた時、火の宮、と背後から声がかかった。

映の宮である。警護役として二階全体を巡回することを日課としているが、五百重が火の宮のそばにいない時は、必ずそばにいるようになっていた。

「どうしたの？」

「この者が、きみに話をしたいそうだ」

よく見ると、彼の後ろに小柄な女が控えていた。

「あなたは……？　ああ、そうだわ、和歌の宮さまの女房の……」

「はい。相模と申します」

女房は頭をさげた。

和歌の宮の部屋を訪ねた際に、そばにいたのを火の宮も覚えていた。

もっとも、その時と比べると、恐ろしいほどに面やつれをしていたが。頬は削げ、目は赤く、その下には白粉で隠しきれないほどの濃い隈が浮かんでいる。

（ムリもないわ。和歌の宮さまのご遺体を見つけたのは、たしか、この女房だったはず）

「まだ雷光殿に残っていたのね。わたしはてっきり……その……」

「はい。和歌の宮さまのご遺体とともに、わたくしも退去するつもりでおりましたが、院より、事件について、まだいくつか尋ねたいことがあるゆえ、留まるよう命じられておりまして。宮さまの荷物の整理などもございましたし……。先ほど、院の許可がおりましたので、明日、帰らせていただきます」

「そう。このたびの悲劇には慰めの言葉もみつからないけれど、ともかく、心と身体をよくいたわって、できるだけ休息をおとりなさいね。自分を責めてはだめよ。あなたには、なんの責任もない。防ぎようのないことだったのだから」

「ありがとうございます」

相模の充血した目に涙が浮かんだ。

「こうしておうかがいしたのは、火の宮さまにお渡ししたいものがございまして」

「わたしに?」

何やら話があるようなので、火の宮は相模を連れて部屋へ戻った。映の宮も、ふたりの後について室内へ入る。

相模は懐から小さな布の包みをとり出した。

渡されたものを開いてみると、赤い房のついた数珠だった。

「わたしが和歌の宮さまにさしあげたものね……」

「はい。もともと、火の宮さまが院より下賜されたものとお聞きしております。なので、この機会にお返ししておいたほうがよいと思いまして」

八雲の院から五人の女東宮候補に贈られたさまざまなもの。

火の宮が引き当てたこの水晶の数珠は――髑髏というとんでもないおまけもついてきた――院によると、唐渡りの珍しい逸品であるという。最後に和歌の宮に会ったとき、気落ちしている彼女を慰めるために、火の宮はこれを手渡したのだった。

「結局、こんなもの、なんの役にも立たなかったわね……」

「いいえ、和歌の宮さまはたいそうよろこんでいらっしゃいましたわ。火の宮さまのお心遣いがうれしいと……火の宮さまは、最初から宮さまにおやさしくしてくださって、何かとお庇いくださって、本当のお姉さまのようだとおっしゃっていました」

「そう……」

意図的にそうしたわけではないが、たしかに、出会って以来、和歌の宮を補助する役目をしぜんと引き受けていた気がする。

「『火の宮さまとお知り合いになれたことだけが、唯一、春秋院へ入ってよかったと思えたことだわ』とまでおっしゃって。宮さまはひとり子でいらしたので、頼れるお姉さまができて、うれしかったのだと思います。本当にありがとうございました」

相模はしばらく唇を噛みしめていたが、それからふいにつっぷした。

「――火の宮さま。先ほど、火の宮さまは、自分を責めてはいけない、とおっしゃってくださいましたが、わたくし、やはり、そうせずにはいられないのです。だって、和歌の宮さまは、このたびのお話には乗り気ではいらっしゃらなかったのですもの……！　女東宮の争いに自分が加わるなど、恐ろしい気がして気が重いとおっしゃっていたのですわ。火の宮さまが宇治で襲われかけたお話をお聞きになった時は、本当に怖がられていました。そして、実際、そのご懸念が現実になってしまって……ま、まだ森羅殿にいたころ、もう家に帰りたいとおっしゃっていたのを、わたくしがお引き留めしませんでしたら、あの時、一緒にお邸に戻っていましたら、こんなことにはなりませんでしたのに！」

「それは仕方のないことよ」

震える相模の肩を、火の宮はさすった。

「春秋院に留まるのは、和歌の宮さまのご両親が望まれていたことだと聞いているわ。あなたはその意向を受けて、女房としての仕事をしただけなのでしょう？」

「はい……殿も、上も、どんなに後悔なさっていることでしょう。おふたりとも、和歌の宮さまを女東宮に、などと、本気で考えていらしたわけではないのですもの」

相模はすすり泣いた。

「東宮候補に選ばれたことは、宮さまにとって間違いなく名誉なことですし、途中で辞退しては八雲の院への無礼にあたる、と思われて、せめて選定期間が終わるまでは春秋院に留まるよう、宮さまを説得されたのですわ。しばらくのあいだ宮さまがご実家を離れてくだされば、ちょうどいいご事情もございましたから……」

「実家を離れていたほうがいい事情？　お邸の工事でもしていたの？」

「いえ、森羅殿にいれば、許嫁の君との接触を絶てるとご両親は考えられたのです。院の後宮となれば、ご実家のように、気軽に文など遣すことも難しくなりますから」

「和歌の宮さまには許嫁がいらしたの？」

　火の宮は驚き、映の宮と思わず顔を見あわせた。

　許嫁のいる姫が女東宮候補にあげられたというのは意外な話に思えたからである。

「いえ、正式な許嫁というものではないのです」

　相模があわてていった。

「その昔、宮さまが幼いころに、そのようなお話があがったことはたしかにありましたが、結局、とりやめとなってしまったので。わたくしと宮さまが身内の冗談として、ずっとその方を許嫁の君と呼び続けていただけなのです。誤解なさらないでくださいませ」

「ひそかに恋仲でいらした……というわけでもなく？」

「いえ、本当にそのようなご関係ではなく……おふたりは仲のおよろしい、幼馴染みでいらしたのです。気の置けないご友人、どちらかというと兄妹に近い間柄でした。本当ですわ。おふたりがまこと恋人同士でいらしたら、どうして宮さまが貴嗣さまの一夜の恋のお相手や、恋人に二股、三股をかけて修羅場になった笑い話などを知っていらしたでしょう」

「その方は貴嗣さまというのね」

「はい。右大将さまの三男の君、五位の蔵人、藤原貴嗣さまでございます」

藤原貴嗣は和歌の宮の母方の親戚筋にあたる青年で、おたがいの乳母同士が姉妹ということもあり、幼いころから親しく和歌の宮の邸に出入りしていたという。

内親王である和歌の宮に、彼女を溺愛する両親がうかうかと男子を近づけたのはふしぎに思えたが、相模によると、藤原貴嗣という人物は光源氏の少年時代になぞらえて「光る君」と呼ばれていたほど愛嬌のある美少年で、彼がにっこり笑って大人を見ると、どんな悪戯もわがままも無作法も咎めることができなくなってしまうほどだったそうである。

すぐれた容姿に加え、頭の回転も速く、これは将来の出世が期待できる、ということで和歌の宮の将来の婿候補にあげられたらしい。

「ですが、あまりの美貌が仇になったといえましょうか。貴嗣さまは幼いころから女たちにちやほやされ、甘やかされることにすっかり慣れきってしまわれて……昔のあどけなさはどこへやら、品行よろしくない青年となられてしまいましたの」

「それで、和歌の宮さまとの話も立ち消えになってしまったというわけ？」

「はい。それも仕方のないことかと。お姿はめでたくとも、元服もすまぬうちに人妻の寝床へ忍びこむような方を、どの親御さまが大事な姫君の婿にと望みましょうか？　女遊びに加え、素行のよろしくないご友人との悪いつきあいも増えるばかりで……父君はたびたび騒ぎを起こす貴嗣さまに激怒され、とうとう勘当をいい渡されたのです」

——女から女へ、恋から恋へ、酒を友に、夜ごとはかない快楽を貪る放蕩貴公子。

和歌の宮は、そんな彼を非難しない数少ない存在だったという。

この年上の、困った幼馴染みがけしからぬ行状を重ねていたのは確かだったが、彼女には昔と変わらずやさしかったし、会えば楽しく話題のつきない、気楽な相手だったからだ。

内親王という身分ゆえ、屋根の下からやすやすとは出られない和歌の宮にとって、宮廷での噂話から下世話な男女の事情まで、あけすけに教えてくれる貴嗣は貴重で愉快な男友だちであり、両親に何度いわれても、交際を絶つことを承知しなかったという。

「宮さまを女東宮候補に、というお話が正式にまいりました折、またぞろ貴嗣さまがどこぞの人妻に手を出したという噂が飛びこんできまして……これ以上、悪い評判だらけの貴嗣さまを宮さまに近づけてはろくなことにならない、と考えられた父君が、お邸にこられた貴嗣さまを追い返され、宮さまを早々に春秋院へ入れてしまおうと画策されましたの。もっとも、そんな妨害などものともせず、貴嗣さまはその夜、平気で闇を縫って宮さまのもとへ遊びにいらっしゃいましたけれど。困ったことに、宮さまも貴嗣さまのそんな行動を面白がっていらっしゃいました」

（なるほどね……なんとなく、想像がつく気はするわ）

目の前の楽しさや刺激に、衝動的に飛びついてしまう素直さ、軽率さが和歌の宮らしいと思えた。恋愛感情がないゆえに、相手の艶聞や醜聞にも寛大になれたのだろうし、幼馴染みの不道徳な恋愛話を面白おかしく楽しめたのだろう。

「生前、それほど親しくされていたなら、その元許嫁の君も、和歌の宮さまの訃報を聞かれて、さぞかし驚き、嘆かれたことでしょうね」

火の宮のつぶやきに、しかし、相模は首をふった。

「おそらく、貴嗣さまは、まだ宮さまの訃報をご存じないでしょう。先日、宇佐使の役目を賜り、豊後へ下られましたので。少なくとも三月は戻らぬと聞いております」

天皇からの祭文を携え、宇佐神宮へと遣わされる勅使を宇佐使という。

即位の際に必ず遣わされることになっている奉幣使の一つだが、国家の大事にも派遣されるため、葡萄病みの猛威、三代東宮の死去というここ数年の変事を鎮める目的で、当代では以前よりも頻繁に送られるようになっていると聞いている。

「最後にお邸へ忍びこんできていらした際も、貴嗣さまは宇佐使としてしばらく京を離れるためのご挨拶のため、宮さまに会いにいらしたのです。女東宮候補に選ばれたことを宮さまが話されると、貴嗣さまは顔をしかめておっしゃいました。『例の大斎院のご神託か。くだらない茶番だね。捨て宮、落ち宮ばかりを集められて、八雲の院も何をなさりたいのやら。第一、おばかな和歌の宮に女東宮がつとまるのなら、ぼくにだって太政大臣がつとまるよ』などと、いつものように、宮さまと仲良く口喧嘩をされて」

在りし日のなごやかな光景を思い出したのか、相模は再び目を潤ませた。

「貴嗣さまは、女東宮候補を辞退すべきだと宮さまに勧めていらっしゃいましたわ。次期東宮の争いに巻きこまれて、いいことなど一つもない、と。『のんきな立場のきみとはちがって、中にはその座を得るために死に物狂いな連中もいるだろう。そんなやつらの恨みを買うのもつまらないよ。いっそ春秋院入りなどすっぽかして、一緒に宇佐詣での旅に出ないか？　ふたりでいけば楽しいだろう』などと軽口を……。でも、今となっては、貴嗣さまのおっしゃる通りだったのかもしれません。宮さまがこのようなことになって、女東宮の争いの内実は、わたくしどもが思っていた以上に陰惨なものだったのですから。貴嗣さまのお言葉を、わたくしどもはもっと真剣に受け止めるべきだったのですわ……」

「今さら、そんな仮定をしたところで無意味というものだ」

それまで黙ってふたりの会話を聞いていた映の宮が冷ややかにいった。

「ああしていれば、こうしていれば、と過去を悔いたところで、和歌の宮さまが亡くなれた事実は変えられない。その元許嫁どのとやらにしても、確固たる根拠があって女東宮候補を辞退しろと勧めたわけでもあるまいに」

「はい、それは……」

「それより、犯人を捕らえてしかるべき処罰を与えるほうが、よほどそなたの主人の魂を慰められるというものだろう。事件や犯人について、そなたは何か知らないのか、相模？　些細なことでもかまわない。手がかりになりそうな事柄を何か思い出せないのか」

相模は力なく首をふった。

「院からも、他の方からも、何度も尋ねられましたが、わかりません。たしかに、最後に宮さまと会話を交わしたのはわたくしですが、怪しい人影など見かけてはおりませんでしたし、和歌の宮さまのごようすにも、これといった異変はございませんでした」

相模じしん、何度も記憶をたどり、事件前後の状況を思い返してみたものの、和歌の宮殺害に関わる事柄は何も見つけられなかったという。

「和歌の宮さまのことに関しては、院も責任を感じておられるもの。このままうやむやになったりしないはずよ。必ず犯人は突き止められ、そなたの無念も晴らされるわ」

火の宮は相模を励ました。

「それまで、あなたは邸にさがって、静養につとめて、しかるべき報せをまちなさい」

「はい」

相模は深々と頭をさげた。

「火の宮さまのような方こそが女東宮となられるべきだ、と和歌の宮さまはおっしゃっていましたわ。他の三人は、その資格にも資質にも欠けている方々ばかり、東宮の座にふさわしいのは火の宮さまだけだ……と。わたくしも、そう思います。火の宮さまがぶじ雷光殿を出られますよう、遠くからお祈り申しあげております。どうぞ、ゆめゆめご警戒を怠りませぬように。雷光殿は美しくも、恐ろしい場所ですわ。……」

相模は去った。

御簾のむこう、衣擦れの音が消えるのをまって、映の宮がいった。

「女東宮にふさわしいのは火の宮さまだけ……か。きみは、死んだ和歌の宮さまにずいぶん懐かれていたんだな、火の宮。五百重といい、貴の宮といい、きみを贔屓して甘くなるのは身内だけじゃないらしい」

からかうような視線をむける。

「我が姉宮は天性の女たらしだな」

「人聞きが悪いわね」

「何かと庇ってくれたきみを和歌の宮さまが贔屓していたのは、まあ、わかるとして、他の三人は女東宮の資格にも資質にも欠けている——といいきったというのが気になるな。きみたち五人は、全員、雷光殿にくるまでは初対面だったはずだろう。知りあって一日かそこらの浅い関係だったにもかかわらず、彼女がそう思うにいたった根拠はなんだ?」

「さあ、わたしにもわからないけれど……犬の宮さまに関しては、そうね、もしかしたらお顔のあざのことをいっていたのかもしれないわね」

和歌の宮の性格からして、単純に犬の宮の知性よりも見た目の疵を重要視し、女東宮となるにはふさわしくない、と判断したのかもしれない。

「でも、四季の宮さまと恋の宮さまに関しては、まるきりわからないわ」

火の宮が知る限り、和歌の宮がそのふたりと深く関わる場面はなかったように思える。もちろん、八雲の院との初対面を果たしたあと、それぞれが部屋に戻って自由に過ごす時間はたっぷりあったので、知らないあいだに接触があったのかもしれないが。

「特に恋の宮さまに関しては、わからないことだらけだから。他の候補者とまったく交流をなさっていないのだもの。謎めいているというか、とらえどころのない、ふしぎな印象の方なの。これまでに、恋の宮さまの声を聞いたのも数えるほどしかないくらいよ」

「四季の宮さまに関してはどうだ？」

「うーん、和歌の宮さまが『資格や資質に欠ける』といわれた根拠に思い当たることなどないけれど。お話しした限りの印象では、四季の宮さまは常識も教養も気品もじゅうぶんに兼ね備えられた方だもの。すらりと長身の美女で、性格も落ち着いていらして……」

「そのあたりに関しては、実は、面白い情報が二つほど手に入っている」

「情報？」

映の宮は懐から小さく折られた紙をとり出した。

「少し前に、巡回を終えて部屋へ戻ると、ぼくの衣装の上にこれが置いてあった」

「文？　誰からの？」

「わざわざ人目を盗んで置かれていたものだぞ。差出人の名なぞ書いてあると思うか？」

「つまり、それって、何かをこっそり告げ口する……密告の文ということ？」

「そうだろうな。わざと乱した女の手蹟という以外にこの文からわかることはないようだ。内容もごく簡潔なものだった。『今夜、恋の宮さまの部屋をひそかにのぞくべし』……これだけだ」

　火の宮は目をみひらいた。

　──恋の宮の部屋をのぞけ？

「怪しいわ。何かの罠じゃないの？　いわれた通りにのこのこ出向いたら、そこに犯人がまちぶせているとか……」

「そうかもしれないし、そうではないかもしれない。きみを呼び出したのならその線も疑うが、これはぼくに宛てたものだからな。きみのいう通り犯人が恋の宮さまの部屋で待ち伏せをしていたとして、そいつが腕っぷしでこのぼくにかなうと思うか？」

　たしかに、和歌の宮殺害の状況から推測された犯人は、標準的な腕力の女だった。わざわざ自分から腕に覚えのある映の宮に挑もうとはしないだろう。

「いくつもりなのね？」

「虎穴に入らずんばなんとやら、だ。事件解決のために雷光殿にきた以上、怖気づいてもしようがない。誰かが何かを教えたがっているんだ。むろん、相応の用心はするさ」

火の宮はうなずいた。

危険だ、と止めたところで、この弟がいうことを聞くはずもないのだ。

「そういえば、情報は二つあるといってたでしょ。もう一つはなんのこと？」

「こっちは那智が探ってきてくれた。ぼくとしてはこちらのほうが興味深い。那智の報告が事実なら、これには八雲の院も一枚嚙んでいるということになるからな」

「院が一枚嚙んでいる？」

「ああ。――那智が調べたところによると、…………」

映の宮は周囲を確認したあと、膝を進め、火の宮の耳に顔を寄せた。

火の宮はすっかり困惑し、弟の顔をまじまじとみつめた。

「そんな……本当に？　それって、いったい、どういうことなの？」

※

――天狼は、自分に似通う性質の主を選ぶ。

八雲の院の言葉を思い出し、それは真実だろう、と映の宮は考える。

普賢の中に、彼はしばしば自分によく似た側面を見出すことがあった。

大胆で荒々しいふるまいの陰に隠された抜かりのない慎重さ。感情や衝動を抑えられる忍耐力。やや排他的ともいえる身内意識の強さ。愛する者への一途さ。庇護欲。

主従関係の下に普賢を扱うことに、映の宮は姉の火の宮よりも長けている。それは映の宮と普賢の絆が、友情や愛情だけでなく、危険の多い狩りや遠乗りなどの「訓練」を通じてつながれたものだったからだ。幼いころ、普賢の背に乗り、馬に見立てて将軍ごっこをしていたのと同じように、映の宮は今も普賢を自在に乗りこなすことができる。

ただし、昔のように物理的にではなく、精神的な方法で。

(──のぼれ。匂いをたどれ。闇にまぎれろ)

深更。

雷光殿は眠りと静寂の中に沈んでいた。

昼間の暑気を払うように、開いた窓の隙間から、池の水面を渡る風が時おり涼しく吹き抜ける。

と、空気の動きとともに見えない道しるべが揺らぎ、普賢は鼻をひくつかせた。

目当ての部屋の柱には、映の宮があらかじめ匂いをつけておいた。それをたどり、誰にも見つからぬよう部屋に忍びこむことは、普賢にとってさほど難しい作業ではない。

(そこだ。御簾をくぐれ──音を立てずに入りこめ)

恋の宮にあてがわれた部屋は二階の東端にあった。

密告の文に従い、のこのこと彼女の部屋を訪れるほど、映の宮も愚かではない。警護の役目を許されているとはいえ、あくまで男子の身、真夜中、内親王の部屋へ侵入したことを見咎められたら、弁解の余地はないことはわかっていた。

あるいは、密告の文をよこした者の本意はそこにあるのではないのか？　と映の宮は疑ったのだった。和歌の宮殺しの真相を探り、次の犯行を防ぐために現れた映の宮は、犯人にとって邪魔な存在だろう。夜這い目的で恋の宮の部屋へ忍びこんで不届きな狼藉を働こうとした——という濡れ衣を着せ、犯人は映の宮をここから追い出そうともくろんだのではないのか？　そう考えると、恋の宮の部屋をのぞくには慎重な方法が求められた。

（——そこだ。進め、普賢）

ふさふさした尾を調度に当たらぬよう器用に動かし、普賢は闇の中を歩いていく。

がらんとした室内は人の気配がまれで、闇の中をひそかに進む普賢に気づく者はいなかった。お付きの女の童の姿も見えず、几帳の囲いの中に畳を置いて、着物をかぶった女房がひとり寝ているだけである。罠をしかけるどころか、殺人事件の渦中にあるとは思えぬほど無防備なようすに、映の宮はいささか戸惑った。

（——誰かいる）

普賢は耳をぴくりとさせた。声ではない、荒い息遣いに気がついた。

細い隙間に長い鼻先をねじこんで動かすと、普賢は開いた障子のあいだから奥へと進んだ。空気が変わるのを感じる。

濃密で、ひそやかな、熱をはらんだ闇の匂い。昼間の暑気の名残ではない、人の発する熱だ、と普賢の鋭敏な鼻は嗅ぎ分ける。

「——あっ、ああっ」

女の激しい息遣いと衣擦れの音。

粘膜の触れあう水音にも似た音がかすかに響く。

普賢の翠緑色の目を通して見る闇は、薄曇りの昼間のように明るく、からみあう白い身体を隠すものは何もなかった。激しく口づけを交わすふたりの顔に目を凝らす。

（恋の宮だ）

半裸に近い恰好で畳に組み伏せられ、揺さぶられている女の顔。

うりざね型の小さな顔。唇のそばにある小さな黒子。

巡回の際に何度か見ていたその顔は、恋の宮のもので間違いなかった。

ふたりの行為が同意の上でなされていることは、快楽に溺れきっている恋の宮の表情でわかる。開いたままの口から絶え間なく漏れる嬌声。相手の背に手を回し、さらなる悦びをねだるように爪を立て、真っ白な太腿を蔦のようにからみつかせている。

昼間に見た、おっとりと控えめな内親王のありさまとはかけ離れたみだらな姿態に映の宮は鼻白んだが、すぐに注意を恋の宮からその上に乗っている女へと移した。

——あれは誰だ？　お付きの女房はあちらで寝ているし、体形からして女の童ではない……。

密告の文の主が見せたかったのは、この秘密の情事に間違いないだろう。

が、その意図はどこにあるのかと映の宮は考えた。これは女同士のひそやかな愉しみであり、禁忌を犯しているわけではないのだ。

とはいえ、八雲の院がこれを知ったら？　と考えると、女東宮の選定に、よい影響を与えないことはたしかである。

映の宮の口を通し、八雲の院へこのことを知らせたいというのが、密告の文の主の狙いだったのだろうか？

恋の宮の声が、徐々にすすり泣くようなせっぱつまったものへと変わっていき、やがて小さな頂点を極めて途絶えた。荒い息をつき、ぐったりと手足を投げ出した恋の宮の上で相手が身を起こし、腰まで落ちていた小袖を直して背中を隠す。

通った鼻梁。長い睫毛。乱れた黒髪をかきあげた手のあいだから白い横顔がのぞいた。

その横顔を凝視していた映の宮は、息を吞んだ。

(四季の宮！)

満足そうな微笑を浮かべて恋の宮を見おろし、赤く長い舌で唇をぺろりとなめていたのは最年長の女東宮候補だった。

視線を感じたのか、四季の宮が切れ長の目をこちらへむけた。

目があった。

瞬間、映の宮の意識は普賢の肉体を離れた。

※

覚醒。

薄暗い天井が目に入る。

ぶるり、と水からあがった犬のように、寝床の上で映の宮は大きく身体を震わせた。

普賢の肉体から人間のそれへと戻るとき、いつも味わわされる感覚。むりやり毛皮を剝(は)ぎとられたような心細さと肌寒さに、映の宮は息を吐いた。

身体が泥の中にあるように重く、すぐには起きあがれない。それを見越した上で、あらかじめ寝床に横たわり、普賢の意識に同調してはいたのだが。

(急に抜け出してしまったが、普賢は大丈夫か？　……まあ、状況的にあちらも騒ぐわけにはいかなかっただろうし、賢い普賢のこと、すぐに異変を察してあの場から立ち去っただろうが……)

映の宮は廊下のようすに耳を澄ました。静寂。騒ぎが起きている気配はない。

やがて、かすかに近づいてくる気配に気づき、目をむけると、普賢が室内に入ってきた。

「ご苦労だったな、普賢」

普賢は横たわったままの映の宮のそばへ腰をおろした。手を伸ばし、顎の下を強く搔いてやると、気持ちよさそうに目を細め、映の宮にもたれかかってくる。ちくちくした毛皮に顔を埋めながら、映の宮は普賢の中にいた先ほどまでの感覚を反芻した。

〝ただ乗り〟と映の宮が呼んでいるこの行為を従者の那智はひどく嫌っている。

人間の肉体へ戻ってきたあとの映の宮の疲労の仕方が尋常でなく、那智の目には、まるで主人が生命の一部を削っているかのように見えるらしい。

『宮、よほどの非常事態をのぞいて、その特殊な技はお使いなさいますな。あまり頻繁に普賢の中へ入っていては、そのうち戻れなくなるかもしれません』

那智のその懸念も的外れではなかった。

実際、普賢の肉体に入りながら、映の宮はその心地よい万能感に浸り、このままずっと同化していたい、という誘惑に何度も駆られたことがあった。

視界がぐんと開け、嗅覚が研ぎ澄まされ、肉体と精神が直結するあの感覚。天狼の目で見る世界は人間のそれよりも、簡潔で、刺激的で、憂い少なく、美しい。

もともと映の宮が〝ただ乗り〟を覚えたのは、数年前の狩りの途中、崖から落ちて意識をなくした際、探しにきた普賢の肉体を無意識に乗っとったことがきっかけだった。

その後、辛抱強く訓練を重ね、天狼の肉体に意図的に意識を同調させる技を会得したのは、ここ最近のことである。火の宮はまだこのことを知らない。知らせて、むこう見ずなあの姉が好奇心からこれを試し、那智の懸念のようにうっかり魂をもっていかれることになっては困ると考えたからだった。

普賢を抱き寄せながら目を閉じ、映の宮は先ほど見た光景を反芻した。

――恋の宮と四季の宮がふたりの秘密の関係を自ら明かすとは思えない。

と、するとあの密告の文をよこしたのは消去法的に犬の宮ということになる。女東宮の座への野心を隠さない犬の宮であれば、好敵手を蹴落とすため、他の候補者のみだらな実態を密告する――というのはありえないことではないだろう。

半面、わざわざ密告の文という回りくどい方法をとる必要があっただろうか？　という違和感もあった。

火の宮と仲のいい犬の宮なら、匿名の陰に隠れず、新たに知った秘密を火の宮に率直に知らせてくるのが自然だという気がするのだが……。

（もしも、あの密告の文を出したのが犬の宮でないとしたら？　四人の内親王以外にも、なんらかのもくろみをもった人間がどこかに隠れているということか）

映の宮はしばらく考え、頭をふった。

とりあえず、今は密告者が誰かを突き止めるより、つかんだ情報から次にすべき行動を考えるほうが重要だろう。映の宮は身を起こした。

「さて——火の宮へはどう伝えるか……」


(頭が痛い)

その朝の火の宮の目覚めは決してよいものではなかった。

怖い夢を見ていたようだが、内容は思い出せなかった。目覚めたあとも、妙な不安だけが胸にわだかまっている。経験上、この手の感覚を覚えるのは、たいてい身内にあまり嬉しくないできごとが起こる時なのだが、映の宮にも五百重にも特に異変はない。

(まさか、森羅殿に残っている貴の宮に何かあったんじゃ……? 考えすぎかしら。そうよね、今のところ、なんの報せもきていないのだもの)

のろのろと顔を洗い、着替えを終えると、映の宮が部屋に入ってきた。着座もすませぬうちに、昨夜見たできごとを報告してくる。

恋の宮と四季の宮が性的な関係をもっている、という弟の率直な言葉を聞いて、火の宮は森羅殿で見た夢——普賢の目を通して見た光景——を思い出し、小さく声をあげた。

(やっぱり夢じゃなかった。あの時のあれは現実だったんだわ。だけど、恋の宮さまのお相手が四季の宮さまだったなんて……!)

「ふたりが秘密の恋人同士であろうが、いっときの火遊びの関係であろうが、ぼくたちにとってはどうでもいいことだ」

映の宮は淡々といった。

「問題は、密告者が誰なのかということと、ぼくたちがそれを知ってどうすべきかということ、そして、昨日教えた例の情報についてどう対処するかだ。本人に尋ねたところで素直に認めるとは思えないが、それ以外に方法がないのもまた確かだからな」

「そうね……」

「まずはどれからとりかかるべきだと思う、姉上？」

火の宮はため息をついた。

「まずは、朝餉を食べるわ」

——映の宮が出ていったあと、気の利く五百重が薬草を煎じて頭痛止めの薬湯を作ってくれた。その後、盥で運んできた湯に厚手の布を浸し、絞ったものを肩と首回りに当てて血の巡りをよくし、強張った箇所をやさしく揉んでくれる。

「悪い夢をご覧になっているあいだ、肩や首に力が入っておられたのでしょう。こわばりをほぐせば、各所の痛みもとれ、楽になられるはずです」

首やこめかみを丁寧に揉みほぐされる。おかげで痛みも治まり、すっきりした気分で火の宮が身体を起こすと、クウウーッ……という音が下腹から響いた。

「いやね。頭痛が治ったら、お腹が空いてきちゃったみたい」

「朝餉がまだ運ばれてきていないのですよ」

使った道具類を片づけながら、五百重がいった。

「先ほど、湯をもらいに一階へいったのですが、今朝は、南殿の大炊所から朝餉を運んでくる船が遅れているとのことで。配膳係の玉君と千尋どのが手持ち無沙汰に車宿でおしゃべりをしていました」

「そう。あのふたり、すっかり仲良くなったみたいね。よかったわ」

——その玉君が泣きながら戻ってきたのは、それからすぐのことだった。

「まあ、どうしたの、玉君？」

「申し訳ありません、火の宮さま……」

赤くなった目元をこすり、玉君は涙ながらにいった。

「朝餉はまだご用意できないのです……二つめの船が、まだきていなくて……お食事が足りなくて……わ、わたし、早くから船をまっていたのですけれど、グズなせいで、火の宮さまのご膳を確保できなかったんですわ……申し訳ありません……！」

「朝餉が多少遅れようが、そんなこと、かまいはしないのよ」

火の宮は驚き、わっと泣き伏せた玉君の肩へ手を置いた。

「だけど、どうしてそんなに泣いているの。いったい、何があったの？」

玉君はしゃくりあげながら説明した。

——雷光殿に滞在している人間の食事は、池のむかいにある南殿の大炊所から、朝夕、船で運ばれてくることになっている。

が、今朝は係の者の不手際があり、用意した食事の半分ほどを途中で落としてだめにしてしまったという。そのため、とりあえず、ぶじであった食事だけを先の船で運ぶことにして、残りのぶんは準備ができ次第、次の船で運ぶことになったのだそうだ。

早くから船をまっていた玉君と千尋はそうした事情を運搬係の男たちから聞きつつ、食事の入った大籠などを厨へ運ぶのを手伝い、そのあと、自分たちに割り当てられた膳をもらって、それぞれ別れた。

が、この部屋へくる途中、玉君は恋の宮付きの女房とばったり出くわしたという。

いつまで経っても朝餉の報せがこないが、どうなっているのか、と女房から詰問するように尋ねられ、その剣幕に押されながら、玉君がくだんの事情を説明すると、

『恋の宮さまに朝餉をおまたせさせるなど、とんでもないことだわ。何事も、身分序列に応じて配されるのが筋というもの。この雷光殿において、八雲の院の次に高い身分であられるのは恋の宮さまだ。宇治の田舎から出てきた無品の捨て宮に先に朝餉が渡され、三品の内親王がまちぼうけを食わされる、こんなばかなことが許されるはずもないのだよ』

女房はそういって、玉君の手から強引に膳を奪いとったというのだ。

玉君も精一杯抗ったものの、激怒した相手からさらにひどい言葉を浴びせられ、蹴飛ばされんばかりの扱いを受けたため、泣く泣くその場を去ったそうである。

「わたしが弱虫だからいけないんです。絶対にお膳を渡すべきではなかったのに、意気地がなくて……昨日も、紫苑の君にはお膳の順番のことで罵倒されたので、怖くて、弱気になってしまったんですわ」

恋の宮の女房は紫苑の君というらしい。

ひたすら自分を責める玉君を慰め、涙を拭ってやっているところに、今度は映の宮がやってきた。廊下で女たちの喧嘩騒ぎが起こっているという。

「きみの名前も出ていたと聞いて、揉め事にでも巻きこまれたのかと警護の侍たちと駆けつけたんだが、単なる女房同士のいさかいだったようだから、引きあげてきた」

映の宮は肩をすくめた。

「女の喧嘩の仲裁までは仕事に含まれていないからな。どうも、朝餉の膳のことで争いになったようだ。恋の宮さまのところの女房と、犬の宮さまのところの若い女房が、お互い負けじといい争っていたぞ」

玉君が「まあ」と口元を覆った。

「千尋さんですわ！　さっき、わたしが廊下の隅でうずくまって泣いていたら、千尋さんがきて、怒鳴り声が聞こえたけれど何かあったの、と声をかけてくれたんです。わたし、お膳を横どりされてしまったことを打ち明けるのが恥ずかしくて、『ちょっと紫苑の君に意地悪をされてしまったの』とだけ答えたのですけれど、きっと、事情を察して紫苑の君のところへ抗議にいってくれたのですわ。昨日も、千尋さんは紫苑の君の傲慢な態度に、とても怒っていましたもの。どうしましょう、わたしのせいで、千尋さんが……」

「落ち着いて、玉君。とりあえず、一緒に千尋のところへいってみましょう」

おろおろしている玉君をなだめ、火の宮はいった。

――たかが朝餉の膳のことで、主人自らが喧嘩の仲裁に乗り出すのもどうかと思ったが、幼い玉君には事態の収拾がつけられないのだから仕方がない。

五百重に任せても、傲慢な紫苑の君を説得するには苦労するだろうと思えた。身分と出自に何よりもこだわる高級女房らしい紫苑の君が、侍女あがりであることを隠していない、格下の五百重の言葉に素直に耳を傾けるとは思えなかったからである。

廊下の半ばでふたりの女房は対決していた。周囲には、好奇心に駆られた女たちが遠巻きになって、ふたりの舌戦をながめている。

千尋のそばには犬の宮がいた。困り顔で乳姉妹をなだめていたが、火の宮に気づくと、ほっとしたような笑みを浮かべ、千尋の両肩を抱くようにしてその顔をのぞきこんだ。

「さあ、千尋、もういいでしょう。おまえに理があるのは明らかだし、妹分の玉君のために抗議をしたのは正しい行動よ。わたしも主人としておまえを誇りに思うわ。でも、これ以上、騒ぎを長引かせては、火の宮さまにもご迷惑をかけてしまうから」

「引き下がるのはかまいませんわ、犬の宮さま」

千尋はきっぱりいった。

「もう、玉君から横どりした膳を返せとも申しません。今さらそんなケチのついたお食事を火の宮さまにさしあげるべきではないですもの。ですが、これを機に、紫苑の君には、その驕り高ぶった態度をあらためていただきたいのですわ」

千尋の大きな目は怒りにきらきらと輝いている。

「何かといえば、身分がちがう、品位がちがう、とえばりちらして、本当に不愉快なんですもの！　ここにいるのは、東宮候補として選ばれた内親王の方々と、その女房たちで、蔑まれるような立場の人間などひとりとしておりませんのに。どなたが次の東宮に選ばれるかわからない以上、身分の上下もないものですわ」

「身分の上下がない？　それこそが不愉快で不敬なものいいというものよ」

千尋とにらみあう相手があざ笑うようにいった。

「都落ちした無品の捨て宮や、過去の醜聞を隠すために御位揚げの特例措置によってかろうじて内親王宣下を受けたまがいものの皇女と、正統な血筋の三品の内親王が同格であろうはずもない。何度もいっているが、恋の宮さまは、八雲の院とも今上とも父君を同じにする尊い身分のお方。院と帝の異父妹君なのだよ！」

「なによ、口を開けばそればかり。院と帝の異母妹は山ほどいらっしゃるわっ」

千尋も負けていない。

「でも、これまで、恋の宮さまのお名前など聞いたこともなかった。現に、恋の宮さまは八雲の院とも今回が初対面でいらっしゃったのでしょう？　院が異母妹であられる恋の宮さまに格別の親しみを見せていらっしゃるという話も聞いておりませんわ。忘れ去られていた捨て宮だったのは、そちらのご主人も同じじゃありませんの」

「お黙り、この物知らずの小娘がっ！　恋の宮さまは少々繊細なご体質でいらしたため、長く都の外で療養をされていて、人の口にそのお名前がのぼることも少なかったという、それだけのことなのだよ！　そのお人柄は慎み深く、聡明で、琴の名人でもあられ、その上、母君も女王であられるという、申し分のないご身分でいらっしゃるのだ。そのような尊いお方と、四品、無品の内親王が同じ立場であるなどと抜かすとは、ハッ、小娘、おまえはまったく無知で無礼な愚か者だよ！」

（――この者が紫苑の君）

したたるような悪意と敵意を言葉にのせて吐き散らす相手を、火の宮はやや圧倒される思いでみつめた。

えらのはった四角張った顔に、狭い額、厚ぼったい瞼、糸のように細い目。

色は白いが、健康的な血色はなく、髪はややちぢれて、白い物が交じっている。

かといって、その皮膚に年配の女らしい皺やたるみは見えず、首回りや手の甲は目を見張るほど白く、美しく、つるつるしているのだ。

相当に小柄で、痩せた身体を派手な強衣装に幾重にも包んでいるのが、体をふくらませて敵を威嚇する河豚のようで、滑稽とも、哀れとも、不気味とも見える。

『若いのだか、年寄りなのだか、よくわからない、奇妙な感じの人』

と以前に玉君がいっていたことを思い出し、火の宮はひそかにうなずいた。

（〝紫苑の君〟という優美な呼び名から連想される姿とは、およそかけ離れた性格の女房ではあるようだわ）

「無品だろうが、四品だろうが、三品だろうが、関係ないのですわ」

うんざりしたように千尋がいった。

「女東宮に選ばれた方が、これから、世の内親王の頂点に立つ。それだけのことなんですもの。三品の位や出自の尊さとやらをそう威張りちらしてばかりいては、紫苑の君、恋の宮さまが女東宮に選ばれなかった時に、かえってあなたが恥をかくばかりですよ。大斎院の神託で選ばれた以上、五人の内親王は全員、平等な立場にあられるのですから」

「大斎院の神託？　ホホホ、そんなものを単純に信じているのが、小娘、おまえの愚かさだというのだよ。あの政治手腕に長けた老獪な大斎院が、毎回、受けた神託とやらをそのままそっくり院に伝えているとでも思っているのか？」

千尋の反論を紫苑の君は一蹴した。

「海で漁られた一匹の魚が、鱗を剝がされ、骨をとられ、さばかれ、身をほぐされてから献上されるのと同じことよ。神託がお社の祭壇から八雲の院の御前に届けられるまでには、大斎院という熟練の包丁使いによって、すっかり都合よく形を変えさせられているに決まっている。計略や計算の味つけをたっぷりほどこされてね。そもそも、今回のこと、神託そのものがあったかどうかも怪しいものだ。昔はともかく、大斎院の予言力は、ここ数年、明らかに衰えている。予言をいくつも外しているのだから」

　思いがけない反撃に、さすがの千尋も言葉をうしない、まごついた。

「大斎宮は本来、御代替わりにあわせて交替されるべき巫女の座を、五代にも渡って守り続けてきた異例の人物ぞ。天狼の主であることと、その稀代の予言力とやらを武器に、五人の帝と渡り合い、時に手玉にとり、邪魔な政敵を容赦なく退け、今ある立場を築いたのだ。大斎院は、したたかさと立ち回りのうまさでは、時に八雲の院をも上回るお人なのだよ。神託とハッタリを巧みに使い分ける名人の言葉をそのまま鵜呑みにするなど、大人のイカサマにあっさり騙される子どものようなものだ」

「でも……だからといって、大斎院の予言や神託が、まるきりでたらめという話にはならないではありませんか」

　気圧されながらも、千尋が反論する。

「現に、この雷光殿だって、大斎院の神託だか、ご助言だかによって建てられたものなのですもの。そうですわ、『池の穢れを除くべし』という大斎院のお言葉に従って、この中島にあった祠の下から白骨が発見され、それを浄めることによってこの土地全体にかかっていた呪いが祓われ、春秋院は今のような発展を見たのでしょう?」

紫苑の君は薄い唇を歪めてにやりとした。

「おまえのいう〝この土地全体にかかっていた呪い〟というのは、その祠の下から出てきたしゃれこうべが原因だったというのだね」

「そうですわ。だって、それまでにも、春秋の池には頻繁に怪異が起こるという評判だったそうじゃありませんか。その白骨の呪いのせいで、溺死者や自殺者がたくさん出たとか……そのために、以前の春秋院は、人の寄りつかない寂れた離宮だったと」

「池であろうが、川であろうが、海であろうが、水のあるところには死者が出るものよ。まして、この春秋の池ほどの大きさと歴史をもつ場所であれば。そして、自ら死を欲する者たちというのは、人死にがあった場所に惹かれるものなのだ。鬱蒼とした小櫛の森と、寂々たる春秋の池。荒れた離宮の中であれば、死体の発見も遅くなり、大勢の人目にさらされることもない。そう考えて、弱き者たちが春秋の池を死に場所に選んだのだろう。小娘、死は死を呼ぶものなのだよ」

「……」

「だが、それと大斎院の予言とやらは、まったく別の話だ。春秋院に女院のための新たな住まいを建てるため、まず『池の穢れを除くべし』と大斎院が八雲の院に助言したという有名な話だね。だが、いいかい、実際しゃれこうべが出てきたのは池の中ではなく、中島の祠の下だったのだよ。中島も池の一部ではないか、とおまえは反論するかい？　そうかもしれない。だが、こうも考えられるだろう。先ほどもいったように、古くて大きな池には、必ずといっていいほど溺死者を出した過去があるものだ。『池の穢れ』と称して底をさらえば、人だか動物だかの死体やら骨やら、古い時代のがらくたやら、山ほど出てくることだろう。あるいは、大斎院の指示で、そこらの野辺に打ち捨てられていた死体や人骨のたぐいがあらかじめ投棄されていたのかもしれない。それを指して『池の穢れ』などともっともらしくいうのは、まったく簡単なハッタリにすぎないのだ」

「そんなこと……！　だって、問題のしゃれこうべは落雷によって発見されたんですよ。ハッタリや小細工で雷を落とすことなどできるはずがないじゃありませんか」

「そこが駆け引きの名人、大斎院の大斎院たるゆえんよ。池の穢れについて助言した数日後に、たまたま春秋院に雷が落ちた。大斎院はすぐさまこれを利用し、しゃれこうべを池の中ではなく、池の中島の祠の中から発見させることにしたのだろうよ。彼女の助言を裏付けるように雷が落ち、そこからしゃれこうべが出た、となれば、いかにも雷神の神力にも通じているかのような、大斎院の偉大な予言力を証明するにふさわしい逸話となるではないか。当時、春秋院のどこかに雷が落ちたのは本当らしいが、そのころの春秋院は人も少ない寂れた離宮、まして池の中島などというさみしい付近にたまたま落雷の目撃者がいたというのは不自然だとは思わないのか？　中島にあった古い祠を壊し、しゃれこうべを仕込み、焼け焦げなどつけて、あたかも落雷の痕があったかのように細工をするのは、ちっとも難しいことではない。いいかい、不世出の大巫女の権威を維持するためなら、大斎院はなんでもやるお人なのだよ」

一話せば五は返ってくる紫苑の君の激しい口撃に、さすがの千尋も黙りこんでしまう。

火の宮と犬の宮は思わず顔を見あわせた。

（大斎院の予言力を疑うなんて、これまで考えたこともなかったけれど）

だが、聞いてみれば、紫苑の君の言葉がまるきりのでたらめとも思えなかった。

恐らく、彼女は以前から大斎院の神力について疑いを持ち、その政治的な立ち居振る舞いを厳しい目で観察していたのだろう。

八雲の院の異母妹であるという恋の宮の立場から――これまでに直接、交流はなかったにしても――皇家の人脈によって、ひそかに入ってくる大斎院の噂話などもあったのかもしれない。それは宇治にいた火の宮や、京の内にはあっても、目立たぬ地味な暮らしを送っていた犬の宮のもとにはとうてい届かない情報だったろう。

主人である恋の宮が女東宮候補に選ばれ、その運命に大斎院の思惑や判断が大いに影響してくるとなれば、紫苑の君のかの人への目がなおさら厳しくなるのも当然ではあった。

（紫苑の君は賢い……知性も洞察力もある。この人は、単なる威張り屋の高慢な女房なの

ではないわ。あのふわふわと頼りない恋の宮さまの女房とは思えないほどに）

　これまでは、前面に出てくる八雲の院ばかりを目の敵にしていたが、自分たち女東宮候補の運命を握っているのは、確かに、大斎院その人でもあったのだ。

「──紫苑の君。どうかもう、それくらいにしてちょうだい……」

　か細い声が聞こえ、見ると、恋の宮が御簾の陰から現れたところだった。

　その後ろには長身の四季の宮がいる。

「恋の宮さま。なぜここにいらしたのです？」

　ふたりを見た紫苑の君は露骨に顔をしかめた。

「しばらくお部屋でおまちいただくよう、申しあげましたのに」

「紫苑の君が犬の宮さまの女房と廊下で揉めている、大騒ぎになっている──と聞いて、わたくしが恋の宮さまにその旨をお伝えしたのよ」

　四季の宮がいった。

「ご主人がこうおっしゃっているのだから、紫苑の君、このあたりで事をおさめるべきね。これ以上、話を大きくしては、恋の宮さまの評判にも傷をつけることになるわ」

　四季の宮は美しい弓型の眉をひそめた。

「──それから、これは忠告よ。大斎院について、いろいろと憶測を語っていたようだけれど、あまり、言葉が過ぎるというものでは？　ただでさえ、和歌の宮さまの事件でみなが不安がっている中、みだりに他者の心をかき乱すような言説は慎みなさいな。八雲の院が先ほどの言葉を耳にされたら、どう思われるか、賢いあなたならわかるでしょう。この雷光殿の中で、院に秘密を保つことはできないと思ったほうがいいわ。そなたの大斎院に関する考察も、遠からず院のお耳に入るはずよ」

「ご忠告、ありがたくお聞きいたします。四季の宮さま」

慇懃（いんぎん）無礼に紫苑の君はいった。

言葉でこそ最低限の敬意を払っているものの、長身の四季の宮を見あげる彼女の目には明らかな侮蔑（ぶべつ）の色が浮かんでいた。

「この雷光殿で院に秘密をもつことはできない。なるほど、そうかもしれません。時おり夜中に部屋へ忍びこんでくる困ったネズミがいることも、いずれ、院の耳に入ることにございましょうよ。ええ、ええ、情け心から森羅殿ではネズミの悪さも見逃しておりましたが、そろそろ、院にご相談したほうがよいかもしれませんわ」

とたん、恋の宮の頬が赤くなり、目が泳いだ。

野次馬の女たちは、紫苑の君の言葉の意味をはかりかね、けげんそうに顔を見あわせていたが、火の宮には彼女のいうところがわかった。

紫苑の君は四季の宮と主人の関係を知っていて、あてこすっているのだ。

四季の宮は、と思って見ると、こちらは特に動揺したようすもなく、冷ややかな表情で紫苑の君をみつめている。

「では、まいりましょう、恋の宮さま。まったく、朝からばかげた騒ぎにつきあわされたものでございますわ」

　紫苑の君は吐き捨てるようにいって、みなに背をむけた。

　重い衣装の裾をさばきかね、ややおぼつかない足どりで自室へむかう紫苑の君のうしろを恋の宮がついていく。まるで主従が逆転したような奇妙な光景だ、と火の宮は思った。

「千尋さん、ごめんなさい、わたしのせいで……」

　泣きべそをかく玉君を見て、千尋は苦笑した。

「ううん、いいのよ。わたしのほうこそ、騒ぎを大きくしてしまって、かえってごめんね。火の宮さまにもおわびをいたします。申し訳ありませんでした」

「謝る必要はないわ。玉君を庇ってくれて、ありがとう、千尋」

「この子へのお説教は主人のわたしからしておきますわ、火の宮さま。昔から、どうにも負けん気が強くて喧嘩に引けない性質なので……。それはそうと、そろそろ、遅れていた次の船もきているころじゃないかしら？」

　犬の宮がいった。

「わたしのほうはいいから、玉君と一緒に船までいって、火の宮さまの朝餉を確保していらっしゃい、千尋。今度こそ、お膳を誰かに横どりされないようにね」

玉君と千尋はうなずき、ようやく笑顔になると、手をつないで階段をおりていった。

野次馬の女たちもわらわらと散っていく。

それに交じり、立ち去ろうとしていた四季の宮へ、火の宮は声をかけた。

「──四季の宮さま。少し、よろしいですか」

四季の宮がふり返り、立ち止まる。

「申し訳なかったですわね、火の宮さま」

しとやかに目を伏せる。

「無関係なわたくしが、差し出たまねをして。当事者のみなさまがたにお任せしておけばよかったですわね。どうぞ、お節介をお許しになって」

「いいえ、適切な仲裁でしたわ。わたしも、犬の宮さまも、あの紫苑の君をどうやってたしなめればいいのかわからなかったのですもの。あの場をおさめてくださって、ありがとうございます」

火の宮は頭をさげた。

「もう、朝餉はすまされましたか？」

「いいえ。手をつけようとしていたところに、騒ぎが聞こえたものですから」

「そうですか。わたしもまだなのです。四季の宮さまにお聞きしたいことがあるので、お食事がおすみになられたら、お部屋におうかがいしてもよろしいですか」

「聞きたいこと？　火の宮さまが、わたくしに？」

　火の宮はうなずいた。

　周囲を素早く見渡し、

「――紫苑の君は、先ほど、夜中に部屋へ忍びこんでくる困ったネズミがいるといっていましたね。彼女のほのめかしていることがなんなのか、わたし、わかっています。そして、ネズミのもつ秘密はそれだけではないことも。雷光殿で、院に秘密を保つことはできないとおっしゃる四季の宮さまが、それに反するような行動をとられているのはなぜなのか、わたし、四季の宮さまにお聞きしたことがたくさんあるのですわ」

　他の者たちに聞こえないよう、声をひそめる。

　四季の宮は長い睫毛をゆっくりと瞬(しばたた)かせた。

「……夜中に光るものは、月や星だけではありませんわね。天狼の目もそのうちの一つ。わたくし、昨夜、闇の中に輝く翡翠(ひすい)を見ましたわ」

　その口調には、どこか面白がるような響きがあった。

「よろしいですわ。のちほど、わたくしのほうから火の宮さまのお部屋へおうかがいします。いいえ、かまいませんの。わたくしの部屋は階段に近いので、人の出入りが激しく、昼間は廊下が騒がしいので、落ち着かないのですもの。ただし、お部屋には映の宮さまも、女房も、天狼も、同席させないとお約束してくださいませ。わたくしたち、ふたりだけでお話する必要がありましょうから」

朝餉を終えた火の宮は化粧を直し、四季の宮をまった。

いわれた通り、映の宮にも五百重にも部屋を出ていってもらったが、火の宮の護身役であるふたりがそう素直に役目を放棄するはずもない。警戒心を解かず、何かあったらすぐに声をあげるよう、さんざんいい聞かせられた火の宮だった。

「四季の宮がくだんの殺人犯でないとも限らないんだからな。ふたりきりになることを要求してくる時点でじゅうぶんに怪しいんだ。念のために小刀を懐に入れておけ」

強引に武器を押しつけ、映の宮と五百重は出ていった。

まもなく、四季の宮がやってきた。

こちらも女房や女の童は連れていない。

四季の宮に上座を譲り、火の宮はそのむかいにやや距離を置いて座った。

——所作(しょさ)も、ものいいもきわめて優雅な、この臈(ろう)たけた美女がまさか暴力行為に走るとも思えないが、弟の忠告をまるきり無視するわけにもいかなかった。

そう、結局、火の宮は目の前のこの女性のことなど何も知らないに等しいのだから。

「わざわざお渡りいただきまして、ありがとうございます。本当ならば、わたしのほうがおうかがいするべきですのに」

「かまいませんわ。院の次のご指示があるまで、何をすることもない身ですもの」

四季の宮は微笑んだ。

「もっとも、それは火の宮さまも同じですわね。……それで、わたくしに聞きたいことというのはなんでしょう」

「ええと……」

「昨夜のことでしょうか。わたくしはよく知りませんが、天狼と主は言葉を介さずとも心を通わせられるそうですわね。昨夜、火の宮さまの天狼が暗闇の中で見たことについて、すでに火の宮さまはご存じなのでしょう……それについてのご質問ですか？」

火の宮は首を横にふった。

「そうではありません。四季の宮さまと、かの方のご関係に興味はありませんわ」

「それでは、何を？」

「四季の宮さま。あなたは誰なのですか？」

ずばり、簡潔に尋ねる。

四季の宮が目をみひらき、形のよい眉を寄せた。

「誰、とは？　質問の意味がわかりませんわ」

「わたしの身内の者が調べたのです」

火の宮はいった。

「ご存じの通り、わたしは春秋院にくる以前、宇治で謎の刺客から襲撃を受けています。その時の刺客の狙いが女東宮の座にあったとしたら、四人の候補者はその主犯か共犯者である可能性が高く、再度、この雷光殿でわたしを狙う恐れがある。それを危惧した従者が、わたし以外の候補者について、できる限りの情報を集めてくれたのですわ。四人の中で、女東宮の座に一番野心を燃やしているのは誰なのかを探るために」

四季の宮は肩をすくめた。

「つまり、その従者とやらがつかんだ情報から、一番犯人らしいと推測されたのがわたしだったということかしら？」

「いいえ、その逆ですわ」

「逆？」

「ええ。四季の宮さまに関する情報を従者は何もつかめなかったのです。四季の宮さまというお名前から、その方が先々帝と某女官のあいだにお生まれになられた皇女であるということを知り、従者は四季の宮さまに関する評判その他をできる限り調べてくれました。お住まいの場所にむかい、家人たちからうまく話を聞き出して……」

相手の表情の変化を注視しながら、火の宮はいった。

「先々帝は子女が多く、そのすべてを皇籍に入れては国庫の負担が過大になると考えられたため、ある程度の出自以下の御子たちには臣籍降下の措置をとられたのですよね。また、それ以外にも、親王、内親王宣下のされないまま、いわゆる捨て宮として放置されていた御子がたが少なくなかったとか。母親が地位の低い女官であられた四季の宮さまもそのおひとりで、先々帝の没後は母方のお邸で、名もなき皇女として、ひっそりとした暮らしを送られていたらしい……と従者は報告しています。実際、犬の宮さまも、春秋院にくるまで、四季の宮さまの存在を知らなかったとおっしゃっていましたわ。そんなふうに世の中から忘れ去られていた皇女が、いつのまにか内親王宣下を受け、品位を授かり、五人の女東宮候補のひとりに選ばれるに至った。すばらしいご好運だとは思いますが、そこには、いったいどんなからくりがあったのでしょうか」

「わたくしは七年前に葡萄病みを患いましたの」

四季の宮の美しい顔にはみじんの動揺もなかった。

「葡萄病みによる死亡率が、上流の人間ほど高いことは火の宮さまもご存じでしょう？　わたくしは葡萄病みに罹患しましたが、命に別状はなく、回復後はむしろ以前よりも健やかになり、肌や髪の艶もよくなりました。おこがましいいいかたですが、葡萄病みに罹る以前よりも格段に美しくなったのですわ……」

四季の宮は白くつややかな自らの頬へ手を当てる。

「皇女には稀な例として、噂を聞いた八雲の院がご関心をお示しになり、数年後、ありがたいことに、内親王宣下をしてくださったのです。ええ、そうです。わたくしは今回の件以前、すでに八雲の院にはお目通りを許されておりました。春秋院に参りましたのも、今度が初めてではありませんでしたわ。そのことを隠し、みなさまと同じように、八雲の院とは初対面であるかのようにふるまっていたことについては、火の宮さまに不信を抱かれても仕方がないと思いますけれど……」

「四季の宮さまが葡萄病みに罹患されたのは七年前ですか？　一年前ではなく？」

「一年前？」

　四季の宮は目を細めた。

「いいえ、たしかに七年前ですわ」

「でも、四季の宮さまの邸の下男はそういっていたそうですわ。わたしの従者が下男のひとりに金をつかませ、酒に酔わせ、その邸の皇女に関する情報を探り出したのです。その下男はこういったそうですわ。この邸で母親とともにひっそりと暮らしていた皇女は、一年前に葡萄病みに罹られたと。そして、お気の毒にも回復されることなく亡くなられたと。亡くなられた皇女は背が低く、ふくよかで、年齢は、四十路にかかるころだったそうです。容姿も、年の頃も、四季の宮さま、何もかもがあなたとはちがう方のように思われますわ……何より奇妙なことは、その姫宮に内親王宣下がなされ、〝四季の宮〟さまという内親王がこの世に誕生することになったのは、今から三カ月ほど前だったという点です。つまり、死んだ皇女にその死後、九カ月経ってから内親王宣下がおこなわれ、品位が与えられ、

〝四季の宮〟という名称と人格が与えられ、東宮候補に選ばれたということになるのです。これは、いったいどういうことなのでしょう？　わたしたちが『四季の宮さま』と呼んでいる方の正体は、無品のままに死んでいった皇女の亡霊なのでしょうか」

火の宮は瞬きもせずに相手をみつめた。

「四季の宮さま。あなたはいったい何者なのですか」

四　雷光殿（二）

四季の宮は静かに火の宮をみつめている。

彫りつけたような二重の目。影を落とす長い睫毛。

見れば見るほど美しい人だ、と火の宮は思う。同時に、よくできた作り物を見ているような心地にもなった。丹念にほどこされた化粧。その白粉の下に塗りこめられた素顔。

彼女の本当の顔はいったいどんなものなのだろうか。

「火の宮さま」

はっ、と我に返ると、四季の宮の顔が目の前にあった。

数拍、火の宮が思いにふけっているあいだに、音もなく近づいてきたものらしい。

　ささやくように四季の宮はいった。

「わたくしを何者なのか、とおっしゃいましたね？　残念ながら、それについてお答えすることはできませんの……ある方とのお約束を破ることになってしまいますから。そう、わたくしには与えられた使命があるのですわ」

「使命？」

「あなたのおっしゃる通り、四季の宮というのは、本来、存在しない人間です」

　四季の宮は微笑んだ。

「女東宮候補としてみなに説明するために、それらしい出自が必要だったので、一年前、その死さえ世間に知られていなかった哀れな皇女の存在を利用させていただきましたの。そう、四季の宮は、死後に名前を与えられ、火葬の煙の中から強引によみがえさせられた、まぼろしの内親王ですわ……。ですが、わたくしがみなさまと同じ皇籍をもち、宮と呼ばれる立場の人間であることは、どうか、お疑いにならないで。女東宮候補の本来の条件には叶わぬものの、わたくしも歴とした皇族の一員ですのよ」

　火の宮は目をみひらいた。

　四季の宮――そう呼び続けていいのかもわからない正体不明のこの女性もまた内親王だというのは意外な話だった。

いっぽう、自分は内親王だが女東宮候補の本来の条件には叶わない、といったその理由は火の宮にも推測できる気がした。

昨夜、映の宮が見たという彼女と恋の宮の情事。火の宮じしんも森羅殿でふたりの交わりを普賢の目を通して目撃している。覚えている限り、情事の主導権を握っていたのは四季の宮だった。恐らく、彼女が意志薄弱な恋の宮を誘惑したのだろう。性へのその積極性から、彼女のこれまでの生き方がわかるというものだ。

女東宮候補は清らかな処女でなければならない……。

「正体を明かすことは、ある方との約束を破ることになるとおっしゃいましたね」

火の宮はいった。

「破る必要はないですわ。わたしがいってさしあげますもの。八雲の院でしょう？　あなたに使命とやらを与えているのは、八雲の院なのだわ。だって、院以外、こんなことを可能にできる方はいないですもの。四季の宮さま、あなたは八雲の院の間諜なんですね」

急ごしらえの細工で作り出された「四季の宮」。

一介の従者である那智ですら、容易に探り当てられたこのからくりに、八雲の院が気づかないはずがない。むしろ、死後に内親王宣下を受けているという事実からも、「女東宮候補の四季の宮」を生み出したのは八雲の院その人であると考えたほうが自然だった。

死んだ皇女の過去を乗っ取り、目の前の美女に四季の宮の名を与え、女東宮候補としてこの雷光殿へ送りこんできた八雲の院の真意。

（あの憎たらしい院のことだもの、きっと、上皇である院には見せないだろう素顔や本音を同じ候補者の立場から探らせたいと思ったのでしょう！　わたしの言動だって、四季の宮さまの口から何をどんなふうに伝えられているかわからない。四季の宮さまは間諜であり、観察者、そして誘惑者でもあるんだわ……恋の宮さまはその誘惑にみごとにひっかかったひとり。きっと、四季の宮さまは恋の宮さまが閨の中で漏らした睦言まで、一つ残らず八雲の院に報告しているにちがいないのよ）

四季の宮に対して仲間意識というほどのものは感じていなかったものの、同じように八雲の院のきまぐれに振り回される立場の相手として共感を覚え、同情心は抱いていた。

それが院の手先だとわかっては、やはり、裏切られた思いが否めない。

怒りに目尻をつりあげている火の宮をみつめる四季の宮は、しかし、

「火の宮さまは宇治でお育ちになられたのですよね」

穏やかにいった。

「宇治はものさびしくも美しく、趣深い場所……ふり返られて、あちらでの暮らしはいかがでしたか？　ご両親を亡くされ、ご弟妹とともにさぞやご苦労なさったことでしょう。お邸では蜂を飼い、蜜を採り、自らそれを売るまでなさっていたと聞いておりますわ」

火の宮は戸惑った。

なぜ、今、急にそんなことをいいだすのか。

「ふふ……そう警戒なさらないで。いえ、ただ、わたくしも、かつて似たような暮らしをしていたことをお伝えしたいと思っただけですのよ」

「似たような暮らし……？　四季の宮さまが、ですか？」

「ええ、もっとも、わたくしの邸で飼われていたのは、蜂ではなく、蚕でしたけれど。……わたくしの母は身寄りの頼りない方で、財産と呼べるほどのものもさほどなく、わたくしたち母子は、曾祖父の遺した古い邸で、身を寄せ合うようにして暮らしておりましたの。貧しい、みじめな暮らしでしたわ。母は、時の帝の妃であった過去の誉れの中に浸るばかりで、今、目の前にある現実の困窮を前になすすべもなく、ただぼんやりと日々を送ってばかりの人でした。幸い、母に仕えていた乳姉妹の女房がたいそう手先の器用な女だったので、裁縫や染色の技を生かし、上級貴族の家から請け負った仕立て仕事などを他の女房たちとともにこなしては、細々と生活の支えとしていましたの」

四季の宮は目を細めた。

「絹糸をとるために、離れでは小規模ながら、養蚕もしていましたのよ。庭に植えた桑の木から葉を摘み、小さく刻んで蚕たちに与えるのは、幼いわたくしの楽しい仕事でした。ある時、囲いの中に閉じこめられたまま一生を終える蚕が哀れに思えて、こっそり桑の木に逃がしてやったことがありました。でも、三日も経たずにすべての蚕は死に、あるいは鳥に食べられてしまいましたの。悲しむわたくしに、女房が教えてくれましたわ——長いあいだ人の手に飼い慣らされてきた蚕は、もはや野生に戻るすべをもっていないのだと。自由を与えられたところで、生きることはできず、鳥に食べられ、蟻に襲われ、あるいは、地に落ちて死んでいくしかないのだと。成虫になった蝶でさえ同じこと、蚕はすでに空を飛ぶ能力をうしなっているのだと」

　四季の宮の言葉を聞きながら、かつて、五百重に連れられ、農家の離れで見せてもらった蚕たちのありさまが火の宮の脳裏に浮かんだ。

　宇治の里でも、小規模な養蚕を行っている農家は多かったのだ。手のひらに載せるとひんやりと冷たかった蚕たちの感触がよみがえる。人の作った温かく快適な部屋の中で、与えられた桑の葉を大人しく食べ、逃げることもせずにむくむくと育ち、糸を吐き、やがて殺されていくだけのか弱い生きもの。

「皇族というのは蚕のようだと、わたくし、幼いながらに思いましたわ。誰かの庇護がなければ生きられない。自分の力で食べるものさえ見つけられない。翅はあっても飛ぶことはできない……ふわふわとした靄のような糸を吐いて自分を守り、繭の中で、はかない夢を見ているうちに、現実という手に容赦なく茹であげられ、死にも気づかず死んでいく。ゆかしい皇家、高貴な血統などという言葉は、蚕の吐く糸と同じですわね。それは一見、美しく、清らかに見えても、わたくしたちじしんを何も守ってはくれないのですもの」

四季の宮の口調にも、表情にも、激したところはなかったが、そこににじむ静かな苛立ちと憤りは火の宮にも伝わってきた。

火の宮じしん、何度となく同じ種類の怒りやもどかしさを抱いたことがある。

皇族、内親王という、目に見えぬ、役に立たぬ、けれども生涯脱ぐことを決して許されぬ、重く古びた衣をまとわされていることへの怒り。

上皇や帝の周辺にいるごく恵まれた少数を除けば、没落していくばかりが大半の皇族たち。そのむなしい運命に、他人任せのか弱い蚕の生涯を重ねあわせ、自分だけはそうなるまい、と決意し、八雲の院に近づいたのだろう四季の宮のきもちはわからなくはない気がした。彼女が間謀という仕事を請け負ったのも、後見の頼りない身であれば仕方のないことだったのかもしれない。八雲の院という天下の大樹に寄り、裏切り者の「使命」を請け負っても、なんとか生き延びてやろうとする気概は憎めるものではなかった。

けれど。

「——ヤママユになるべきなのだわ」

火の宮はいった。

四季の宮がおもてをあげる。

「ヤママユ?」

火の宮はうなずいた。

「山にいる、野生の蚕ですわ。宇治では邸の裏山に入れば、わりあい簡単に見つけることができたのですけれど。家畜の蚕は桑の葉しか食べないでしょう？　でも、野生のヤママユは、ナラでもブナでもクヌギでもカシワでもおかまいなしに食べるんです。そのせいか、ヤママユの繭は通常の白い繭とちがって、ほのかに輝く緑色をしているんですよ」

四季の宮は首を横にふった。

「知りませんわ。緑の繭を作る蚕など、見たこともありません」

「色はとても美しいのですけれど、ヤママユの繭からとれる糸は織り手からはあまり好まれないのだ、とわたしの物知りな侍女が教えてくれました。ヤママユの糸は太く、織りあげた布はしなやかさよりも強い張りが出るし、一つの繭からとれる量も少ないため、糸とりの作業に時間がかかるのだとか。何より、黄色や緑色がかったヤママユの糸は独特の光沢をもっているため、染めにくく、扱いが難しいのだそうです。何色にでも染められる家畜の蚕の白い糸とちがって、野生のヤママユの吐く糸は、人に譲らぬ色と輝きと生来の強さをもっている……」

火の宮を膝に乗せ、ヤママユの繭を示して話していた五百重の声を思い出す。

あれは、いつのことだったろうか。

「緑の繭をわたしの手に握らせ、侍女はこういいましたわ。『我が君。あなたさまは、人に慣らされた蚕ではなく、ヤママユにおなりなさい』と。『野生に置かれても生きられるたくましさと、食らうものを選ばぬ貪欲さを身におつけなさい。しなやかな強さと、人には安易に染められぬ、ご自分だけの確かな色と輝きをおもちなさい』」

火の宮は相手をみつめた。

「わたしたちは確かに、無力な蚕のようなものなのかもしれませんね、四季の宮さま。実際、今もこうして全員が八雲の院のきまぐれと勝手にふり回されているのですもの。蚕であることから逃げられないならば、せめて家畜ではなく、野生のヤママユになりましょうよ。いつか自力で生きられるように力を溜めて。強者に一方的に利用されぬように。権力の色に染められぬように。わたしも、あなたも、生まれ持った己の色をやすやすと人に譲ってはいけないのだわ」

――四季の宮を責めるまい、と火の宮は思う。

間諜であっても、それは彼女が野心ゆえに望んだ立場ではない。それはあくまで八雲の院の陰謀であって、四季の宮の陰謀ではないのだ。

怒りも反感も、それらは院にむけるべきだった。そう、候補者同士で憎みあったところで、傷つくのは自分たちだけ、首謀者の院には蚊ほどの痛みもないのだから。

「みなさまに憎まれる覚悟はできていますわ」

四季の宮はいった。

「四人の候補者の動向を探り、観察し、その言動を報告せよ、というのがわたくしに課せられた使命でしたの。時に甘言を使い、誘惑をしかけ、揺さぶりをかけて、その者の資質を暴け、とも……恋の宮さまとのことも、そうした試し行動の一つでしたわ」

「試し行動?」

「森羅殿に最初に入ったのがわたくし、次にいらしたのが和歌の宮さまと恋の宮さまでした。裕福なお家の和歌の宮さまは、大勢の女房たちを引き連れていましたし、火の宮さまが宇治で襲撃を受けたことを聞いてからは、周囲に対していっそう警戒を強めていたので、容易に近づくことが叶いませんでした。比べて、恋の宮さまはお付きの女房も少なく、警備の目も緩かった。ひそかに近づいてきたわたくしに対して、恋の宮さまは、こちらが戸惑うほど、あっけなく身を許してこられましたわ……恋の宮さまが身体的に処女であることは確かですけれど、貞操観念を問う上では相当に危うい方です。性的なことに限らず、恋の宮さまは快楽や誘惑にすこぶる弱い。流されやすく、ほだされやすく、騙されやすいのですわ。幼く、無防備で、自分というものがまるで確立されていない方……」

そこで、四季の宮は言葉を切った。

「——こんなことはいうべきではないですわね。長々と言い訳を述べるのも、自分の卑劣な行動を許されたいという自己弁護のきもちからなのですもの。結局、わたくしの行動は自分可愛さから発しているものばかりなのですわ。どうぞ、お好きなだけ軽蔑なさって」

「そんな資格、わたしにはありませんわ」

四季の宮が打算的な目的から誘惑をしかけたのは事実だろうが、その後の恋の宮のようすから推すに、ふたりの関係は脅しや暴力をもってなされたものではないはずである。

誘惑に応じたのは恋の宮の意志であり、彼女が騙されたと四季の宮をなじるならまだしも、無関係な火の宮がそれをどうこういえるものではない。

（それに、わたしにだって、四季の宮さま以上に後ろ暗い秘密はある）

紀伊の守の山荘で起きた悲劇。

那智が斬り殺した若い女房のことを火の宮は忘れていなかった。

一家の評判と貴の宮の名誉を守るため、いわば保身のために、自分たちはひとりの女の命を犠牲にしたのだ。そのことを棚にあげて、どうして四季の宮を軽蔑したり非難したりできるというのだろう。

「秘密。策略。裏切り。騙しあい。もう、うんざりだわ。こんなことは」

火の宮はつぶやいた。

疑いあい、憎みあい、傷つけあう。争いの末に選ばれるのはひとりだけ。その女東宮という一見輝かしい倚子の脚も、結局は八雲の院のきまぐれに支えられているにすぎないのだ。このような立場に置かれることをいったい誰が望むというのか。

四季の宮が火の宮の手をとった。

自分の手を包む相手のそれの思いがけない温かさ、大きさに、火の宮は少し驚いた。

「火の宮さま。あなたは、そのままであられませ」

四季の宮はいった。

「その色を誰にも奪われることのないように。強さを矯められないように。わたくしのように権力の前に膝を折らされることのないように。そして、今まで以上に身辺にご用心なさいませ。騙されてはいけません。次の悲劇はもう始まっているのですから」

火の宮は目をみひらいた。

「どういう意味ですか？」

「言葉通りですわ。この争いが和歌の宮さまの犠牲一つで終わるはずもないのです。そうですわ、また新たな女の血が流されるでしょう。女、女、女。死ぬのは女ばかりでしょう。熟れた葡萄が腐って落ちるように、死が次々にあなたの上にふりかかるでしょう。あなたは進むたびに何かを壊し、一日ごとに何かをうしなうでしょう。家を——友を——家族を——愛を。それでも、あなたは進むでしょう。火の宮。炎の姫。育たぬ子どもたちを従え、死と憎しみを伴侶にして……」

痛いほどの力をこめて、四季の宮が火の宮の手を握った。

火の宮は言葉をうしなった。

神がかった表情で、予言めいた言葉を口にする四季の宮をみつめる。

今聞いたばかりの不吉な言葉が頭の中にこだました。

熟れた葡萄が腐って落ちるように、死が次々にふりかかる……。

――かすかな女の悲鳴が聞こえたのはその時だった。

火の宮はふり返った。

廊下の奥から響いてくる足音とざわめき。不穏な気配と予感。それが波のようにふくらみ、だんだんとこちらへ近づいてくる。

(何があったの?)

四季の宮の手をふりほどき、立ちあがろうとした時、御簾が乱暴にめくられた。

そこに立つ映の宮と五百重の姿を見て、火の宮が安堵したのは一瞬だけだった。ふたりの険しい表情から何事かが起こったことを悟り、息を呑んだ。不安な予感に胸が苦しくなる。聞きたくなかった。だが、聞かずにはいられなかった。

「事件なのね」

「そうだ」

映の宮がうなずく。

「いったい、何が……」

「二度目の殺人だ」

映の宮は冷たくいった。

「次の死体が出た」

――その死体を火の宮が目にすることはなかった。

わざわざ無残な姿を見る必要はない、と映の宮と五百重に止められたからである。

死体を発見したのは警護の侍だった。

定時の建物内の巡回を終え、休憩がてら、池の汀を歩いていた侍は、ギャアギャアと騒ぐ烏たちの声を聞いた。その鳴き声のつねならぬ異様さに何事かと顔をあげた彼は、雷光殿の二階の窓の下、裳階の屋根の一箇所に群がる烏たちをみつけたのである。

黒い翼の陰にちらちらと見えるそれに驚き、侍が石を投げつけると、烏たちはいっそう大きくわめきたて、池のむこうへと飛び去った。

それは一瞬、異様に大きな白黒まだらの鳥のように見えたという。

翼をたたみ、裳階の屋根の一画に休まる大きな鳥に。むろんそれは鳥ではなかった。折れた首が紐につながれていた。長い黒髪がだらりと足まで垂れていた。たたんだ白い翼に見えたものは着物だった。

飛び出さんばかりの眼球。口から伸びた長い舌。

顔色をなくした侍が即座に同僚を呼び、騒ぎに気づいた数人の女房が庭に出て、吊り下がっている死体を見たことで、身元はすぐに判明した。

殺された和歌の宮の女房、相模だった。

五　森羅殿（三）

「貴の宮さま！」

　遠くから聞こえる声。曖昧な意識。声の意味を理解するのにしばらく時間を要した。

（誰かが呼んでいる）

　水の中でもがくように、ともすれば再び沈みそうになる意識を貴の宮は懸命に保とうとした。何かに抗い、押しのける。声の聞こえるほうへと集中する。

と、見えない力で水面に引きあげられるように、急激にすべてが明瞭になっていった。

光。声。自分をのぞきこんでいる女の顔。

　貴の宮は覚醒した。

（――宣旨の君）

「貴の宮さま……！　わたくしがおわかりになりますか？」

　もちろん、わかっている。なぜ今さらそんなことを聞くのだろうか、と貴の宮はふしぎに思った。

宣旨の君のそばで女房たちが泣いている。反対側には知らない男の顔も見えた。貴の宮の手をとって脈を診たり、目をのぞきこんだりしてくることから、この白髭の老人は医師なのだな、とまだぼんやりする頭で貴の宮は理解した。

「まこと、幸いにも、お命はとりとめられたようです」

医師らしき老人は厳しい顔でいった。

「が、しばらくは絶対安静になさらねば。薬湯を飲まれ、塩入りの白湯もとられて、体内に残っている毒を早く排出させぬことには、痺れなどの症状が長く残ることにもなりかねませんぞ。元より、頑健な方ではいらっしゃらないようですから、少しの変化にもご注意ください。今はともかく体力の回復にご専念いただきますように」

投薬のこと、看病のやりかたなどを宣旨の君に指示し、老医師は部屋を出ていった。

(毒……)

その言葉で、ようやく貴の宮は思い出した。

大夫の君と会話をしていた最中、急な苦しみに襲われ、意識をうしなったことを。

声を出そうとして、ひどい喉の痛みに気づく。何度も嘔吐し、胸の苦しさと頭の痛みにのたうち回った記憶がよみがえり、気分が悪くなった。思わずえずいたものの、胃の腑は空っぽなのか、苦い胃液の他に出てくるものはなかった。

宣旨は貴の宮の背をさすり、汚物を受けとめる盥を差し出し、口のまわりを濡れた布で拭き、と手際よく世話をしてくれる。落ち着いたのを見てとると、女房のひとりに何事かの指示を出した。布に包んだ何かを渡され、貴の宮が触れてみると、温かかった。

「温石です。胃の腑のあたりに当てておくと、少しは楽になられるはずです」

　いわれた通りにしてじっとしていると、冷えていた手足が少しずつ温まり、気分の悪さもだんだんと薄らいでいった。それから、時間をかけて、少しずつ匙で薬湯を飲まされる。母の看病を受ける小さな子どものように、貴の宮はじしんのすべてを宣旨にゆだねた。

「あれから、どれくらいが経っているの……？」

　かすれた声をなんとか押し出す。

　室内は薄暗く、今が朝なのか夜なのかもわからない。

「半日ほどですわ。貴の宮さまが倒れられたのが、昨日の夕べ、今は翌日の昼になっております。お世話をしやすいよう、奥の部屋へと移動いたしましたので、あたりが薄暗く感じられましょう。胃の腑の中のものを吐き出されたあと、血を吐かれ、長く意識が戻られなかったので、心配いたしましたが、本当に……本当によかったですわ」

　そういう宣旨の顔もまたひどく青ざめ、頬がこけている。夜通し、看病にあたっていたのだろう。髪は乱れ、化粧は崩れ、紅はすっかり剝げていた。

「お口にされた毒が少量だったため、ご一命を落とされずにすんだのだろう、と先ほどの医師が申しておりました。もう少し量が多かったら、今ごろ――あるいは、と……」

その声が小さな震えを帯びていることに、貴の宮は気がついた。

宣旨は衣装の裾をさばき、床に額がつくほど頭をさげた。

「わたくしの浅慮から起こったことでございます。貴の宮さまのお命を脅かす事態を招き、まことに、まことに申し訳ありません。お詫び申しあげてすむことではないと承知しておりますが、それでも、謝罪申しあげることだけは、どうかお許しくださいませ。相応の罰を受ける覚悟はできております」

「どうして、宣旨の君が謝るの……？　相応の罰……？」

貴の宮は弱々しくいった。

「頭をあげてちょうだい……毒を口にした、といっていたわね。わたし、知らないあいだに毒を盛られていたということなのでしょう……？　それは、宣旨の君のせいではないわ……あなたが罰を受けるいわれなどないというのに」

「いいえ。わたくしの責任でございます。わたくしが大夫の君の頼みを聞き入れ、貴の宮さまに彼女をご紹介しなければ、このようなことにはならなかったのですから」

「大夫の君……。そうだわ、彼女もわたしと同じように苦しんで、倒れていた……」

夕べの記憶がよみがえる。

「大夫の君の具合はどうなの……彼女も毒を飲まされたのでしょう？」

宣旨がおもてをあげる。ためらうように、数拍、視線をさ迷わせていたが、

「大夫の君は死にました」

貴の宮は目をみひらいた。

「死んだ？」

「残念ながら、医師の手当ても間に合わず……即死でした。貴の宮さまとちがい、大夫の君は致死量の毒を摂取したため、手のほどこしようがなかったのです。――このことは、また後ほどお話しいたしましょう。貴の宮さまは目覚められたばかりなのですから」

「いいえ――いいえ。話してちょうだい。こんな気がかりを抱えては安静になどできないもの。どういうことなの。詳しく説明してちょうだい、宣旨の君……」

宣旨はなおもためらっていたが、貴の宮に再度うながされ、重い口を開いた。

「――夕べ、貴の宮さまは、大夫の君とともに、二種類の蜂蜜をお召しあがりになりましたね。あの蜂蜜の中に毒が混ぜられていたのです。大夫の君の持参した蜂蜜をお口にされた時のことを覚えておいでですか。苦みがある気がする、と貴の宮さまはおっしゃいましたが、その違和感は正しかったのです。貴の宮さまはそれ以上くだんの蜂蜜を召しあがらず、いっぽう、大夫の君は自分の皿に盛ったぶんの蜂蜜をすべて平らげました。そのご判断が、貴の宮さまごじしんのお命を救ったのです」

二つの皿にとりわけた二種類の蜂蜜。

そうだ、大夫の君のもってきた蜂蜜には奇妙な不純物が見えていた、と思い出す。

気泡だろうかと思ったあれこそが、毒だったのだ。

「蜂蜜に毒……どうして……誰が、なぜ、そんなことを……」

「わかりません」

宣旨の君のおもてに悲痛な表情が浮かぶ。

「わたくしは、最初、狙われたのは貴の宮さまだと考えました」

「わたしが……」

「はい。宇治での襲撃事件のこともありましたし、ご一家を狙う何者かが、女東宮候補であられる火の宮さまへの心理的な攻撃として、妹御の貴の宮さまを再度狙ったのかと。貴の宮さまの蜂蜜に毒が仕込まれており、不運にもそれを所望した大夫の君がたまたま一緒に事件に巻きこまれてしまったのだろう、とわたくしは推測いたしました」

確かにそれは筋が通っている、と貴の宮は思った。

今、雷光殿にいる火の宮には、映の宮や普賢の護衛がついている。そのため、貴の宮の警護が手薄になっていることを火の宮も文で懸念していた。火の宮よりも、貴の宮を狙うほうが、はるかにたやすい。そして、貴の宮が殺されていたら、火の宮はその原因となった女東宮候補の座など、即座に投げ出していたことだろう。

「大夫の君が息絶え、貴の宮さまも倒れられ。あの時の騒ぎで四つの皿の蜂蜜はめちゃめちゃに混ざってしまったため、そこから毒を検出することはできませんでした。その後、貴の宮さまの所有されている蜂蜜をすべて確かめたところ、予想に反して、どの小壺の中身にも異常は見つからなかったのです。それならば、と大夫の君の局に置かれていた蜂蜜の壺を調べてみると、こちらからは多量の毒物が検出されました。附子（トリカブト）を調合した毒ではないか、と典薬寮の役人は申しておりましたが……」

貴の宮は言葉もなかった。

再び狙われた、という恐怖は遠ざかったものの、混乱はいっそう深まるばかりだった。

命を狙われていたのは大夫の君のほうだった。

貴の宮は不運にもそれに巻きこまれただけだったのだ！

（どうして大夫の君が？　雷光殿にいた和歌の宮さまが殺されたばかりで、次は森羅殿でこの事件が起きた。数日の間に二件の殺人事件……これが女東宮の選定がらみで起こったできごとであるのは確かだわ。だけど、大夫の君は単なる院の女房であって、利害関係者ではない。彼女を殺して、いったい犯人になんの利益があるというの）

大夫の君がこの世から消えることで、犯人、もしくはその主人が女東宮の座に近づくなどということがあるのだろうか？

「貴の宮さま。まだお目覚めになられたばかりですから、あまり根をつめられてはなりません。事件の調査は役人どもに任せられて、とにかくお休みになってください」

なだめるように宣旨の君がいった。

「そう、ね……そうだわ……きちんと養生して、早く回復しなければ」

貴の宮は起こしかけていた身体を再び横たえ、枕に頭をおろした。

「また姉さまや兄さまを心配させてしまうものね……そうだわ……わたしが目覚めたことを、すぐに雷光殿へ伝えてちょうだい、宣旨の君。早く安心させてあげなくては。毒を盛られたと聞いて、ふたりとも、わたしのことをどれほど案じていらしたことでしょう」

宣旨の君の表情がかすかに曇った。

「宣旨の君……？」

「いえ……申し訳ありません、疲れからか、少し放心してしまいました。かしこまりました。すぐに雷光殿へお伝えいたします。貴の宮さまが毒を盛られたと聞かれ、八雲の院もたいそうご心配なさっておりました」

貴の宮はうなずいた。

目を閉じると、疲れからか薬湯の効き目が出たのか、眠りはすぐに訪れた。


次に貴の宮が目覚めた時、宣旨の姿はなかった。

女房たちもいない。

が、そばに置かれた几帳の陰に人の気配があることに貴の宮は気づいた。

「誰……そこにいるのは……？」

「お目覚めになられましたか、貴の宮さま」

貴の宮は目をみひらいた。

「――那智……？」

聞き慣れたその低い声は、映の宮の従者、那智のものだった。

「どうしてそなたがここに……」

「兄の紀伊の守の供――という名目で森羅殿へ参上する許可をいただきました。このようにおそば近く控えておりますことを、どうぞ、お許しください、貴の宮さま。昨夜のことがございましたゆえ、女房に命じ、護衛役として内密に母屋に立ち入らせていただいております。再び貴の宮さまに危害を加える者がないとも限りませぬゆえ」

那智の異母兄である紀伊の守は、従五位下の受領である。

内裏でも院御所でも昇殿を許されぬ地下の者ではあるが、長く後桃園院一家の後見役を務めてきたことから、火の宮が女東宮候補としてこの森羅殿へ入るにあたって、世話役のひとりとして特別に出入りすることを許可されていた。

「ご回復なさり、まことに安堵いたしました。和歌の宮さまの事件を念頭に、映の宮さまと火の宮さまの御身に起こる危険ばかりを懸念しておりましたので、こちらの警備はまったく手薄になっておりました。申し訳ありません」

「いいのよ。こんなことが起こるとは、誰にも予想できなかったのだもの」

実際、大夫の君を狙った犯人にしても、貴の宮が毒入りの蜂蜜を口にするとは考えていなかっただろう。今回の災難は本当に偶発的なできごとだったのだ。

「でも、兄さまたちが心配するのもわかるわ。毒入りの蜂蜜を食べて倒れたと聞いたら、女房ではなく、わたしを狙った犯行だと考えるのが自然ですものね……わたしはぶじだと宣旨があちらに伝えてくれたはずだけれど、兄さまたちからの返しはあって？」

「いいえ」と那智は答えた。

「映の宮さまからも、火の宮さまからも、今回のことに関するお言葉は届いておりません……そもそも、女房のひとりが毒殺されたこと、貴の宮さまがそれに巻きこまれて倒れられたことも、宮さまがたは、いまだご存じないのではないかと思われます」

「え？」

「むろん、事件の報せ自体は雷光殿へ昨夜のうちに伝えられているはずです。しかし、院がそのことを宮さまがたにお知らせしているかどうかは不明です。あるいは、今回の服毒事件に関する情報のいっさいは、院によって遮断されているのかもしれません」

貴の宮は目をみひらいた。

「どういうこと？」

那智によると、映の宮が雷光殿へ入るにあたり、彼ら二人は今後の連絡手段が翔を介したもののみになることを懸念したという。

右近衛の少将として宮中の勤めも抱えている翔は何かと多忙であり、何かあった時に迅速に動くことが難しいからだ。

「それに対応する手段として、私はあらかじめ宇治の邸より鷹を運んでおいたのです。宮が、いずれ春秋院に入られるであろうことは予測しておりましたので、無位無官の私と院御所内に滞在される宮とのやりとりの不便さを補うには、鷹を使うのが一番有効だろうと考えたのです」

鷹を使った狩猟や遊びは、帝や上皇、ごく一部の上流貴族をのぞいて禁じられている。が、宇治の山里で育った映の宮はそれに従わず、那智の手ほどきを受けて幼いうちから鷹を飼い慣らしていた。

紀伊の守の家政を任されている那智はひそかに宇治より鷹を運ばせ、邸の犬舎でこれを飼育し、ひそかに春秋院の位置を覚えさせるなどの訓練をほどこしていたという。

「鷹は一日一回、雷光殿へ飛ばすことになっております。あまり頻繁に送っては、人目に立つ恐れがありますので。先ほど、私は定時の鷹を雷光殿へ飛ばし、貴の宮さまが目覚められて安堵していること、今回の事件について私が独自に調査するつもりでいることなどを簡略に記した文を託しました。簡略に記した理由は、服毒事件についても、貴の宮さまのご容態その他についても、雷光殿へは逐一こちらの状況が報告されているはずなので、当然、宮さまがたもすでにその詳細な報告を受けているものと考えていたからです」

「でも、ちがった、と……？」

「はい。宮からの返信には、事件とはなんのことか、目覚めたというと、貴の宮はひどい発作でも起こしたのか、と記されていました。早急に、森羅殿で起こったことの詳細を伝えよ、とも。こちらの事件のことをご存じないのです。それから、雷光殿で再び人死にが出たこと、それが和歌の宮さま付きの相模という女房であったことが文には記されておりました。自殺であるか、他殺であるか、まだ確かなところはわからないようですが、首を吊った女の死体が、雷光殿の二階の屋根にぶらさがっていたそうです」

貴の宮は混乱した。

自分が毒によって倒れたことを姉兄が知らされていない、という事態も不可解だったが、雷光殿で再び人が死んだ、という情報はさらに貴の宮を驚かせた。

（和歌の宮さま付きの女房が死んだ。大夫の君に続いて雷光殿でも！　いったい、どういうことなの。なぜ女東宮候補のまわりにいる女房たちばかりが狙われるの？）

貴の宮はふと気づいていった。

「相模という女房が死んだ、というのは、いつのこと？　昨日のできごとなの？」

「死体が発見されたのは今朝だそうです」

「宣旨の君は何もいっていなかったわ……」

「貴の宮さまのお身体を気遣い、新たな事件が起きたことは伏せておいたのか、あるいは、りますが、雷光殿の事件については、誰もまったく口にしていないようすですので」

自分のぶじを姉兄に知らせてほしい、といった時の宣旨の微妙な反応が思い出された。

彼女も服毒事件についての報告が院によって握りつぶされていることに気づいているのだろう。森羅殿で起こった事件を雷光殿にいる人間の多くは知らず、また、雷光殿で起こった事件について、森羅殿の人間は知るすべをもっていないのだ。

（ひとり、八雲の院だけが、すべての事象を把握しているということね……）

「姉さまと兄さまが心配だわ」

痛み始めた頭を押さえ、貴の宮はいった。

和歌の宮。大夫の君。相模。五人の女東宮候補が雷光殿に入って以降、三人もの人間が死んでいる。このまま事態が何事もなく終結するとは思えない。

「那智。教えてちょうだい。わたしたちはどうするべきなの？」

「源氏の少将さまにご相談なさるべきかと」

那智はいった。

「大夫の君が毒殺されたこと、貴の宮さまがその事件に巻きこまれ、いっとき、人事不省に陥られていたものの、ぶじ回復されたことは、先ほど、鷹を遣って映の宮さまにお伝えしました。しかし、こうした文のやりとりのみで互いの状況を確認しあうには限界があります。森羅殿と雷光殿、二箇所を自在に行き来できる方に協力を求める必要があります。それをお願いできる方は、源氏の少将さま以外にはあられないかと」

貴の宮はうなずいた。

「おまえのいう通りだわ。すぐに少将さまへ連絡をしてちょうだい」

――那智が下がると、入れ替わりにふたりの女房が入ってきた。

自分が不在の間、警護の役をしっかりつとめるよう、那智から厳しくいいつけられたのだろう。ふたりは厳めしい表情で枕元の左右に座った。

「お顔色が悪うございますわ。もう少しお休みになってください」

貴の宮は従った。那智から聞いた情報の多さに頭がひどく混乱していた。頭痛がする。翔がくるまでに体力を回復しておかねばならない。

（こんな時、五百重がいれば……いいえ、だめよ、甘えては。五百重は雷光殿で姉さまを守ってくれている。それが正解なのだわ。わたしはわたしで切り抜けなくちゃ）

まどろみの中へ身をゆだねながら、何かを忘れている気がする、と貴の宮は思った。

何か？　そうだ……自分はとても大事な何かを姉たちに伝えようとしていたのではなかっただろうか。あの時、事件について重要な手がかりを思い出そうとしていたのだ。

大夫の君が現れる前――宣旨が部屋にやってきた時……。

そうだ、あの時、自分は文を書こうとしていたのだ。

火の宮に文で何かを知らせようとしていた――何か――事件に関する何かを……。

（犯人について……あの女について……わたしの聞いたあの女の声について……切られた髪……小刀……それから……それから……）

断片的な記憶が風に舞う花びらのように脳裏をかすめ、つかまえる前に消えていく。

（眠ってはだめ――思い出さなくちゃ――思い出して――姉さまたちに……早く……）

「まあ、すごい汗。たいへんだわ。お熱が出ていらっしゃるようよ」

「まだ毒がお身体から抜けきっていないのよ。宣旨の君をお呼びしなくては。それから、もう一度、お医師に連絡を……」

貴の宮の容態の変化に気づき、バタバタと女房たちが動きだす。

眠りに落ちる寸前、貴の宮がつぶやいた「左利き……」という言葉は、ふたりの女房のどちらの耳にも届かなかった。

六　雷光殿（三）

相模の死体はただちに屋根から引きあげられた。

護衛の侍たちによって行われたこの作業には五百重も加わった。並の男たちよりも腕力のある五百重である。彼女の参加に異議を唱える者もなく、五百重は一階に設えた安置所への運搬までを手伝って、そのあいだに死体の検分をあらかた終えたのだった。

「絞殺。自殺。死体の状態から、どちらの可能性もあるとはいえます」

部屋に戻ってきた五百重はいった。

相模の死体は首吊りの状態で発見された。雷光殿の二階の窓の外側には、飾り格子のような意匠の大きく張り出した手すりがあり、その手すりの角部分、最も太く、頑丈な柱に細縄が括りつけられていたという。長く伸びた縄の先端は相模の首に巻かれていたため、二階の窓から飛び降りた――あるいは、誰かに突き落とされた彼女の首は、落下の衝撃と自重とで締まり、窒息死に至ったというわけである。

「自死とは思えないわ。あんまり不自然すぎるもの」

火の宮は眉を寄せた。

「首を吊るなら、雷光殿の天井の梁に縄をかければすむ話だわ。わざわざ二階の窓の外へ出て、つるつるすべる傾斜のある裳階の屋根を踏み、手すりの角に縄を括りつけてそこから飛び降りる……なんて面倒極まりないことをする必要はないはずよ」

「同感だ」

と映の宮も同意する。

「ぼくも五百重たちの引きあげ作業を見、そのあと現場の検証もしたが、やはり自殺とは思えなかった。相模の死体は上半身の一部が裳階の屋根にかかる形で吊られていた」

「上半身の一部が屋根にかかる……？　どういうこと？」

「通常の首吊り死体を想像してみろ。高所に縄を結び、輪にした縄に首を入れて、乗っていた台などを蹴る。すると足場が消え、つかまる場所もないから首が絞まって呼吸ができず、やがて絶命に至る――という具合だろう。だが、相模にはつかまる場所があったんだ。これは恐らく犯人の誤算というか、失敗だったと思うが、裳階の軒から完全にぶらんと吊り下がる形にするには、縄の長さが少々足りず、かろうじて屋根にしがみつける形になってしまった。とはいえ、首には縄が食いこんでいるから呼吸もままならず、結局、這いあがることもできないまま、窒息死するに至ったわけだが」

「窓から落とされた時、相模はまだ生きていた――というのはたしかなの？」

「それはわたしが請けあいます、我が君。なぜなら、死体の指は、何枚も爪が剝がれて血だらけになっていました。首に食いこむ縄をなんとかして外そうと、死に際の彼女が必死に爪を立てたのでしょうね。それから、屋根瓦には爪痕と血の跡も残っていました」

五百重の答えに、断末魔の光景が生々しく想像され、火の宮は顔をしかめた。

「中途半端にしがみつく場所があったため、すぐには死なず、かといって首を縄できりきり縛られている状態であるから、助けを呼ぶ声も出せない。暴れるほどに縄は食いこみ、体力は消耗していく。相模は相当にもがき苦しんで死んでいったはずだ。わざわざそんな悪夢のような自殺方法を選ぶ人間はいないだろう」

「そうね……相模は殺されたのよ。間違いないわ。彼女は今日、雷光殿を出ていく予定になっていた。『雷光殿をぶじに出られますように』とわたしにむかって祈ってくれた人が、いきなりそんな突飛な方法で自殺をするはずがない……」

「たしかにこれが殺人だと考えても、突飛な方法だな。首吊り自殺に見せかけるなら、それこそ、さっききみがいったように、室内の梁に縄をかけて吊るせばよかったはずだ」

ふたりの会話をじっと聞いていた五百重が、慎重に口を開いた。

「和歌の宮さまが殺されたことで、相模どのも警戒心を強くしていたでしょうし、他の人間の目もありますから、室内でそうした罠をしかけて犯行に及ぶのは難しかったのかもしれません。雷光殿を出るため、相模どのが荷物の整理や運搬に忙しくしていた姿をわたしも見ています。たぶん、その作業は夜遅くにまで及んだのでは。船に積みこむ荷物を一階に運ぶため、誰もいない廊下を歩いていた時、相模どのは犯人に襲われた。犯人が彼女を窓から落としたのは、いつ、人がくるかもわからない廊下で念入りに首を絞めたり、死体をひきずって隠す作業などを避けるためだったのかもしれません。とりあえず窓の外に落とし、吊るしておけば、死体の発見は遅れ、犯行時刻も曖昧になりますから」

火の宮はうなずいた。細かく見れば、まだはっきりしない点も多いが、相模の死が殺人であることはたしかだった。だが、動機がわからない。どうして相模が狙われたのか？

室内にしばしの沈黙が落ちる。ややあって、映の宮が立ちあがった。

「どうしたの？」

「廊下へいく。そろそろ、那智の鷹がくるころだ。本来、定時の便りは一日一回と決めてあるが、今日は予想外のできごとがあったからな。二の便を頼んだんだ」

弟が鷹を使って那智と連絡をとっていることを火の宮も昨日聞かされたばかりだった。

「わたしもいくわ」

廊下には奇妙なほど人がいなかった。巡回の侍がちらちらと柱の陰から姿を見せているばかり。女房の相模が殺されたという報せが女たちを怖じらせたのだろうか。みな、各自の部屋に閉じこもってしまっているようだった。

「一つ、いい忘れていたことがあった」

思い出したように映の宮がいった。

「今朝、受けとった那智からの文に、気がかりなことが書かれていたんだ。その後の相模の騒動に紛れて、きみに伝えるのを忘れていた。貴の宮に何かあったらしい」

「貴の宮に？」

「今は回復しているようだが、森羅殿で何か事件と呼ぶべき事態が起こっていたようだ。那智の文には詳細が省かれていたので、それ以上のことはわからない。詳しく書いてよこすよう命じたから、次にくる文で何があったのかは明らかになるだろうが」

　火の宮は今朝の夢見の悪さと妙な胸騒ぎを思い出した。

　貴の宮の身に何かあったのでは……というあの不安は杞憂ではなかったのだ。

「ぼくが気になったのは、那智の文の書きぶりだ。あれは、貴の宮の身に何が起こったか、当然ぼくも知っているはずだ、という前提で書かれていた文章だった。そこから推測するに、森羅殿で起こったできごとは、八雲の院にはとうに報告されているのだろう。だが、ぼくもきみも何も知らされていない。肉親である貴の宮に関することを、ぼくたちふたりに伝えないのは不自然じゃないか？　院は何を考えているのか」

「院を信用してはいけないわ。特にこの場所では……。院は、森羅殿を常識・慣例の埒外にある場所だ、といっているのだもの。何が起ころうと、何をしようと、ここではすべてが院の思うがままなのよ。院にとって都合の悪い情報はいくらでも隠すでしょう。二件の殺人に関する調査だって、どこまで事実を公表してくれるかわからないわ……」

　廊下の一画で足を止め、映の宮が窓を開ける。

　蒸し暑い日だった。鈍色の曇天を映し、春秋の池もいつになく淀んで見える。

　ふと眼下に目をむけた火の宮はぎくりとした。

　——屋根に蛇が這っている、と一瞬思ったそれは、手すりに括りつけられた縄だった。縄は屋根に沿ってだらりと垂れている。

（ここが相模の殺害現場だったんだわ）

縄は死体を引きあげる際に小刀か何かで切断されたらしく、ギザギザの先端がむき出しになっていた。首を絞める縄を外そうと必死に爪を食いこませ、相模の指先は血だらけになっていた——という五百重の言葉を思い出し、火の宮は小さく身震いした。

「火の宮」

呼ばれて、我に返る。見ると、映の宮が池のむこうを指さしていた。

「あれは少将じゃないか？」

池の北側、南殿の近くに屋根のついた建物があり、船が何艘かつながれている。中島へ渡ってくる船はそこから出ることになっているのである。

屋根の下に青や緑の袍を着た男たちが六、七人、立っており、そのむこうに、鮮やかな緋色の袍がちらちら見えた。目を凝らすと、大柄なその青年はたしかに翔のようだった。

遠目にもその場の不穏なようすが伝わってくる。

「役人たちと揉めているようだな」

「揉めている？　なぜ？」

「わからないが……乗船を拒まれているようにも見える。少将を押しとどめている男たちは、袍の色からして下位の役人たちだろう。いつもはあの場所にあれだけの人数の役人などいなかったはずだが……代わりに、いつもいる水手役の男の童が見えない」

火の宮は戸惑った。

「少将は、非公式ではあっても帝の使者なのでしょう？　雷光殿へくるのも使者としての役目を負ってのことだわ。その役目を下位の役人たちが阻むなんて……」

「むろん、役人たちが独断でそんな行動に出るはずがない。まして、あのような集団で。彼らは命令に従って少将の乗船を拒否しているんだろう。恐らく、源氏の少将を雷光殿へ渡らせるな、という指示が出ているんだ」

（少将を雷光殿へ渡らせない命令が出ている……？　なんのためにそんなことを）

映の宮が視線をあげた。

「――鷹がきた」

それは、最初、曇天の空に一滴の墨汁を落とした黒点のように見えた。

黒点はみるみるうちに大きくなっていき、勇壮な翼を広げた鳥の姿に変わった。

上空の風にゆったりと乗り、ほとんど羽ばたきを見せず、鷹は大きな弧を描いて雷光殿へと近づいてきた。

目印なのだろう、映の宮が懐からとり出した深紅の手巾を掲げてひらひらとふる。

それを認識したのか、鷹が下降態勢に入った。

翼を広げた鷹の大きさは知っている。猛禽の飛翔の迫力に圧され、火の宮は一、二歩、後ずさった。鋭い鷹の目がぐんぐんこちらへ近づいてくる。

次の瞬間、ふいに斜め上から飛んできた矢が鷹の身体を深々と貫いた。

「あッ⁉」

火の宮と映の宮の口から、同時に声があがった。

ピィイーッ！　と悲痛な末期の声をあげ、鷹はふたりの目の前で墜落していった。

ぱちゃん、と水音が響く。

火の宮は窓から身を乗り出した。

巨大な翼を半分畳んだ形で鷹は水面に落ち、池の汀に浮かんだまま動かない。

矢は鷹の翼ではなく、小さな心の臓をみごとに射止めていた。

(どうして……)

だが、その答えはすぐに頭に浮かんだ。

矢は鷹の斜め上から飛んできた。つまり、雷光殿の三階から。

射手は鷹が二階にいる映の宮を目指して飛んでくることを知っており、その軌跡を予測して、確実に仕留められる近距離から鷹を射殺したのだ。

(矢を放ったのは八雲の院。院は映の宮が鷹を伝書役に使っていることに気づいていて、それを自らの手で阻んだのだわ)

鷹の脚に括りつけられている文を火の宮と映の宮が手にすることのないように。

彼らが自分に無断で外部からの情報を取得することのないように。

火の宮は池のむこうに立つ翔を見た。
——外部からの助けは入らない。情報もこない。
池の中島に建つこの雷光殿は孤立させられつつある。
なんのために？　八雲の院は何を考えているのか？
(これからこの場所でいったい何が起こるというの)
「——火の宮さま」
火の宮はふりむいた。
いつのまにか背後に男の童が座っていた。
映の宮がとっさに火の宮を背に庇(かば)う。
男の童は笑(え)んだ。冷たい、仮面のような微笑だった。
「三階へお越しください。八雲の院がお呼びです」

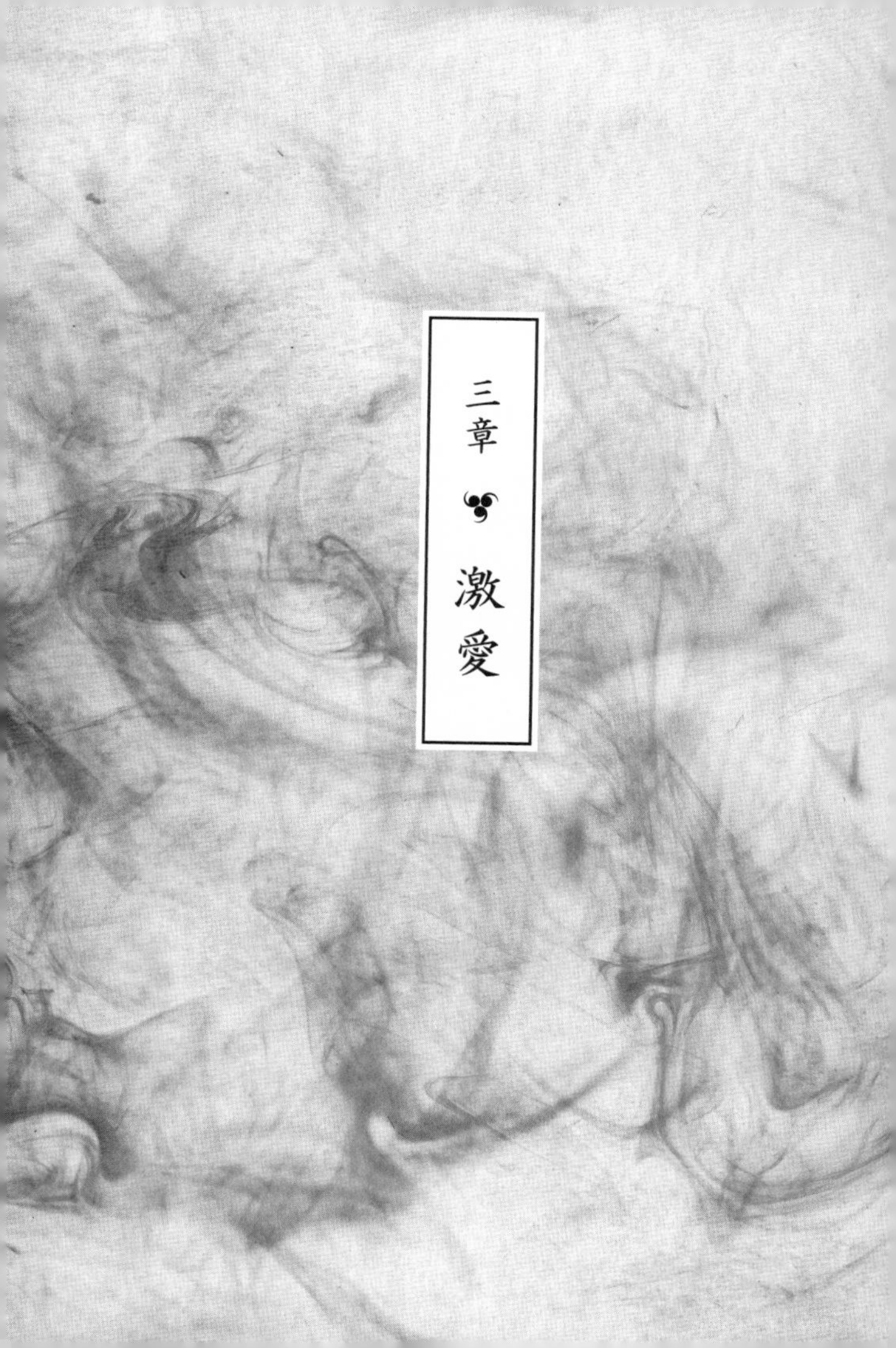
三章
激愛

一　剝ぎとられた仮面

「明日、女東宮の指名を行い、あなたがたをこの雷光殿から解放しようと思う」

唐突な宣言だった。

火の宮はあっけにとられた。

思わず隣の犬の宮を見ると、彼女も驚きの表情を浮かべていた。

その横に並ぶ四季の宮も、うつむきがちにいる恋の宮も、多少の表情の差異こそあれ、同じ反応を見せている。

雷光殿の三階。早急に院の御前に集まるよう呼び出され、四人の候補者の前に姿を現した八雲の院は、開口一番、こういい放ったのだった。

（――女東宮を決定する）

室内に落ちた静寂を激しい雨音がざあざあと埋める。

いつのまにか鈍色の空からは雨が降りだしていた。

「早急に決断を下す必要ができた。さすがにこれ以上、人死にを出すのは望ましくないの御簾をあげた御座で、八雲の院はつねのように蝙蝠扇をもてあそびながら、ゆったりと脇息に寄りかかっている。

「和歌の宮の件が早くも世間に漏れ、さまざまにとりざたされているようだ。今のところは原因不明の変死——という説明で遺体を遺族のもとへ送り出したが、あの首の痕を見れば、和歌の宮が殺害されたことは誰の目にもあきらかなのでね。当然、世の中の疑いの目は、残ったあなたがた四人にむけられることになる。東宮の座をめぐる女同士の血みどろの闘い——その構図を面白おかしく噂し、騒ぎ立てるだろう。このまま放置しておいては、女東宮冊立に反対する声を勢いづかせる可能性もある」

ぱちり、ぱちり、と規則的に扇を開閉する音が響く。

「和歌の宮と相模の事件だけならば、この雷光殿内で起きたこと。騒ぎにならぬよう処理もできただろうが……森羅殿にまで事件の範囲が広がるとなると、さすがにそうもいかぬ。院の女房が後宮で殺されたという衝撃は大きく、和歌の宮の事件との関連が不明なだけに、森羅殿にいる妃たちもたいそう不安がっているようだ」

（——え？）

火の宮は戸惑った。

院の女房が殺された？

「昨晩、森羅殿で、大夫という女房が殺される事件が起きたのだよ」

火の宮たちの反応に気づき、院がなんでもないことのように説明する。

「報告によると、食べ物に毒が仕込まれていたらしい。即死とのことだったが」

「大夫……それは、もしや、わたしの知っている女房の大夫の君のことですか？」

驚きの声をあげたのは犬の宮だった。

「毒殺された？　どうして大夫の君が……⁉」

「心当たりは？　犬の宮。大夫の君はあなたの担当だったはずだね」

「そんな。心当たりなど、あるはずがありませんわ。大夫の君には、院との連絡係として働いてもらってはいましたが、それだけのこと。彼女の私生活については、ほとんど知りませんもの……ややアクの強い、打算的なところのある人だとは思っていましたが、毒殺されるなんて……！　東宮位争いとまるで無関係な大夫の君が、どうして……？」

犬の宮はぼうぜんとしている。

さもあらんと火の宮も思う。火の宮にとっての宣旨にあたるのが大夫の君になる。その関係に当てはめて考えてみると、いきなり女房殺しの疑いをかけられても当惑するしかないだろう。火の宮にしても、宣旨には好感をもっているが、彼女の個人的な部分はほとんど知らないし、利害関係もない。殺意を抱く理由がみつからなかった。

相模の事件も動機が謎である点は同様だったが、彼女が和歌の宮の女房だったことを考えると、主人の事件と相模の死には何か関連があるのだろうという推測はできる。

だが、大夫の君は和歌の宮とも相模ともつながらないのだ。

何より、大夫の君はずっと森羅殿にいた……。

(まって。大夫の君が殺されたのは、昨晩、と院はいった)

となると、彼女の死は相模の事件より先だったことになる。

――この争いが和歌の宮の犠牲一つで終わるはずもない。

少し前に四季の宮にいわれた言葉が火の宮の頭によみがえった。

『また新たな女の血が流されるでしょう。女、女、女。死ぬのは女ばかりでしょう……』

(予言じゃない。四季の宮さまは、大夫の君の事件について、すでに院から聞いて知っていたんだわ！　だから、あんな警句を口にしたのよ。女、女、女――その言葉通り、三人の女が死んだ。四季の宮さまは相模が殺されることも知っていたということ？　だとしたら、彼女も、八雲の院も、わたしたちの知らない事件の核たる部分をすでにつかんでいるのでは。そうよ、もしかしたら、犯人についても……！)

火の宮は四季の宮を見た。

白い美しい横顔がかすかに青ざめて見える。

事件についてはともかく、東宮の指名を明日じゅうに行う、といった院の宣言はあらかじめ聞いていた話ではなかったようだ。見る限り、彼女の驚きは芝居ではなかった。

「そういうわけで、次の事件の起こらぬうちに、女東宮の一件を決着させねばならない」

八雲の院の言葉に、火の宮は、はっと思い出した。

「おうかがいいたします。東宮に誰をご指名なさるのか、院にはすでにご決断あそばされていらっしゃるのですか」

「まだだ」と院は首をふった。

「これから行う最後の試みの結果を見て、最終決定をするつもりでいる」

「それでは、わたしはその最後の試みには不参加とさせてください」

「不参加？」

「はい。わたしは東宮候補の座を辞退いたします。後桃園院(ごももぞのいん)の女(むすめ)、火の宮の名はこの場をもって、東宮選考の名簿からお削りください。どうぞ、女東宮の座は、残る三人のみなさまがたでお競いくださいますように」

火の宮はきっぱりいって頭をさげた。

「火の宮さま……」

犬の宮が気づかわしげに火の宮と八雲の院を見比べる。

院は微笑を浮かべた。

「辞退の理由は？」

「無品(むほん)の内親王(ないしんのう)でしかないわたしに、女東宮という輝かしい地位はあまりに不相応です」

「不相応かどうかは私が決めるのだよ、火の宮。そのような通りいっぺんの言葉で私を納得させられると思うのか？　具体的な理由を述べなさい」

「……疫神に嫁ぎたくはありません。わたしは女東宮となって孤高の人生を歩むよりも、愛する家族とともに豊かで平凡な人生を送りたいのです」

「平凡な人生……」

院はぱちん、と蝙蝠扇を閉じた。

「天狼の主に選ばれた時点で、それは捨てるべき夢だと思うがね……。それはともかく、女東宮の五人の候補は、大斎院の受けた託宣と私の判断によって選ばれた。あなたがたが自ら望んでこの雷光殿に集まったのではないように、その座を辞することもまた自らの意志ではできないのだよ。女東宮の冊立は神意によるものなのだから」

（神意？　本当に？　まこと神意によるものだというならば、五人の候補など立てずに、最初から女東宮にふさわしいひとりを指名すればよかったのではないの？）

いい返したい気持ちをぐっとこらえる。

五人の女東宮候補というが、そのうちのひとり、四季の宮は偽者の候補であり、院の間諜だったではないか？　選ばれた女たちは、どこまでが真実、神の意によるもので、どこからが俗なる策略によるものなのか、わかったものではないのだ。

「どうあっても、候補を辞退することはお認めいただけないのですか」

「最後の試みから逃げることは誰にも許されぬ。それによってあぶり出されるのは、東宮となるにふさわしい人物だけでなく、冷酷非道な殺人者でもあるのだから」

八雲の院は立ちあがった。

火の宮に近づき、その前で膝を折ると、彼女の顎を強引にとらえて上むきにさせる。

(乱暴な！)

火の宮は怯まず、内心の怒りのありったけを視線にこめ、八雲の院をにらんだ。火の宮を離し、次に院は犬の宮の顎を扇の先でクイとすくった。侮辱的なその扱いに、犬の宮の顔がこわばり、一瞬その目に反抗的な色がよぎったが、理性がそれをかき消した。四季の宮は従順に院の手にその顔をゆだね、恋の宮は小鳥のように震え続けている。

再び立ちあがり、四人の女たちを順番に見おろすと、

「――今、私の目の前にいるのは誰なのか？」

八雲の院はつぶやいた。

「美しい女たち。若く、たおやかで、瑞々しい。ここにいるのは、未来の女東宮がひとりと、嘘つきが三人だ。そして、三人の嘘つきのうちのひとりは、人殺しだ。その人殺しは己の野心のために他者を踏みにじることを少しもためらわない。火の宮。犬の宮。四季の宮。恋の宮。あなたがたは全員、嘘と秘密を抱えているね。全員、無辜の内親王という偽りの仮面をつけているのだ。さて、今からその仮面を外してもらわねばならぬ」

背後の屏風から、ふたりの男の童が現れる。

ひとりが手にした懸盤を床に置き、もうひとりがその上に蓋のついた金属製の小さな瓶を四本並べていく。作業が終わると、男の童たちはそれを守るように懸盤の前に座った。

「女東宮の選考を行うにあたり、私はこの雷光殿に、あらかじめ、さまざま準備を整えておいたのだよ」

御座に戻り、八雲の院がいった。

「教養、品性、人となり。この平安の都に誕生する、初めての女東宮にふさわしい人物は誰かを見定めるために。勅撰和歌集の暗唱をさせるべきだろうか？　手習いをさせようか？　楽器を奏でてもらおうか？　あるいは、香を試させるか……さまざまに考えたが、どれも的外れだったと気づいた。女東宮に求められるのは、苛烈な現実にむきあえる強靭な精神と知性の持ち主であって、花嫁修業の優等生などではないのだから」

「くどくどしいお話はもうけっこうです、院。早く本題にお入りください」

しびれを切らして火の宮はいった。

「最後の試みというのはなんですか。院はわたしたちに何をさせようとおっしゃるのです。その懸盤に並べられた小瓶はなんなのですか？」

「解毒薬だよ」

「解毒薬……？」

「そう。あなたたちのために用意したものだ」

院は莞爾とした。

「──ところで、今日の朝餉は、四人全員がきれいに平らげてくれたと聞いている。南殿の役人が運搬をしくじり、普段よりも配膳の時間が遅れた上、量も前日の半分ほどになっていたから、みな、よい具合に空腹だったのだろう。特に鮎の飴煮は美味だったのではないか？　貴重な蜂蜜と味噌を使った、甘辛い、濃い味付けの品。肝のほろ苦さとぴりりとした山椒が、心地よく舌を痺れさせる……」

八雲の院はさらりといった。

「あれに毒を盛ったのだよ」

火の宮は耳を疑った。

（なんですって？）

「──毒……？」

犬の宮が信じがたいようにつぶやいた。

ひっ、と息を呑むような小さな悲鳴は恋の宮のものだった。四季の宮は目をみひらいてしばらく八雲の院をみつめていたが、やがて、かすれた声でいった。

「……悪いご冗談にもほどがありますわ、院」

「冗談ではない。あの鮎の料理に毒を盛った。とはいえ、毒は遅効性のもの、効き目が表れるにはもう少し猶予がある。今すぐ血を吐いて死ぬわけではないゆえ、安心なさい」

　火の宮は手元の檜扇を院に投げつけてやりたい衝動をすんでのところでこらえた。

　毒を盛ったなどと聞かされて、安心できる人間がどこにいるのだ！

「毒、といったが、あなたがたが口にしたそれは、正確には薬でもある。葡萄病みの治療薬を作る過程で生み出されたもので、もともと殺す目的で作られたものではない。解毒薬があるのも、そのためなのだよ」

　火の宮の怒りを見てとったように八雲の院が説明する。

「学者たちによると、その〝毒〟は、ある動物の毒性を含んだ胆嚢から生成されたものなのだが、葡萄病みに罹患した人間がこれを飲むと、症状の進行が遅れるという効能があるらしい。全身の機能がゆっくりと衰え、昏睡に陥り、ある一定の期間、仮死に近い状態になる。そこで解毒薬を与えると、患者は昏睡状態から目覚め、その身体からは、葡萄病みの症状がすっかり消えていたというのだ。毒で毒を消すというやりかたのようだな」

「毒で毒を消す……」

　犬の宮がつぶやいた。血の気の引いたおもてには汗が浮かんでいる。

「ですが、院。その解毒薬とやらは本当に効くのですか？　解毒薬を与えたその全員が、本当に目覚め、回復したのですか？　第一、まことそんな薬が発見されていたのでしたら、すでにこの世から葡萄病みの脅威はなくなっているはずではありませんか……！」

「あなたの疑念はもっともだ、犬の宮。まず、その〝毒〟を生み出す動物を必要な数だけとらえ、その胆嚢からひとりぶんの〝毒〟を作り出すのは容易なことではないのだ。希少な〝毒〟、いや薬ゆえ、発病したとしても、誰にでも与えられるものではない。もう一つ、懸念(けねん)通り、解毒薬は万能ではない。学者たちはこれまでに十人の患者にこの〝毒〟を飲ませ、そののち、解毒薬を与えたが、仮死状態から目覚めたのは、半数だけだったそうだ。残りの五人は、二度と目を開くことはなかったと聞いている」

火の宮の肌が粟立(あわだ)った。

──解毒薬を飲んでも、ふたりにひとりは助からない！

「ただし、これは葡萄病みに初めて罹(かか)った患者の場合だ。葡萄病みの罹患経験がある者にこの〝毒〟と解毒薬を与えたところ、こちらは五人に四人までが仮死状態から目覚めたそうだ……犬の宮、あなたはすでに葡萄病みに罹っている。ゆえに、解毒薬を飲めさえすれば助かる可能性はきわめて高いことになる」

犬の宮がごくんと唾(つば)を飲みこむ。

「……そのお話は本当に信じてよいのでしょうか？　一度、葡萄病みに罹った人間ならば、わざわざ治療薬の〝毒〟を飲む必要はないはず。解毒薬を飲んでも助からない危険があるとわかっていながら、〝毒〟と解毒薬の実験に協力する者がいたとは思えません」

「〝毒〟を飲ませるのに、その者らの許可をとったと私がいついったかね？」

犬の宮が言葉をうしなう。

火の宮は憤怒に目がくらみそうになった。

初めて会った日、八雲の院が和歌の宮に贈った唐櫃の中の全裸死体を思い出す。

葡萄病みの予防のためには、死んだ女の乳房を裂いてその肉を食する方法さえあると院はいっていた。〝毒〟にしても、解毒薬にしても、実験台にされているのは名もなき庶民たち、市井の者たちなのだ。

彼らの死や犠牲は顧みられず、その成果だけが貴人たちに献上されている！

「……どうすれば、解毒薬をいただけるのですか……？」

恐怖にがたがた震え、涙を流しながら恋の宮が問う。

（そうだわ……恋の宮さまは葡萄病みに罹っていなかったんだ）

ここにいる四人の中で、罹患済みなのは犬の宮と四季の宮のふたりだけだった。

つまり、火の宮と恋の宮は、解毒薬を飲んだとしても半分の確率で死ぬことになる。

火の宮は天狼の主としてこれまで葡萄病みの脅威から守られてきたが、それはあくまで自然界に存在する病からの脅威であって、意図的に盛られた〝毒〟の効果を天狼の神力で打ち消せるものなのかどうかまでは定かではなかった。

（だからといって、あきらめられるはずもない。半分の確率しかないとしても、今はとにかくそれに賭けて解毒薬を飲むしかないのだもの……！）

「もう一度いうが、この中には、三人の女を殺した真犯人がいる」

八雲の院はいった。

「あなたがたはその犯人を自分たちじしんで見つけねばならないのだよ。助かるためには真実を告白しなければならないのだ。火の宮、犬の宮、四季の宮、恋の宮。みな、それぞれが抱えている嘘や秘密があるはずだ。ひとり一つずつ、それを明らかにしていきなさい。重大な秘密の暴露と引き換えに、私は解毒薬を与えると約束する。犯人の正体が知れた時、女東宮となるにふさわしいのは誰なのか、それも、自ずと明らかになるだろう」

たちまち御簾がさげられ、八雲の院の姿はそのむこうに見えなくなった。

しばしのあいだ、口をきく者はいなかった。

死への恐怖。告白を強いられたことの重圧。たがいへの不信感。

八雲の院の仕掛けた罠によって、四人のあいだには、かつてない緊張感が生まれていた。

(――冷静にならなくては)

速まる胸の鼓動を意識しながら、火の宮は自分じしんにいいきかせる。

他の三人が何を考えているのかはわからないが、自分は少なくとも犯人ではないのだから、その点で葛藤する必要はない。重大な秘密と引き換えに解毒薬を手に入れられるのなら、そうすればいいだけの話だ。

だが、自分にそれほど重大な秘密などあっただろうか……？

「――院にお尋ねいたします。自分が殺人犯であることを告白した場合、院にはその者の処分をいかようになさるおつもりですか」

尋ねたのは四季の宮だった。

「そうだな……三人もの人間を冷酷に殺した罪は重けれど、仮にも内親王であれば、死罪をいいわたすことはできない。とはいえ、事実を明らかにした際、世に与える衝撃は相当なものになるであろうし、女東宮の冊立を考えなければそのような事件はそもそも起こらなかった――と糾弾されては、こちらとしても困ることになる。よって、大々的な処罰は控え、一定期間、宮廷の監視下に置いたのち、ひそかに内親王の身分を剝奪、京を追放して仏門に入らせるというのが妥当なところだろうと思う」

たしかに妥当な処置かもしれない、と火の宮は思った。

京を離れて尼になることと、この場での服毒死とを秤にかけたら、犯人も前者のほうが得策だと判断できるはずだ。自白の口を開かせやすくなる。

四季の宮はじっと考えこんでいる。

彼女の秘密――実は院の間諜である、という秘密の暴露は犬の宮と恋の宮を驚かせるのには十分だろうが、院にとってはわかりきった、価値のない情報だろう。解毒薬を手に入れるためには、四季の宮はそれ以外の秘密を院に打ち明けなくてはならないのだ。

あるいは、それが院にも隠していた殺人の告白となるのだろうか……？

犬の宮は額に汗を浮かべ、握りしめたじしんの拳をじっとみつめている。

恋の宮は真っ青な顔で震えるばかり。

三人のようすを見て、火の宮は決断した。

「どなたも名乗りをあげないのでしたら、わたしが一番手になりますわ」

他の三人がはっとしたように火の宮を見た。

まだ少し猶予がある、と院はいったが、毒の症状がいつ出てくるかはわからない。少しでも早く解毒薬を口にしなければいけないのだ。ぐずぐずしているヒマはない。

「火の宮か。いっておくが、なまなかな秘密では解毒薬を与えることはできないよ」

「わかっています」

火の宮は嫌悪の意をこめて御簾をにらんだ。

院の表情が火の宮にはまざまざと見える気がした。優雅な微笑を浮かべ、前例のない見世物を楽しむ世に倦んだ帝王の顔。悪趣味な院のこと、解毒薬と引き換えに、彼女たちの秘密を手に入れることにひそかな悦びを感じているにちがいない。

「それでは、あなたの秘密を教えてもらおう」

「――わたしは人を殺しました」

背後で三人が息を呑んだ。

御簾のむこうに短い沈黙が落ちる。

「つまり、三人を殺した犯人は自分だった――と自白すると？」

「そうではありません。わたしは、誓って、和歌の宮さまも、相模も、大夫の君も、殺してはいません。わたしが殺したのは、ひとりの男です。宇治の紀伊の守の邸で、わたしを襲おうとした男を刺し殺した――それがわたしの秘密です」

できる限り淡々とした口調で火の宮はいった。

「上洛前、滞在していた紀伊の守の邸で火事があったことは、院も宣旨の君の報告を聞いて、ご存じのことと思います。宣旨の君はいまだに知りませんが、本当のところ、それは、刺客による放火ではなかったのです。その男の死体を始末するために、わたしが自ら邸に火を放ったのです……」

貴の宮や映の宮を殺人の罪に巻きこまぬよう、情報を頭の中で素早く取捨選択し、巧みに辻褄をあわせながら、火の宮は宇治の邸で起こったことを話した。

「……そうして、わたしは、護身用の小刀をその男の腹に突き刺したのです。引き抜くと、大量の血が腹から噴き出して……男はうずくまり、そのまま、動かなくなりました」

「絶命した――と。たしかに、あなたがその手で男を刺し殺したのだな」

「はい」

「その時のきもちは？」

「きもち?」

「人を殺したきもちはどんなものだったか?」

火の宮は考えた。

――あの時のきもち。

恐怖と混乱。怒りと憎しみの記憶が生々しく胸によみがえる。だが、今思い出しても後悔はなかった。みじんも。あの場に戻されたら、自分は迷うことなく同じ決断をするだろう、と思えた。あの男の腹に再び小刀を突き立てるだろう。あの男は貴の宮を傷つけ、犯そうとしただけでなく、卑劣にも彼女を人質にとって逃げようとしたのだから。

「男の血を浴びた時、人の血は湯のように温かいと思いましたわ」

火の宮の言葉に、御簾のむこうで八雲の院はかすかな笑い声をたてた。

「――宣旨から受けた報告では、紀伊の守の邸の火事での死者は、たしか、ふたりいたと記憶している。男の他にもうひとり、若い女房も焼け死んだのではなかったか? だとすると、火の宮、あなたが殺したのはその男だけではないね。無関係な、罪もない女房の命をあなたは奪ったことになる」

火の宮は唇を嚙み、内心の動揺が顔に出ないよう懸命にこらえた。

――那智(なち)が斬り殺したあの若い女房。

「……院のおっしゃる通りです。訂正します。わたしはふたりの人間を殺しました」

「二つの殺人の告白。たしかに、これは、決して口外できない秘密だな」

蝙蝠扇がぱちりと鳴らされる。

「合格だ。——彼女に解毒薬を与えよ」

男の童のひとりが立ちあがり、火の宮のもとへ小瓶の一つを運んでくる。

火の宮は息を吐いた。

いつのまにか、手のひらにびっしょりと汗をかいていた。

「解毒薬を口にするのは、少しまちなさい、火の宮。手のひらでしばし小瓶を温め、よくふって、沈殿物を混ぜてから服用したほうが効き目が高いとされているのだ」

院からの助言に、火の宮は素直に従った。

「さて、次に秘密を暴露するのは誰か？」

「——わたくしが」

四季の宮が口を開いた。

「秘密を告白いたします」

覚悟を決めたらしい表情で、怯えたようすはなかった。怯えていたのは、四季の宮の隣に座る恋の宮のほうだった。四季の宮が自分との性的関係を暴露するかもしれないと考えたのだろう。恋の宮の顔は紙のように白く、身体の震えはいっそうひどくなった。

四季の宮は大きく息を吸いこみ、口をひらいた。

「最初に——これは、院ではなく、いまだわたくしの正体をご存じないみなさまにむけて告白をさせてください。わたくし、四季の宮は、女東宮候補ではありません。四季の宮、という名前も偽りです。わたくしは他の四人の女東宮候補の情報や素顔を探るため、院の命令を受けて、間諜（スパイ）としてこの雷光殿へ入った者です。裏切り者です」

犬の宮が驚きに目をみひらく。

火の宮もとっさにその反応に倣（なら）った。

——すでに知っていた秘密だが、八雲の院にそのことを悟られては、四季の宮にとっての不利益になるかもしれないと思ったからだった。

「犬の宮も、火の宮も、これまで、四季の宮の正体には気づかなかったか？」

「正体？　もちろん、気づきませんでしたわ。偽者の候補者が紛（まぎ）れこんでいることなど、どうしてわたしどもに見抜けましょう？」

犬の宮がうろたえる。

「まして、それが院の間諜（スパイ）などとは！　……ただ……」

「ただ？」

「四季の宮さまの行動に、違和感を覚えたことは、時々ありましたわ。その……不自然に身体的接触をされることが、一度ならずあったので……」

気まずそうにいって、四季の宮を見る。

「それに、四季の宮さまが恋の宮さまのお部屋を頻繁に訪ねているらしい、という噂も女の童から聞いておりました。女東宮候補としてはあまりに軽率な行動ではないか、と思いましたが、世の中にはそういう女性もいるでしょうし、四季の宮さまも、つまりは奔放な方なのだろう、と……そんなふうに考えて、自分を納得させていたのです」

（そういえば、犬の宮付きの女の童は、恋の宮さまのところの女の童と姉妹だとおっしゃっていたっけ……人の口に戸は立てられないものね）

天狼の主であることに警戒したのか、四季の宮が火の宮に誘惑を仕掛けてくることはなかったが、彼女は他の三人にはそれを試みていたようだった。

むろん、それは性的な欲望ゆえではなく、候補者たちの資質を見極めよ、という院の命令を忠実に実行したからだ。そして、その罠にまんまと落ちたのが恋の宮だった。

『他の三人は、その資格にも資質にも欠けている方々ばかり、東宮の座にふさわしいのは火の宮さまだけだ……』

生前の和歌の宮がそうこぼしていた、という相模の言葉を思い出す。

おそらく、あれも、四季の宮からの誘惑や、彼女と恋の宮との関係に和歌の宮が薄々気づいていたことから発せられたものだったのだろう。

「あなたがたを騙していた詫びに、私からも四季の宮の秘密を一つ暴露してあげよう」

八雲の院がいった。

「先ほど、四季の宮という名前も偽り、と当人が告白していたが、その通りだ。昨年、世間から忘れ去られたままにひっそりと死んでいったひとりの皇女がいた。その皇女の出自を利用し、私が四季の宮という内親王を作りあげたのだよ。では、今、あなたがたの前にいるこの人間は誰なのか？　教えてあげよう。彼女——いや、彼の本当の正体は式部卿の宮という。彼は私の年若な異母弟、その身分は内親王ではなく、親王だ」

思いがけない院の暴露に、四季の宮をのぞく三人はあぜんとなった。

（内親王ではなく、親王！　四季の宮さまの正体は男だったの……!?）

「恋の宮」

院に呼ばれて、びくりとその人が肩をすくめる。

「あなただけは、四季の宮が男であることに気づいていたはずだな。なにせ、彼と肌をあわせていたのだから」

「い、院。わ、わたくしは……！」

「今さら隠し立てをする必要はない。あなたとの関係は彼から聞いてすべて知っている」

「は、はじめは、むろん、女性だと思っておりました。わたくし、四季の宮さまのように、美しく、おやさしく、魅惑的な女性にお会いしたのは、初めてだったのです。その方から嬉しいお言葉をささやかれて、夢か、うつつか、わからぬままに、気づけばそのような間柄になっておりました……四季の宮さまが、与えくださるものは、何もかも、心地よく、甘い毒のようで……愚かなわたくしは、抗うことができなかったのですわ……」

震える恋の宮の目からは涙がこぼれてとまらなかった。

「そのことを責めているのではない。四季の宮が男である事実を、あなただけは知っていただろうと聞いているのだ」

「は、はっきりとは、わかりませんでした」

「わからなかった？　何度もまぐわいを重ねていながら、わからぬはずがなかろう」

恋の宮の白い顔に、初めて、わずかな朱がさした。

「し、四季の宮さまは、閨の中でも、裸体をお見せになることはなかったのです……裸にされるのは、いつもわたくしだけで、四季の宮さまは、衣装を完全に解かれることはございませんでした。じょ、上半身をくつろげることはございましたが、そこから見える肌は白く、女のように柔らかく、また、袷からのぞく胸元には、お胸が……ひかえめながら、確かに、ふくらみがあると思われましたわ……何より、わたくしは破瓜の痛みを知りません。四季の宮さまは、いつも、やさしい指でわたくしを愛してくださいました。ですから、宮さまの性別がどちらか、いまも、はっきりとはわからないのです……！」

申し訳ありません、と叫ぶようにいって、恋の宮は平伏した。

「院。恋の宮さまのお言葉は嘘ではありません」

四季の宮――いや、式部卿の宮がいった。

「私は交わりの際に、できるだけ身体を隠しておりました。院もご存じの通り、七年前、葡萄病みに罹って以来、私の身体には思いがけない変化が起こりました。それを見られることを恥じたのです。病から回復するにつれて、肌は美しく、抜けるように白くなり、髪は艶を増すいっぽう、体毛は薄くなり、身体は丸みを帯びて……声質も、人相も変わりました。胸のふくらみも、生殖機能の衰えも、そうした病後の変化の一つです」

四季の宮はいいながら、自分の胸から腰にかけての曲線をなぞるように手を動かした。

火の宮はまじまじとその人をみつめた。

つやつやとした黒髪は鬘によるものなのだろう。名前も、性別も、存在も、彼の何もかもが嘘でできているのだ。だが、それを知って見てもなお、目の前のその人の臈たけた美しさに変わりはなかった。中性的な、両性具有的な神秘の美。

「恋の宮を処女のままにしておいたというのは、初めて聞く話だな、式部卿の宮」

八雲の院が冷ややかにいった。

女東宮にふさわしくない人間——快楽や、誘惑になびきやすい、危うい性質をもつ者をあぶり出し、候補から排除するため、院は異母弟に誘惑者となることを命じた。今の言葉からして、院は式部卿の宮に相手の処女を奪うことまでを指示していたのかもしれない。それは誘惑に負けた決定的な証拠となり、常処女であるべき女東宮の資格を剥奪することにもなるからだ。

だが、式部卿の宮は恋の宮に哀れみをかけたのか、良心の咎めを感じたのか、院の命令にひそかに反し、決定的な最後の一線までは越えずにいた……。

(異母弟に命じて処女を奪わせようなんて、院は女をなんだと思っているのよ)

八雲の院の傲慢さ、冷酷さ、残酷さに、火の宮は吐き気を覚えた。

「さて、式部卿の宮。あなたが正体を明かしたことは、彼女たちにとっては大いなる驚きだろうが、私にとってはそうではない。今の告白は重大な秘密には値しないぞ」

「承知しております、院。私が暴露するべき秘密は他にございます」

式部卿の宮はいった。

正体を明かしたゆえか、その口調は、それまでのたおやかなものいいから、凛とした青年らしいものへと変化していた。

「それでは、聞かせてもらおう。あなたの秘密とは何か?」

「私は、大斎院と通じております」

沈黙。

それまで時おり聞こえていた蝙蝠扇を鳴らす音も、衣擦れの音も、いっさいが聞こえなくなった。それは、式部卿の宮の告白を聞いた八雲の院の内心の驚きをそのまま示しているように火の宮には思えた。

「——通じている、とは?」

「女房に扮し、大斎院のそばへあがるよう、院は私に命じられましたね」

「そうだ。大斎院は男を厭うが、美しい女は好んでそばに置きたがる。ことに、あなたのような神秘的な美女は」

「ですが、大斎院は私が男であることを見抜かれたのです。葡萄病みに罹患し、生還した者の一部に、私のような身体的変化を迎える例があることを大斎院は知っていらしたようでした。私の身元を怪しみ、八雲の院の間者であると知った大斎院は、私を追い出す代わりに、今後は院ではなく自分のために働くよう、おっしゃいました」

「自分のためにとは？」

「院のおそばにはべり、誰と会い、何を話し、何を計画しているか、その動向をこと細かく報告せよ——と」

「それは、大斎院に対して、私があなたに命じたことと同じだな」

「はい」

「あなたは私の間諜であり、同時に大斎院の間諜にもなったわけか。……なぜ、大斎院の誘いを断らなかった？　あなたのことはそれなりに厚遇していたつもりでいたが」

「院のご寵愛は春の雪よりも儚いもの。今は厚遇していただいても、それがいつまで続くという保証もございませんゆえ。院も、大斎院も、私をいいように利用される。なので、私も、同じことをしたのです」

低い笑い声が響く。

「裏切りの告白か。――たしかに、大いなる秘密の暴露だな」

ぱちり、扇の閉じる音が鳴った。

「あなたの今後について、またあらためて考える必要ができたようだな、抜け目のない異母弟よ。だが、今はそれを問わぬことにしよう。……よろしい、あなたの秘密は受けとった。式部卿の宮に解毒薬を与えなさい」

男の童から解毒薬を受けとった式部卿の宮は、

「――恋の宮さま」

床に伏せたままでいた恋の宮に声をかけた。

恋の宮が涙に汚れたおもてをのろのろとあげる。

「あなたを騙し、弄んだことを謝罪します。詫びたところで、許されるとは思いませんが」

「四季の宮さま……」

「私への怒りも、抗議も、あなたが満足するまでお聞きする覚悟をもっています。それとは別に、あなたは、今、目の前にある危機を自分で乗りこえねばならないのだと認識してください。あなたは毒を飲んだ。今もその毒はあなたの身体を巡っている。一刻も早く解毒薬を手に入れなければいけないのです、恋の宮さま。そのためには、知っている秘密を打ち明けねばなりません」

「で、ですが……！」

「お聞きなさい。この四人の中で、毒の入った朝餉を最初に口にしたのは、恋の宮さま、あなたのはずです。第一便の船が運んできた食事は、火の宮さまと犬の宮さま、それから、私に仕える女の童が受けとった。ですが、恋の宮さま、そのあとに起こった騒ぎをあなたも覚えているでしょう。火の宮さまに配されるべきだった膳を紫苑の君が強引に奪い、恋の宮さまのものとしたのです。そのため、火の宮さまは第二便の船が運んでくる食事をまたねばならなかった。つまり、毒を口にする時間がずっと遅くなったのです。それと反対に、恋の宮さま、あなたは誰よりも早く毒入りの膳に手をつけることとなった」

　恋の宮のおもてに恐怖が走った。

「犬の宮さまに仕える女房は――たしか、千尋といいましたか――紫苑の君に朝餉の膳を奪われた仲良しの女の童に同情し、第二便の船の到着を友人とともにまったと聞いています。これは犬の宮さまの命令でもあったそうですから、犬の宮さまは、世話係の千尋が戻ってくるまでは朝餉に手をつけなかったでしょう。犬の宮さま、ちがいますか？」

　式部卿の宮に問われ、犬の宮はうなずいた。

「千尋は、火の宮さまのところへ玉君がぶじ膳を運ぶのを見届けてから、わたしのところへ戻ってきましたわ……わたしが箸をとったのは、そのあと。食事を口にしたのはたぶん火の宮さまと同じころでしょう」

「私もそうです。私のぶんの膳は早くに用意されていましたが、くだんの騒動のあと、火の宮さまに呼びとめられ、食事を終えたあとに話がある、といわれたのです。私の正体について火の宮さまは何か気づき、そのことを問い詰められるのだろう、と予測できたので、その対策を考えねばならず、朝餉に手をつけるのはだいぶ遅くなりました」

恋の宮を説得する式部卿の宮のせっぱつまった口調の意味を火の宮も理解した。

（つまり、ひとりだけ早く毒入りの朝餉を平らげた恋の宮さまには、毒の効き目も一番早く出るということだわ。加えて、彼女は葡萄病みにも罹患経験がない。解毒薬で助かる確率も二つに一つ。その解毒薬さえ彼女はまだ手に入れていないのだもの。この四人の中で、今、一番危険な状況に置かれているのが恋の宮さまなんだ……）

恋の宮もようやく事態を把握したようだった。

「いやですわ、いやです。怖い……わたくしが最初に死ぬなんて、いや……！　お助けください、四季の宮さま。お慈悲ですわ……わたくし、死にたくありませんわ……！」

式部卿の宮にすがりつき、子どものように泣きだした。

冷静に八雲の院が尋ねる。

「そなたに秘密はあるのか、恋の宮？」

「式部卿の宮との関係は、すでに私の知るところになっていた。それは秘密と呼ぶには値しない。それ以外の重大な秘密をそなたは何かもっているのか」

「もっていますわ……！」

投げ出すように恋の宮はいった。

「毒で死ぬのは怖い……い、いやですわ……毒で苦しんで死ぬくらいなら、あ、あの秘密を打ち明けます。あの秘密を暴露して、ひどい折檻を受けるほうがましですもの……！」

「折檻？　内親王であるあなたに誰が折檻などするというのだ」

「わ、わたくしのご主人ですわ……」

「主人？」

「紫苑の君です……」

恋の宮はしゃくりあげた。

「わたくしのご主人は、紫苑の君です……いいえ、それは、本当はわたくしの名前なのです。わ、わたくしは恋の宮さまではありません。わたくしはただの女房、紫苑です。紫苑の君と呼んでいる方が、本物の恋の宮さまなのです。わたくしの主人であり、三品の位をもつ、本物の内親王なのです……！」

（紫苑の君と呼んでいたあの女房が、本物の恋の宮さまだった……⁉）

思いもよらない告白に、火の宮は言葉をなくした。

痩せた身体に不似合いな、派手な強衣装を着こんだその人の姿がよみがえる。

醜さと、刺々しさと、強烈な傲慢さ。世の中すべてが敵であるかのように攻撃的な姿勢を見せていた紫苑の君。誰に対しても支配的で、他人を見るその目は猜疑心でいっぱいだった。いばりちらす紫苑の君と、それに黙って従う恋の宮を見て、まるで主従が逆転しているようなふたりだと思ったが、あの時の印象は間違ってはいなかったのだ。

「――高位の内親王にもかかわらず、これまで、恋の宮に関する情報は奇妙なほど少なかった。親しい友人、親戚、仕える者たちの声もほとんど聞こえてこなかった」

八雲の院がつぶやく。

「それは、恋の宮が生まれつき病弱な体質で、長く洛外の山荘で暮らし、ほとんど人交わりをしてこなかったためだと聞いていたが……そのわりに実際、目にした彼女は健康そうであったため、何やらちぐはぐな印象を受けていたのだ。が、今の告白を聞いて、合点がいった。……なるほど、末摘花か。人並み外れて醜い容姿が人の噂にならぬよう、長く人目を避けて暮らしてきたのだな。恋の宮の素顔を知る者は少ないゆえ、女房と入れ替わっても、それを見破られることはないだろうと踏んだわけだ」

「い、院を謀り申しあげたこと、心からお詫び申しあげます。まことに、まことに申し訳ございません……！」

「それよりも、恋の宮はなぜ女房を身代わりに立てようなどと考えたのだ」

「こ、恋の宮さまは、八雲の院をご警戒申しあげておりましたゆえ……」

「警戒？」

「い、院だけではありません。大斎院のことも、恋の宮さまはお疑いになられていたのです。女東宮の候補にあげられた内親王が、宮様じしんを含め、捨て宮、落ち宮などと呼ばれる方々ばかりであったことから、ご神託そのものに、ふ、不信感を抱かれたのです……自分たちは、お二方にいいように利用されるために集められた、贄のようなものなのではないか、と恋の宮さまは疑われておりました。ひとりの女東宮を生み出すために、他の四人は、いわば人柱のような扱いをされるのではないか、と……」

小刻みに震える身体を必死に押さえつつ、紫苑の君は語る。

「その後、火の宮さまが襲われる事件を耳にされ、ますます警戒心を強められた宮さまは、用心のため、わたくしを替え玉に仕立てて、春秋院へ入ることをお決めになられたのです。もちろん、候補を辞退することもできました……ですが、恋の宮さまは女東宮になられることを望んでいらしたのです……う、生まれつきのご病気で、お身体に不自由を抱えていらっしゃいましたが、恋の宮さまは、とびきり優秀な頭脳をおもちです。それが、お身体やご容姿の難ゆえに、世間から隠され、息をひそめるようにして暮らさねばならないことを、ずっと恨んでいらっしゃいました。ですから、その境遇を脱出できる好機を見逃すことはなさらなかったのです。東宮位争いに勝ち抜き、偽者のわたくしを女東宮の座に据え、決定を覆すことのできない状況になるのをまって、自分の正体を明かすという計画を立てられました。これは、長く自分を顧みず、虐げてきた世界への復讐なのだ、と……」

汗と涙にまみれ、おののきながら事情を明かす紫苑の君の話を聞きながら、

「ふふふ……」

自分の口から、知らず、と笑い声がこぼれたことに、火の宮じしんも驚いた。

その場にいた全員がびっくりしたように彼女を見る。

「何がおかしいのだ、火の宮？」

「――申し訳ありません」

火の宮は謝ったが、それは八雲の院ではなく、紫苑の君へむけたものだった。

「ごめんなさい、嘲笑ったのではありません。わたし、あっぱれ、と思ったのです。恋の宮さまの聡明さ、そのご慧眼に感心したのです」

「慧眼？」

「そうですわ。だって、結局、何もかもが恋の宮さまのご懸念通りだったではありませんか！　森羅殿に入れば、女装の貴公子が忍びこんできて処女を狙われる。雷光殿に入れば、候補者のひとりとその女房が縊り殺される。朝餉を食べれば毒を盛られる。警戒心を抱き、誰にも心を開かず、敵意の棘でじしんを守っていた恋の宮さまこそが正解だったのではありませんか？　現に、紫苑の君という替え玉を使ったことで、本物の恋の宮さまは毒を口にすることもなく、今もひとり、身の安全を保っておられるのですもの」

権謀術数の渦巻く春秋院。

誰もが仮面をつけ、偽りの笑顔を貼りつけて優雅にふるまう虚構の舞台。

そんな場所では、どれだけ周囲を警戒しても、警戒しすぎるということはなかったのだ。

八雲の院の言動を徹底的に疑い、信じなかった恋の宮の姿勢こそが正しく、無防備に毒を口にした自分たちのほうが愚かだったのだ。

「今の紫苑の君の告白を聞かれるまで、院も恋の宮さまの嘘には気づいていらっしゃらなかったのでしょう。恋の宮さまは、まこと、三品の位にふさわしい聡明さを備えていらっしゃる方だと思います。わたしが院の立場でしたら、恋の宮さまを称えこそすれ、咎めたりはしませんわ。院が作りあげられた偽者の四季の宮さまに、恋の宮さまもじしんの偽者で対抗した、それだけのことだったのですから」

恋の宮が四季の宮の正体にどこまで気づいていたのかは不明だった。

肌をあわせていた紫苑の君ですら、彼が男であることに気づいていなかったのだから、恋の宮もそのことは知らなかっただろう。だが、持ち前の洞察力から四季の宮の行動を疑い、院の手先なのではないかと疑っていたのかもしれない。

自分の偽者である紫苑の君が処女を奪われようが、女同士の快楽に溺れていようが、彼女にとってはなんの痛手もないことである。

ふたりの関係が明らかになった時、みだらな誘惑を仕掛けてきたのはあちらのほうだった、と証言すれば、四季の宮を候補の座からひきずりおろす材料になる。そう考え、恋の宮はふたりの関係を放置していたのかもしれない。

「――この件については、恋の宮とじっくり話す必要があるようだな。いや、偽者のそなたのことではない、本物の恋の宮のほうだ」

怯えた顔をあげた紫苑の君へ、八雲の院がいった。

「だが、今はとりあえずその問題はおいておこう。先にやるべき仕事を片づけねばならぬ。……紫苑の君へ解毒薬を渡しなさい。彼女の秘密は受けとった」

震える手で解毒薬を受けとった紫苑の君は、すぐに蓋(ふた)を開けようとして、式部卿の宮に制せられた。中身が温まるまでまたねばならないといった先ほどの院の説明も、動揺した彼女の頭からはすっかり吹き飛んでいるのだろう。同様に、階下で待機している恋の宮から、こののち、秘密を明かした罰で手ひどい折檻を受けることになるだろうことも、今の彼女は完全に忘れてしまっているようだった。

火の宮は自分の手の中の小瓶をみつめた。そろそろ、最初に解毒薬を受けとった自分がこれを口にしてもよい頃合いになっているのかもしれない。

三つの解毒薬と三つの秘密。

八雲の院の宣言通り、自分たち三人は秘密を明け渡し、仮面を外された。

(だけど、まだ、ひとり、秘密を抱えたままの人がいる)

「あなたが最後だ、犬の宮」

八雲の院の言葉に、犬の宮はぴくり、伏せていた睫毛を動かした。

「時間はじゅうぶんに与えたはずだ。そろそろ秘密を明かす心の準備ができたのでは？

答えなさい。和歌の宮と相模と大夫——三人を殺したのは、犬の宮、あなたなのか」

犬の宮は答えない。その額には玉のような汗がびっしりと浮かんでいた。

「——犬の宮さま……」

火の宮の呼びかけに、犬の宮がわずかに顔をあげる。

目があった。その目を、その奥に守られた秘密を探るように、火の宮は彼女をみつめた。

院の言葉を否定せず、弁解もせず、ただ、口をつぐみ続ける犬の宮。

つまり、それが、答えなのではないか。

三人を殺したのは自分だと、彼女は沈黙をもって肯定しているのではないか。

（犬の宮さまが犯人だったの……）

この明るく、聡明な友人が、刺客の女に自分を襲わせ、和歌の宮と相模のふたりを縊り
殺し、大夫の君に毒を盛って殺害したのか——。

なぜ？　彼女の胸に女東宮への並々ならぬ野心があったことは知っている。だが、その
ことと女たちを殺したこととはまったくつながらない。

彼女はなぜ相模を、大夫の君を殺す必要があったのか。

だが、今はそれを問いただすよりも、先にしなければならないことがあった。

「犬の宮さま。罪を告白してください。どうか、千尋のことを考えられて」

その名前に、犬の宮がはっと目をみひらいた。

「このまま、黙って死ぬことを選ばれるのですか？　毒が身体に回るのに任せ、生きることをあきらめられるのですか？　あなたを心から慕っている千尋に、ご自分の最期を看取らせるのですか？　それはあまりに残酷ではありませんか？」

「火の宮さま……」

「院は、身分の剝奪と出家を条件に、罪を許してくださるとおっしゃったのですよ。むざむざ死ぬ必要はないのだわ。死んだところであなたが殺した三人が生き返るわけではないのだもの……死ぬなんて、あなたらしくもない、愚かな選択だわ。どうか、解毒薬を飲まれてください、犬の宮さま。尼になり、殺した三人の菩提を弔い、罪を悔いあらためて、静かに生涯を終えられればいいではありませんか」

「あなたは、わたしに、生きろ、とおっしゃるのね……火の宮さま」

犬の宮は苦しそうに火の宮を見る。

「秘密を暴露する苦痛に耐えても、生きろ――と」

「そうですわ。その程度の苦しみがなんだというのです。わたしもふたりの人間を殺したことを打ち明けましたわ」

「そう、あなたはそうされた……。だけど、わたしにはできない。わたしにはできないのですわ」

「なぜ⁉」

顔を両手で覆(おお)い、犬の宮はいやいやと首をふる。

その手を強く握りしめ、火の宮は辛抱(しんぼう)強く説得を続けた。

「犬の宮さまがこのような形で亡くなられたら、忠実な千尋がそのまま生きながらえると思われますか？　あの子はきっと、あなたの後を追うわ。それに、犬の宮さまのお母さまだって……苦労の末に育てられたただひとりの娘御(むすめご)を亡くされて、お母さまは残りの人生をどのように送られると思うのです？」

「お母さま……」

「考え直されて。ご自分を簡単に投げ出されないで。生きてさえいれば、なんとでもなるわ。あなたを愛する人たちのためにも、あなたは生きねばならないのよ、犬の宮さま！」

「——犬の宮」

八雲の院がいった。

「院……」

「これが最後だ。もう一度だけ尋ねるゆえ、答えなさい」

「……はい……」

「あなたは、三人の女を殺したのか？」

犬の宮は固く目をつむり、血がにじむほど強く唇を噛みしめていたが、ややあって決意したように口を開いた。

「ちがいます」

火の宮は思わず小さな声をあげた。

（ちがう⁉）

「一連の事件の犯人は自分ではない――というのだな？」

「はい」

「それならば、なぜそのようにあなたは苦しんでいるのだ」

「他の秘密があるからです。火の宮さまと同じく、わたしも、今回の事件とは別に殺人の秘密を胸に抱えているのです……それを口にするのは、わたしにとって、毒を仰ぐよりも苦しいことなのです……生涯、誰にも明かさぬつもりでいたのですもの……」

「別の殺人の秘密というのは？　あなたは誰を殺したのだ」

「……」

「答えよ、犬の宮！」

「殺したのは――わたしではありません」

犬の宮の頰に一筋の涙が流れる。

「母です……母が殺したのです。わたしは告白します。母の罪を……母の秘密を。母が、ふたりを殺したのです。夫を――東宮であったわたしの父を――そして、自分の姉を手にかけたのです……ああ、お母さま……可哀想なお母さま……！」

二　雨に隠れて

先々帝の代の東宮だった犬の宮の父。

その妃のひとりだった犬の宮の母には、若くして未亡人となった美しい姉がいた。

東宮は彼女を強引に後宮へ召し、寵愛し、ふたりの男子を産ませた。数年後には、彼女の妹妃にも娘が生まれた。それが犬の宮だった。

半年後、東宮は急死し、ふたりの男子を産んだ姉も亡くなった――。

（知らなかった……犬の宮さまのお生まれに、そんな複雑な背景があったなんて）

「母親が夫と姉を殺した」という彼女の告白に衝撃をうけたものの、犬の宮の家族について詳しく知らなかった火の宮には、それ以上の理解が進まなかった。そんな火の宮に、犬の宮の出自について簡潔に教えてくれたのは式部卿の宮だった。

妹の夫である東宮に寵愛を受けた未亡人の姉――その人の産んだ男子が源翔とその兄であること。姉妹に手をつけ、そのどちらにも子を産ませるという弟東宮の醜聞を疎んじた先々帝の処置により、兄は幼くして仏門に入り、弟の翔は源氏の姓を賜ったこと。

いっぽう、女王であった犬の宮は御位揚げの措置により、内親王となったこと。

母親が姉妹である犬の宮と翔は、いとこ同士であり、同時に、父を同じくする異母兄妹でもあったのだ。

「式部卿の宮」

しばし沈黙を保っていた八雲の院が口を開いた。

「はい」

「あなたは今の話をどう思う」

式部卿の宮は少し迷ったようすを見せたあと、慎重にいった。

「――噂を聞いたことは、ございました」

「噂とは」

「くだんの東宮は幼少期より奇矯なふるまいが多く、精神的な問題を抱えておられたものの、お身体はいたって頑健であられ、急死なさるような疾患はおもちでなかった……と。それが、ある日、突然、身罷られたのはやはり異常であると……伝え聞く最後のお苦しみようから推すに、あるいは、毒の類をお口にされたのではないか、と……」

「毒を盛ったのは誰かという噂もあったのではなかったか」

「……東宮の亡くなる前日、夜のお召しを受けたのは、更衣さま——犬の宮さまの母君であったとは聞いております」

ひかえめに答える。

年齢からして、式部卿の宮が当時のあれこれを直接見聞きしていたわけではないだろう。世代のちがう親王の耳にも入るほど、その噂は宮中に根強くはびこっていたということになれば、当然、彼よりもはるかに年上の八雲の院が知らなかったはずはない。

(犬の宮さまの衝撃の告白は、もしかして、院にとっては既知の事実だったの……?)

そう考え、火の宮は気づく。

八雲の院がそうであるなら、当時の帝はなおさら事態のすべてを把握していたはずだ。急死した東宮の死因を当時の医師たちが調べないはずがなく、それが服毒死であったなら、前日、東宮の寝所にはべった犬の宮の母にも、当然、疑いの目がむけられたはずだ。

にもかかわらず、先々帝は、更衣に処罰を下すどころか、その娘である犬の宮を御位揚げの特例によって、内親王へと昇格させているのだ。同じ東宮の子である翔とその兄は、皇族の列から離脱させられているというのに。

精神的な問題を抱え、奇矯なふるまいの多かったという東宮。

この弟を次代の玉座にあげることを憂慮していた帝は、犬の宮の母の犯行を内心では歓迎し、東宮の死に関する一連の報告を黙殺したのか。

あるいは。

更衣に犯行を命じた、あるいは教唆した人物こそが、帝だったという可能性もある――。

「犬の宮。あなたの伯母の死は、病死だったと聞いているが」

八雲の院の言葉に、犬の宮は力なくうなずいた。

「伯母は、東宮の訃報を知らされたあと、床につかれ……日に日に衰弱していき、そのまま回復されることなく、一月も経たずに亡くなったそうです」

「それが、実はあなたの母のしわざだった、と?」

「毒を……少量の毒を、伯母の飲む薬に混ぜた、と。いいえ、母から聞いたのではありません。母はわたしがその秘密を知っていることを知りません……今も知らないのです……その秘密は、数年前に死んだある女房が、わたしに教えてくれたのです……」

犬の宮は頬の涙を拭った。

「伯母の薬に毒を混ぜるよう、母から命じられたのがその女房でした。女房いわく、当初は毒とは知らず、単に二種類の薬を混ぜ合わせているだけと思っていたそうです。でも、日ごとに弱っていく伯母を見て、その伯母をみつめる母の冷たい表情を見て、事実に気づいたのだ、と。女房は、ある時、伯母の飲み残した薬を池の魚に与えてみたそうですわ。翌日、白い腹を上にして、魚は池に浮かんでいたそうです……」

その女房は、すぐさま母の病を理由に里へさがり、それ以上、主人の罪に加担することはなかったが、長年、その秘密を胸に抱えて苦しんできたという。それを、臨終の際の告白として、彼女を見舞った犬の宮が聞くことになったのだった。

確執。愛憎。ねじれた姉妹の関係。

おたがい、望んでそうなったわけではないはずだった。

寡黙で、内省的で、動物たちを慈しむことで心の孤独を埋めていた、と犬の宮がじしんの母について語っていたことを火の宮は思い出す。親の決定に従い、妃となったものの、生来、華やかな後宮にあこがれる性格ではなかったのだろう。

いっぽうの姉にしても、東宮から深い寵愛を受け、ふたりの男子を産んでもなお、最後まで正式な妃にはならなかったのは、自分の境遇を恥じ、苦しみ、妹への罪悪感を抱き続けていたからなのかもしれない。

姉妹ふたりとも、東宮の身勝手な欲望と執着にふりまわされた犠牲者だったといえなくもないのだ。

「──この雷光殿は、春秋の池と小櫛の森に守られた、一種の異界。世の常識からも、慣例からも、禁忌からも外れた場所にある」

八雲の院はいった。

「犬の宮。東宮殺しの大逆を公にすれば、単にあなたの母の罪を問うだけではおさまらず、本朝の歴史にも大いなる瑕疵と汚点を残すことになる。東宮が妃のひとりに弑されるなど、ありうべからざること。先々帝もそのようにお考えあそばし、深い懊悩と熟慮の末に、東宮の死の真相にはお目をつむられることにしたのであろう。私も先々帝の聖断に倣い、いっさいを不問に付すといわざるをえない」

犬の宮が涙に濡れた目をみひらく。

「秘密はもう一度あなたの胸に納め、その扉に固く鍵をかけておくがいい。再びとり出してさらすことはあいならぬぞ」

「……はい……」

「みなも、今、耳にした話はすみやかに忘れるように」

厳しく命じられ、紫苑の君は急ぎうなずき、式部卿の宮は目を伏せた。

火の宮だけは、御簾のむこうの八雲の院をにらみつけていた。

口にするだけで血を吐くような苦しみに襲われる秘密を、死の恐怖で脅し、むりやり犬の宮に暴露させたのは自分ではないか。

（先々帝の聖断？　懊悩と熟慮？　犬の宮さまのお母さまひとりにすべての責任を負わせているけれど、それは事実なの？　手を焼かせる弟宮の始末を計画し、依頼し、その罪に加担したのは先々帝だったのではないの？　だからこそ、処罰するどころか、その娘である犬の宮さまを内親王に昇格させ、その悪事の報酬として口止めしたのではないの？）

だが、真相だったとしても、それが明かされる日は決してこないだろう……。

「犬の宮に解毒薬を与えなさい」

男の童に渡された小瓶を犬の宮はぼんやりみつめている。

今の告白で気力を使い果たし、何も考えられなくなっているようだった。

「……これで、全員が解毒薬を手にいたしましたね」

空の懸盤を見て、式部卿の宮がつぶやいた。

四人はそれぞれ秘密を暴露したが、その中に、くだんの殺人の告白はなかった。

いまだ事件の犯人は不明のままなのである。

「ふむ。残念ながら、私のもくろみは外れたようだな」

かすかな笑いを含んだ声で八雲の院がいう。

「和歌の宮殺しの犯人を見つけるには、またちがう方法を考えねばならなくなった。が、東宮の選考という点でいえば、今の試みは非常に有意義なものだった。とり繕った仮面が外れ、それぞれの素顔が見えたのでね。火の宮、犬の宮、恋の宮……東宮決定の内示を与えるまでには、もうしばし時を要する。各自、部屋に戻って、それをまちなさい」

「も、もう、解毒薬を飲んでもよいのでしょうか……!?」

恐る恐る尋ねたのは紫苑の君だった。

「よい。もっとも、毒の効き目が出るにはまだ猶予があるゆえ、そう焦る必要もないが」

院の言葉はせっぱつまった紫苑の君には届かなかったようである。木蓋をむしるようにとって捨てると、中身を一気に飲み干し、激しくむせた。

「陛下では、そなたの主人がこの集まりの内容はなんであったのかと知りたがり、そなたの帰りをじりじりしながらまっているであろうな、紫苑の君」

八雲の院に揶揄され、紫苑の君の顔に怯えが走った。

彼女が主従入れ替わりの秘密をバラしたと知ったとき、恋の宮の激高がいかほどのものになるか、容易に想像がついたのだろう。

（陛下では、じりじりしながらわたしたちの帰りをまっている……）

その時、火の宮は恐ろしいことに気がついた。

「――院！」

思わず、大声でその人を呼んだ。

「どうしたのだ、火の宮。ただならぬ形相ではないか」

「お答えください、院！　毒は――朝餉に入れた毒は、わたしたち四人にだけ盛られたのですよね？　東宮候補であるわたしたち四人だけですよね。まさかわたしとともに朝餉の膳を並べた弟の映の宮が毒を口にしたなどということはないのですよね……!?」

「――ああ」

ぱちん、と蝙蝠扇を閉じる音。

「今になって気づいたのだな」

「院!!」

「火の宮と映の宮。あなたがたふたりは固い絆と愛情でつながれているのだろう？　言葉を介さずとも心が通いあうほど、不安も危険も天狼も共有しているふたりであるならば、運命もともにすべきだと思ってね……同じ量の毒を二つの膳に盛ったのだよ」

　火の宮は震えだし、手にしている小瓶をとり落としそうになった。

（なんてこと。映の宮も毒を飲まされているなんて……！）

「解毒薬をください！　映の宮のぶんの解毒薬を……！」

「解毒薬は一つの秘密につき一つ与えるという条件だったはずだ。映の宮にそれがあるのならば聞いてもよい。あなたの過去の殺人の秘密――式部卿の宮の裏切りの秘密――恋の宮と紫苑の君の入れ替わりの秘密――犬の宮の母の秘密に匹敵するほどの秘密を彼が暴露できるというのならば」

　そんなものがあるはずはなかった。宇治の夜の殺人――あの男の息の根を止めたのは、本当は映の宮だったが、それは火の宮が先ほど自分の罪として告白してしまったのだ。

「それから、このことも伝えておいたほうがよいだろう。森羅殿に残っているあなたの妹の貴の宮だが、彼女は現在、重篤な状態にある。昨日、大夫の君が殺された場に貴の宮もおり、毒入りの蜂蜜を口にしてしまったのだそうだ」

「な……」

（貴の宮が重体⁉）

「今日の昼にいったん意識が戻り、体調も戻りかけたそうだが、その後、高熱を発し、再び意識をうしなったとのことだった。後宮の騒ぎをおさめるためにも、中宮付きの侍医を特別にさしむけ、治療にあたらせているが、回復の目途は立っていないという」

「貴の宮が毒に倒れたのは昨日のことなのでしょう？　そのことも、一度は回復したことも、なぜ何もかも今まで伏せていらしたのです⁉」

――射殺された那智の鷹。

那智からの文には、貴の宮の事件や病状の詳細が記してあったにちがいなかった。

「妹が死に瀕していると知っては、平静ではいられないだろう。最後の試みに参加するどころではなく、させたところで、著しく平常心を欠いた行動をとるのは目に見えている。それでは、東宮選定の公正な材料にはならない。そのため、伏せておいたのだよ」

火の宮は燃えるような怒りで目裏が赤く染まるのを感じた。

「火の宮さま……！」

「殺してやる‼」

御簾を破って八雲の院につかみかかろうとする火の宮を式部卿の宮が羽交い締めにして止めた。ふたりの男の童がすばやく小刀をかまえ、御簾の前に立ちふさがる。

「選定に不都合だから伏せていたですって⁉　貴の宮に万が一のことがあった時、わたしと映の宮がどれほどそれを後悔することになるか！　何が上皇、何が治天の君よ！　他人の命や人生をなんだと思っているの‼　許せないわ！」

「お鎮まりを、火の宮さま！　どうか冷静になられて！」

「解毒薬をそのように無下に扱うものではないよ、火の宮。あなたにとっての命綱だ」

　火の宮の足元に転がる小瓶を見て、八雲の院はいった。

「あるいは、映の宮の。解毒薬に名前はない。双子のどちらが飲んでもかまわないのだ」

「院……‼」

「式部卿の宮のいう通りだ。冷静になりなさい、火の宮。毒を盛った膳は五つ、ゆえに、解毒薬も五つある。死んだ和歌の宮のために用意していたものがね。つまり、五つ目の解毒薬を手に入れる方法はあるのだよ。聞いているか？　あなたにはやることがある。弟を助けるために、新たな秘密を手に入れるのだ。暴かれなかった秘密、五つ目の秘密、三人の女を殺した犯人の秘密を。それを手に入れるのと引き換えに、あなたは最後の解毒薬を得ることができるだろう」

　そこからのことはおぼろげだった。

　羽交い締めにされながら、なおも暴れ、もがき、大声で院を罵った覚えはある。

そのあとの記憶の空白は、あまりの怒りと興奮で、つかのま、意識をうしなっていたせいかもしれなかった。

気がつくと、畳の部屋に残されていたのは、ふたりだけだった。

横たわる自分を式部卿の宮が近い距離からのぞきこんでいる。

「大丈夫ですか、火の宮さま」

唇に濡れた感触があった。そばには提子が置いてあり、床がところどころ濡れている。

水を飲んだ記憶はなかったが、喉は潤っていた。失神した火の宮の気つけに、式部卿の宮が飲ませてくれたのだろう。火の宮はのろのろと身を起こし、うなずいた。

「ありがとう、四季の宮……いえ、式部卿の宮さま。そして……ごめんなさい」

式部卿の宮の髪も衣装も嵐に遭ったように乱れ、顔にはひっかき傷ができている。

「男の力でも、あなたを制するのには苦労しました。かほどに力強い姫宮は初めてです」

「そうでしょ。馬さえ乗りこなす田舎育ちのおてんばなのですもの。あなたが止めなかったら、わたし、本当に御簾をひき破って、八雲の院を殴りつけてやったのに」

「ならば、止められてよかったですよ」

式部卿の宮は微笑んだ。乱れた火の宮の髪をやさしく指で梳き、整える。

「――解毒薬をお飲みなさい、火の宮さま」

「式部卿の宮さま……」

「弟宮を想うあなたの気持ちはわかります。自分だけが助かろうとすることに大きな抵抗を覚えるのも。ですが、院は、事件の犯人をみつけることができたら解毒薬を与えるとおおせになった。まだ希望はあるのです。そのためにも、まずはあなたが解毒薬を飲み、平常心と冷静な思考をとり戻さなければならないでしょう」

「……式部卿の宮さまは、もう解毒薬を飲まれたのですか」

「ええ。私も、犬の宮さまも、紫苑の君も」

火の宮はがらんとした部屋の中を見渡した。二人はもう階下へ戻っているらしい。

「ついでに申しあげると、私はまもなく雷光殿から追い出されます」

火の宮は、えっ、と小さく声をあげた。

「正体を明かしてしまった以上、間諜の役目はおしまいですからね。早々に雷光殿から立ち去るよう、命じられました。表面にはお出しになられていませんでしたが、大斎院と通じていたことを院はご不快に思われている。しばらくは院の殿上も許されないかもしれません。恐らく、院は、私の不審な動きに以前から薄々気づかれていたのでしょう」

「式部卿の宮さま……」

「なので、私はこれ以上、あなたに助言をすることも、手を貸すこともできないのです。弟宮を救うためにも、まずは解毒薬をお飲みなさい、火の宮さま。強者に一方的に利用されぬよう、私たちはヤママユにならねばならない。強くならねばならない。野生に置かれても生きられるたくましさと、食らうものを選ばぬ貪欲さを身につけねば――そう私に教えてくれたのは、あなただったはずだ」

　火の宮はじっと式部卿の宮のおもてをみつめた。

　先ほどまで、身体の中を火炎のように渦巻いていた怒りが、静まり、弱まり、一つ場所におさまっていくのを感じながら。

『怒りに主導権を奪われぬよう、あなたさまが制し、支配するのです』

（そうだわ……八雲の院への憎しみを募らせている場合じゃない。いつ毒の効き目が現れるかわからないんだもの。そんなことしているひまはないのよ。考えなくては）

　両目をつむり、考える。頭の中にさまざまな案がめまぐるしく現れては消えていく。

　映の宮。貴の宮。愛する人たちのために、自分は何ができるのか。

　長い長い沈黙のあと、火の宮は目を開き、式部卿の宮の手をぎゅっと握った。

「お願いです。協力してください、式部卿の宮さま」

「協力？」

「あなたはまもなく雷光殿を出られるのでしょう。その時の船に、弟の映の宮と、わたしの侍女の五百重を乗せてほしいのです。たぶん、東宮選定が終わるまで、外部の人間が雷光殿に入ることも、中にいる人間が出ていくことも禁じられているでしょうから」

　式部卿の宮が目をみひらく。

「出ていけるのは、院の命令を受けた式部卿の宮さま、あなただけだわ……あなたの船に、映の宮と五百重を内密に乗せ、ふたりを森羅殿まで送り届けてほしいのです」

「しかし、なんのためにです？」

「五百重は薬作りの名人なんです。病にも毒にも広く深く通じているのですわ。五百重の治療を受ければ、貴の宮の病状も回復するかもしれない。それに、映の宮だって解毒薬を手に入れるまで、手をこまねいてまっているより、毒消しの治療を施したほうが助かる可能性は高くなるでしょう？　でも、ここでは必要な材料が手に入らない。五百重が能力を発揮できないのです。だから、ふたりを森羅殿へ送ってほしいのです！」

（森羅殿には那智と宣旨がいる）

有能なふたりならば、高価で希少な薬草を可能な限りの速さで調達してくれるはずだ。金を使い、人を遣い、知恵を使って、今の危機を脱するためにあがかなくては。

「──わかりました。協力しましょう」

火の宮は安堵の息をついた。

「ありがとうございます、式部卿の宮さま……！」

「水手の男の童たちのことは知っているので、買収できると思います。侍女は荷物を運ぶ長櫃の中へ隠し、映の宮どのは男の童のひとりと入れ替わってもらいましょう。あまり時間がありません。私からの遣いがきたら、すぐに出発できるよう、ふたりを準備させておいてください」

火の宮はうなずいた。

「その代わり、あなたは解毒薬を必ず飲んでください、火の宮さま」

「ええ、約束します。まずは部屋に戻って、ふたりに計画を話しますわ。急がなくては」

火の宮は立ちあがった。急ぎ並んで廊下へと出る。

「――ふたりを逃がしたことが院に知られたら、のちのちお咎めがあるでしょうね。ごめんなさい。無関係なあなたをわたしたちの事情に巻きこんでしまって」

「いいのです。代償は払わなくてはいけませんから」

「代償?」

「同意なくあなたの唇に触れたことのね」

式部卿の宮は艶然と微笑んだ。

「……黙っていましたが、先ほど、口移しであなたに水を飲ませたのです、火の宮さま。もしも初めてのくちづけを私が奪ってしまったのなら、申し訳ない。とはいえ、今さらお返しすることもできないので、代わりに私をあなたのために働かせてください」

式部卿の宮は白い指先で、ふっくらとした火の宮の唇を素早くなぞった。

「――火の宮! 大丈夫なのか。なかなか戻ってこないから、心配したぞ」

部屋に戻るやいなや、怖い顔をした映の宮が駆け寄ってきた。

後ろには心配顔の玉君と、こちらはいつも通り落ち着いた五百重が控えている。

「恋の宮さまも犬の宮さまも、とうに部屋へ帰ってきたというのに、きみと四季の宮だけがいつまでも戻らず……どうしたのだ？　三階で、いったい何があったんだ？」

「心配かけてごめんね、映の宮」

火の宮は笑顔を作った。

「いろいろあって、すぐには解放されなかったのよ。でも、もう、大丈夫だから」

正常に、平静に。心の揺らぎを悟らせてはならない、と自分じしんにいい聞かせる。

（心の壁を、強く、厚く保たなければ、映の宮にはわたしの本心が伝わってしまう）

「さっきから胸騒ぎがしっぱなしだ。いったい、院に何をされたんだ」

「先に戻られた犬の宮さまも、恋の宮さまも、ひどい顔色でしたわ」

玉君がいった。

「特に犬の宮さまは真っ青な顔色で、泣き濡れたごようすで……千尋さんがびっくりしていました。あんな犬の宮さまを見るのは初めてだといって」

「八雲の院に毒を盛られたのよ」

「なんだって⁉」

「例の事件の犯人を見つけるため、院がわたしたち全員の食事に毒を盛ったの。助かるための解毒薬がほしければ、殺人の罪を告白しろ、と脅されたのよ」

　あぜんとしている三人に、火の宮は簡潔に三階で起きたできごとを説明する。

　それぞれの告白の内容はいわなかった。適当に省き、ごまかした。

　映の宮と五百重はともかく、玉君に犬の宮の母の件を話すわけにはいかなかった。

「……そういうわけで、結局、殺人の告白をした人はいなかったのよ。院のとんでもない思いつきのせいで、さんざんな目に遭ったわ。でも、全員、解毒薬は手に入れられたから心配することはもうないの」

「解毒薬は飲んだんだな!?」

「飲んだわ。だから、わたしはもう心配いらない。次はあなたの番よ、映の宮。院はあなたの膳にも毒を盛っていたの。わたしたちは一心同体だからって。でも、そのぶんの解毒薬も手に入れられたから、大丈夫。さあ、あなたも早くこれを飲んで!」

　火の宮は懐からとり出した解毒薬を映の宮の手に押しつけた。

（――約束を破ってごめんなさい、式部卿の宮さま）

　解毒薬は飲めなかった。どんなに考えても、やはり、映の宮をおいて自分の命を優先することはできなかったのだ。自分は姉で、映の宮は弟だ。姉として、総領姫として、彼を守ってやらねばならなかった。

（それに、あとのことを考えたら、わたしよりも映の宮が生き残るほうがいい）

自分のたくらみで火の宮が命を落としたとなったら、さすがの院も遺族である映の宮や貴の宮の今後の生活に配慮をするだろう。映の宮は院の采配で、大臣を加冠役にして元服をすることも約束されている。彼が親王としてそれなりの地位を獲得すれば、貴の宮の将来にも希望がもてるのだ。しかるべき相手と結婚させることもできるかもしれない。

反対に、映の宮が命を落とし、自分が生き残ったら。

たとえ、女東宮に指名されたとしても、弟を殺した八雲の院の傀儡となって生きるなど絶対に受け入れられない。逆に指名されなかったら、と考えると、自分は元の無品の捨て宮、何も残らなくなる。財産もなければ、宇治の邸での貧乏暮らしに戻るしかない。

もちろん、自分を妻にと望んでいる翔は、手をさしのべてくれるだろう。だが、映の宮を犠牲にして生き残った自分が、それを忘れて彼と幸せに暮らしていけるだろうか。

幸福になればなるほど、罪悪感もまた大きくなり、それは自分だけでなく、夫となった彼をも苦しめることになるかもしれない。映の宮をうしなったのち、京で平穏に暮らす自分の姿が火の宮にはどうしても想像できなかった。たぶん、自分は宇治へ戻ることになるだろう、と思った。映の宮との幸せな思い出がたくさんある宇治の邸へ……。

（少将……翔との未来も潰えてしまうのね……）

夢見ていた彼との未来。尚侍となって、女東宮となった犬の宮を友人として支え、映の宮と貴の宮、五百重と普賢とともに彼の邸で暮らす幸福な未来。

手が届くと思っていたその夢は、院の奸計によって、儚く潰えてしまう……。

火の宮は頭をふった。

弱気になってはいけない！　まだ望みが完全に断たれたわけではないのだから。事件の犯人を見つければ、解毒薬は手に入る。今はそれに賭けるしかない。

「とにかく、解毒薬を飲んで、映の宮。時間がないのよ。わたしたちにはこのあと、やらなくちゃいけないことがたくさんあるんだから！」

詰め寄る火の宮の迫力に圧され、映の宮は急いで小瓶の中身を飲み干した。

火の宮はほっと息をつく。

――確率は半分とはいえ、とりあえず、彼が生き残る可能性はぐんと高くなった。

「我々がやらねばいけないこととはなんですか、火の宮さま？」

「五百重。五百重は、これからすぐ、映の宮と一緒に森羅殿へいってほしいの」

「森羅殿へ？」

「そうよ。院によると、昨日、森羅殿で女房のひとりが毒殺された事件があったというのよ。その女房と一緒にいた貴の宮も毒を口にしてしまって、重体なのだといっていたわ。だから、急いで森羅殿へいって、あの子の治療にあたってちょうだい。……」

映の宮の顔色が変わる。那智が寄こした文の内容をようやく理解したのだろう。那智と宣旨に働きかけ、貴の宮の治療に必要な物を迅速に調達してほしい、という指示に、固い表情でうなずいた。

「ここを出るのは式部……いえ、四季の宮さまが協力してくれるわ。もうすぐ船の準備ができるはずだから、四季の宮さまの部屋へいって、その指示に従ってちょうだい。大丈夫よ、説明は省くけど、四季の宮さまはわたしたちの味方だから」

「きみは？　火の宮。ぼくと五百重がここを離れたら、きみはひとりになる。事件の犯人がいまだわからない状態で、きみをひとり残していくのは危険だ」

「ひとりじゃないわ。普賢がいるもの」

火の宮は笑った。

「——わたしはふたりと一緒にいけない。もうすぐ、女東宮の決定がされるはずなのよ。それまでは、ここにいなくてはいけない。大丈夫よ。明日には全員ここから解放すると院は宣言したわ。あと一日だけの辛抱なのよ。それに、院にも、他の候補者たちにも、女東宮になるつもりはない、候補を辞退させてほしい、とはっきり伝えたの。だから、犯人がわたしを狙う理由はないはずよ」

映の宮は黙りこんだ。その目に迷いが表れている。

「——火の宮さま。四季の宮さまのところから、遣いの者が……」

玉君がおずおずといった。部屋の入口に見慣れない女の童がたたずんでいる。

「時間がないわ。さあ、ふたりとも、四季の宮さまの部屋へいって！」

映の宮はようやくうなずき、懐から出した小刀を火の宮に握らせた。

「くれぐれも用心しろ。誰のことも信用するな」

「わかっているわ」

映の宮が出ていくのを見て、火の宮は五百重の腕をつかんだ。

「――映の宮の体調に注意をして」

小声でいった。

「あの子にはいわなかったけれど、解毒薬は万能ではないの。人によってはそれを飲んでも毒消しの効果がじゅうぶんに出ない可能性もあるのよ。だから、貴の宮だけでなく、映の宮にも治療を。毒の症状は体の機能がだんだん衰え、昏睡状態になるものだと院がいっていたわ。毒の種類がはっきりわからなくて、対処も難しいとは思うけれど」

五百重はじっと火の宮の顔をみつめる。

「今のお話からすると、我が君にも治療が必要なのではないですか?」

「わたしは大丈夫。院によると、解毒薬の作用には、男女で大きく差が出るそうなの。だから、毒を飲んだ四人の中で、唯一の男子である映の宮が一番危険なのよ」

火の宮はそれらしい嘘をついた。

「わたしは毒になんて殺されないわ。大丈夫よ、五百重。おまえの主の強運を信じて」

「五百重! 何をしている?」

映の宮の呼びかけに、五百重は迷ったように火の宮を見たあと、小さくうなずいた。

「我が君。我が君に何かあれば、五百重もすぐさま後を追います」

「わかっているわ、五百重……大好きよ。貴の宮と映の宮のことをお願いね」

五百重の大きな身体に抱きつくと、ぎゅっ、と痛いほどの抱擁が返ってくる。

名残惜しい想いをふり捨て、火の宮はふたりを見送った。


雨は勢いを増すばかりだった。

まだ夕方にもならないというのに、外は夜のような暗さに覆われている。

窓から見える春秋の池の水面は激しい雨粒を受けて小さくしぶきをあげていた。

(――でも、脱出するには幸いだった)

時ならぬ豪雨と暗さが、番人や警備の目をそらしてくれたからだ。

水手役の男の童と入れ替わった映の宮にも、長櫃の中に身を潜めた五百重にも気づかれることなく、式部卿の宮を乗せた船は、激しい雨の中、ぶじに池を渡っていった。

窓を閉め、部屋へ戻ると、丸くなっていた普賢が素早く顔をあげた。いつもは船宿を寝床にしている普賢の体も少し雨に濡れていた。被毛がしっとりしている。

「おいで、普賢」

雨の日の普賢は眠たがる。大きな普賢の体にすっぽり包まれ、そのぬくもりと鼓動に安堵しながら、火の宮は目をつむった。朝からの疲れが一気に押し寄せてくるようだった。

だが、眠るわけにはいかない。事件のことを考えなくてはならないのだ。

（四季の宮……式部卿の宮さまは、女東宮候補からも、事件の容疑者からも外れた。男である彼にはそもそも女東宮になる資格がないのだもの、殺人を行う理由もないわ……）

となると、残るふたりは、犬の宮と恋の宮だ。

もっとも、このふたりにしても、殺人の動機は今一つはっきりしなかった。

女東宮になる意志をもっていなかった和歌の宮とその女房の相模（さがみ）、森羅殿で働いていた大夫の君を殺して、いったい犯人になんの利益があったのだろう。

解毒薬と引き換えに、むりやり暴露させられた秘密――主従の入れ替わりと、母親の犯した大罪。ふたりのいずれが犯人にせよ、それらを明かすほうが、三人の女殺しの秘密を告白するよりも罪が軽いと判断したのか……。

そこまで考えて、火の宮は気づいた。

秘密を暴露したのは、犬の宮と紫苑の君であって、恋の宮ではないことに。そう、女東宮候補者の中で、恋の宮だけがいまだに秘密の暴露から逃れているのだ。

彼女にも明かされていない秘密があるとしたら。

それが三件の殺人事件だとしたら。

（恋の宮さまが犯人だと仮定して、まず、推理された犯人像にあてはまるだろうか？）

和歌の宮の絞殺方法からいって、犯人はさほど腕力のない女性のはずだった。犯行の尻尾をつかまれないだけの知性があり、死者を哀れむ感性もある。恋の宮は小柄で、内親王らしい非力な女性だ。おまけに賢い。犯人像との齟齬はないといえるだろう。

動機は？　有力候補ではなかった和歌の宮を、なぜ殺さねばならなかった？

和歌の宮が火の宮以外の三人には東宮になる資格はない、といっていたらしいことが思い出される。犬の宮については顔の疵、恋の宮と四季の宮についてはふたりが性的関係にあることに気づいていたための発言かと思っていたが、そうではないのだろうか？

恋の宮が紫苑の君を替え玉に仕立てている秘密に和歌の宮もひょっとして気づいていたのだろうか？　和歌の宮も気づいていたなら、仲のよい女房の相模も知っていたのかもしれない。それを明かされては困るため、恋の宮はふたりを殺したのだろうか？

では、大夫の君は？

火の宮は彼女について何も知らなかった。どう考えても女東宮の争いとは無関係な人物に思えるが、実際、殺されている以上、口をつぐませるか、その存在を消さねばならない理由が犯人にはあったということになる。あるいは、森羅殿に滞在していた折に、大夫の君がどうしてか主従入れ替わりの秘密に気づいたのだろうか……？

火の宮はため息をついた。

筋が通らないこともないが、どれも断片的な事実を想像の糸によって縫いあわせ、なんとか辻褄あわせをしたにすぎない気がする。

（こんな曖昧な推理じゃ、院を納得させられないわ。証拠——はっきりとした事件の証拠を見つけなくちゃいけないのよ！　犯人もいい逃れができないような証拠を）

だが、和歌の宮の事件については調べつくしたし、森羅殿で死んだ大夫の君については雷光殿からは調べようがないのである。

これで、いったい、どうやって証拠を見つけられるだろう？

（わたしひとりで、限られた時間の中、本当に真相を探り当てられるのだろうか）

これまで懸命に押さえつけていた不安が急に胸に迫ってくる。

もうすぐ死ぬかもしれないという恐怖。この感情を分けあうべき映の宮もいないのだ。五百重にも頼れない。自分で彼らの手を離したのだ。勇気を奮って。それが最良の選択だと思ったから。

（だけど、やっぱり、怖い）

翔の顔が胸に浮かんだ。彼に今、ここにいてほしかった。大きな、たくましいあの腕の中に自分を守ってほしかった。

普賢の毛皮に顔を埋め、火の宮は声を押し殺して泣いた。

「——火の宮さま……」

玉君が部屋に入ってくる。

火の宮は急いで涙を拭った。

「どうしたの、玉君。夕餉をとりに、一階へいっていたんじゃなかったの？」

毒入りの朝餉を食べさせられたあとである。夕餉などとうてい食べる気にならなかったが、五百重もいなくなった今、残った自分だけでも女の童の仕事を全うしよう、と生真面目に働いている玉君の気を挫くようなことはしたくなかった。

「火の宮さま。あの、教えてください。火の宮さまが命じられましたら、普賢はわたしのいうことも、ちょっぴりなら、聞いてくれるでしょうか？」

恐る恐る普賢のそばへ近づいてくる。

「？　どういうこと？」

「わたし、普賢をつれて、一階へいきたいのです……普賢に、一階の出入口で、飛んだり跳ねたり、軽いおいたをしてもらいたいのです」

「おいた？」

「そうです。あの一階の出入口には、普段、ふたりの番人がおりますが、この雨なので、ひとりは濡れるのを嫌がって、奥へ引っこみ、他の仕事を手伝うフリなどして、怠けているんです。なので、残ったひとりの気をそらせられれば、なんとかなると思うのです」

「なんとかなるって……」

「普賢なら、多少のおいたをしても、番人にちょっかいを出しても、お咎めはないでしょうし……何も、ケガをさせるとかそういうつもりはないのですもの」

「いったい、何をいっているの、玉君？」

火の宮は困惑した。話がさっぱりわからない。だが、玉君は何やらひとりで意気込み、うんうん、うなずいている。

「頑張ってみます。うまくいくか、わからないですけれど、とにかく、試してみませんと！　ねえ、普賢、あなた、わたしのいうこと、わかってくれたかしら……？」

ためらいながら差し出した玉君の手を、普賢はぺろりと舐めた。

すっくと立ちあがり、玉君のあとをついて部屋を出ていく。

「ちょっと、普賢……」

火の宮はぽかんとそれを見送るしかなかった。

自分にはわからない玉君の話の意図が、どういうわけか普賢には伝わったようである。

どうにも気になったので、廊下へ出る。

二階の踊り場近くまでいき、階下のようすをうかがっていると、男の悲鳴と、ガチャンガチャンと派手に物の壊れる音が聞こえてきた。

玉君のいうおいたを普賢が忠実に実行しているようだった。

「――なんだ？　一階がずいぶん騒がしいようだが」

二階の廊下で警備についている数人の侍たちも、階下の騒ぎに気づいたようだった。

足早に階段をおりていく。そのうちのひとりがすれ違いざまに、

「危険があるかもしれないので、今すぐお部屋にお戻りになっていてください！」

やや強い口調でいった。それに圧され、火の宮は誰もいない部屋へと戻った。

階下の騒ぎはほどなく止んだ。男たちのしゃべり声などが聞こえてくるが、不穏な気配はなく、さほど大事にはならなかったようである。

雨のせいで部屋に閉じこめられ、退屈した天狼が一階で暴れ回り、物など派手に壊してひと騒動起こした――というふうに決着したのだろう。

（遅いわね、玉君ったら。何がなんだか、さっぱりわからない。きちんと説明してもらわなくちゃ）

じりじりしながら玉君の帰りをまっていると、近づいてくる足音が聞こえた。

御簾がめくられる。火の宮は立ちあがった。

「玉君？　いったい、どういうことなの。普賢にあんなことをさせて、侍たちに叱られたんじゃ……」

火の宮は言葉をうしなった。

そこに立っていたのは、思いがけない相手だった。

「――少将……」

翔だった。

いつもの、威儀を正した緋色の衣冠姿とはまるでちがうようすの彼が立っていた。

黒っぽい、目立たぬ色の直衣をたすきがけにし、指貫の裾も脛まで括りあげている。荒い息をつき、全身ずぶ濡れで、曲がった冠からは大量の水がしたたっていた。

部屋に入ってきた翔は、驚きに立ちつくしている火の宮に近づこうとして、足を止めた。袖からしたたる水が彼の足元に小さな水たまりを作っている。困ったように笑った。

「火の宮。ようやく会えた」

「少将、どうやってここに……？　ここへ渡る船は、全部止められているはずじゃ……」

「泳いできた」

翔は顔にたれてくる水をぐいと肘で拭った。

「泳いで⁉」

「他に方法がなかったんだ。船を出すよう、どれだけ交渉しても許可が出なくてね。帝のおん名を出してもだめだった。院の命令で、外部の者は明日まで雷光殿へ入れない、と。それで、あきらめたふりをしていったん戻り、準備を整えて、池を渡った」

翔は院から、直衣参内の許可を得ている。そこで、少しでも軽装で泳げるよう、緋色の重い袍から、目立たない色の直衣に着替えてきたという。

「いつもと異なり、今日はこのひどい天気のおかげで池の周囲にはまったく人がいなかった。空も暗いしね。おかげで、誰にもみつからずに泳いで渡ることができたよ」

「でも……夏とはいえ、池の水は冷たかったでしょう。中島までの距離もあるし、雨風もひどいのに……どうしてそんな危険なまねをしてまできてくれたの？」

「きみが心配だったんだ。そこまで頑なに外からの人間を入れようとしないのは、院が公にはなされない、よからぬことを企んでおられるからではないかと危惧してね。雷光殿の中で何かが起きている。その危険な何かにきみも巻きこまれているんじゃないかと考えると、いても立ってもいられなかったんだ」

（ああ、その通りだわ……少将は院の性格を正確に理解している……）

ぱたぱたと軽い足音。

玉君が部屋に入ってきた。

その後ろではなぜだか水びたしになった普賢がふさふさした尾をご機嫌でふっていた。人間たちを右往左往させる大暴れをしたのが楽しかったようである。

「大丈夫でしたか、少将さま？　誰にも見られず、ここまでこられましたか？」

「ああ、うまくいったよ。ありがとう、玉君」

翔は手を伸ばし、普賢の顎をなでた。

「それに、普賢にも感謝しなければ。最大の功労者だ」

「うまいことといってよかったですわ。普賢が暴れてみんなの注目を集めているあいだに、少将さまがこっそり中へ入るなんて、聞いた時には大胆な作戦だと思いましたけれど」

　玉君は胸をなでおろした。

「それにしても、一階の窓の外から名前を呼ばれて、見たら、少将さまが物陰に隠れていらしたのには、びっくりしましたわ——おまけに、全身ずぶ濡れなんですもの！」

「階段をのぼっている途中、凄(すご)い音が聞こえたが、大丈夫だったのか？」

「あれは、普賢が、大きな水甕(みずがめ)の一つをひっくり返したんです。甕(かめ)が割れて、大量の水が床にあふれて、大騒ぎになりました。でも、普賢があれで水をかぶってくれたのはお手柄でしたわ。階段も、廊下も、今、少将さまの通られたあとはびしょびしょなんですもの。それも、普賢のしわざだとごまかせますものね」

　玉君は几帳(きちょう)をめくり、あらかじめ用意しておいたらしい浴巾(タオル)と衣装一式を示した。

「さ、お身体をよく拭(ふ)かれて、こちらへお着替えになってください、少将さま。映の宮さまの置いていかれたお衣装です。できれば冠も外されて、童髪(わらわがみ)になさったほうがよいと思いますわ。映の宮さまがひそかに雷光殿を抜け出されたことは、まだ誰にも気づかれていませんから、お顔を隠しておけば、たとえ他の者たちにちらと姿を見られることがあっても、映の宮さまだとごまかせますもの」

「映の宮どのがひそかに雷光殿を抜け出した？」

「そうよ。あの子は五百重と一緒に森羅殿へ、貴の宮のところへいったの」

　火の宮はいった。

「いろいろあったの。とにかく、少将は先に着替えなくちゃ。このままじゃ、風邪をひいてしまうわ。説明はあとでするから、とりあえず濡れた衣装を脱いでちょうだい」

「火の宮さま。少将さまのお着替えを、わたしもお手伝いいたしますか?」

「いいえ、わたしがするから大丈夫よ。……ありがとう、玉君。少将を上手にここまで連れてきてくれて。おまえは本当に賢くて、やさしい、忠実な子ね、玉君」

玉君は嬉しそうな、誇らしげな笑顔を見せた。

「わたし、廊下で普賢の体を拭いていますね。人がこないよう、見張っておきますわ」

普賢の背中をなでつつ、部屋を出ていった。

用心のため、几帳の陰に隠れ、着替えをした。水を吸って重たくなった衣装と冠を翔はどんどん脱いでいき、火の宮は背中や髪をせっせと拭いた。映の宮で慣れているので、男性の裸体に抵抗や羞恥(しゅうち)はほとんどない。ただ、既視(きし)感は覚えた。

(そうだわ。初めて会った時も、少将はこんなふうにずぶ濡れだったんだっけ)

溺(おぼ)れた子どもを助けようと川に入った彼に火の宮は必死で手を貸したのだ。

あれは夏の初めだった。季節も変わっていないのに、ずいぶん昔のことのように思える。

(狼の仮面をつけて、男装をして、馬を駆けさせていたわたし。あの時には、甘い桑(くわ)の実をくれた青年と、こんなふうな関係になるなんて、思ってもいなかったわ……)

大柄な翔に、映の宮の童直衣はやや小さかったが、なんとか着つけをすませた。

鏡と櫛笥を急ぎ用意し、髪を整える。こちらも映の宮のようなみづらを結うには長さが足りないので、後ろで一つに括ることにした。

うまく結い終え、ふと鏡を見ると、翔が笑って自分を見ている。

「どうしたの？」

「いや。身体を拭いてもらい、着替えを手伝ってもらい、こうして髪を結ってもらって、夫婦のようだな、と、嬉しくなったんだ」

「だけど、貴族の妻って、あまりこういうことはしないものなのじゃない？　女房の仕事なんじゃないかしら」

「そうか。いわれてみれば、そうかもしれない」

「あなたは、妻にこんなふうにかいがいしく世話をしてもらいたいのね」

「うん。この世で一番好きな人に、大事に、やさしくされたら、嬉しいと思う」

そのいいかたが、妙に幼く、可愛らしく聞こえて、火の宮は笑った。

「じゃあ、あなたと暮らす時にはそうするわ」

いって、胸が痛んだ。――その約束が、守られることはないかもしれないのだ。

翔の手が火の宮のそれにそっと触れた。

もっていた櫛をとられ、両手を握られた。

相手の力にうながされるまま、火の宮はその場に膝を折ると、翔とむかいあった。

「……あんなに用心していたのに、結局、あなたに禁忌を破らせてしまったわね」

自分の手を握る彼のそれをみつめ、火の宮はいった。

帝の御前に穢れを運ぶまいと、翔はこれまで用心を重ね、室内に入ることも、着座することも、火の宮に触れることも避けてきたというのに。

「そんなことはかまわない。それを承知で池を渡ったんだ。触穢に関しては、しばらく、主上に申しあげ、出仕を控えればすむことだよ」

「ごめんなさい。あなたまで、死の穢れに触れさせてしまって」

「穢れじゃない」

太い指が火の宮のそれに絡まる。

「触れているのは、きみだ」

「少将……」

「きみの手は温かい」

「あなたの手は冷たいわ」

「温めてくれる？」

火の宮はうなずき、翔の大きな手を両手でつかみ、自分の頬へもっていった。

彼の手が愛おしそうに火の宮の頬をなで、なぞる。

両手でやさしく顔をはさまれた。

「会いたかった」

「わたしも」

「本当に？」

「本当よ。ひとりになって、怖かったの。すごく不安で、心細くて……」

「私のことを思い出してくれた？」

「あなたが、今、ここにいてくれたらいいのに、と思ったわ。ここにいて、怖がるわたしを抱きしめてくれたらいいのに、って。ムリだとわかっていたけれど、考えたの」

火の宮の目から一粒、涙がこぼれた。

「そんなこと、ムリだと思ったのに……あなたは本当にきてくれたのね、少将」

「火の宮」

「あきらめないで、禁忌も、常識も、うち破って、雨の中、池を泳いで、危険を冒して、わたしを助けにきてくれたのね。少将……翔……わたしの翔……」

翔の腕の中、たくましいその胸に抱きしめられる。息がとまるほどの強さだった。激流に揉まれる木の葉のように、火の宮は必死に彼の胸へしがみついた。

「翔……翔……」

「泣かなくていい。怖がらなくていい。もう大丈夫だ。きみは私が守るから」

「わたしをこうやって抱きしめていて――離さないで」

「二度と離さない。愛している、火の宮。私の人、私の恋、私の夏、私の花……」

熱にうなされたようなささやき。

翔の唇が火の宮のそれを嵐のように覆った。

三　恋の炎

翔に話さなければいけないことはたくさんあった。

八雲の院が行った最後の試みについて。そこで暴かれたそれぞれの秘密について。

四季の宮の正体が式部卿の宮であったこと、恋の宮が女房と立場を入れ替えていたことを聞いた翔は声をあげて驚いていたが、意外なことに、犬の宮の母の秘密を聞いた時には一瞬、そのおもてが陰ったものの、さほどの動揺は見せなかった。

——養育してくれた叔母が自分の父親と母親を殺した。

その衝撃を考え、火の宮もその件を口にするのはよほどためらったというのに。

「……もしかして、あなたもそのことを知っていたの？」

翔は小さくうなずいた。

「むろん、叔母の口から聞いたわけではないけれど。だが、えてしてこうした噂は当事者たちの耳には入るものだ」

「いつ、その噂を……？」

「そうだな……元服(げんぷく)を終え、叔母の邸(やしき)から独立しようというころだったと思う。私は十五で自分の邸をかまえたんだ。母からの遺産を叔母は管理してくれていて、成人を機にそれらを私に継がせてくれた。長女だった母には、祖父母から受け継いだ財産がそれなりにあったからね」

犬の宮の母は、翔が幼いころから彼がいずれ継ぐべき財産の目録(もくろく)や地券を見せ、あなたにはこれだけの財産がある、寺に入ったあなたの兄上にも遺産を均等に分け、月々このような援助もしている、と事細かく示してくれたのだという。

「あとから調べてみても、それらに嘘はなかった。寺におられる兄上も、じゅうぶんな配慮を受け、不自由のない暮らしをなさっている。叔母のもとで暮らしていたあいだ、不当に扱われたことも、犬の宮と養育の差をつけられたこともないよ。叔母は寡黙(かもく)だが、思慮(しりょ)深く、子ども思いの人だ。私の元服の儀式も、かなりの費用をかけて念入りに行ってくれたしね。決して、卑劣でも、悪辣(あくらつ)でも、利己的な人間でもない」

「でも……あなたは許せるの？」

幼い自分を養い、やさしく接してくれたとはいえ、両親を殺したその人を。

「……実行したのは叔母だが、その黒幕は先々帝だった、と私は思っている。疑惑のあった父の死や、叔母の行動について、先々帝はいっさい調査せず、叔母を罰するどころか犬の宮を内親王に昇格させ、逆に、私と兄は皇族の列から離脱させた。それらはすべて、先々帝の裁量によって下された処置だ。弟東宮も、その子である私と兄も、先々帝には不要な存在だったのだろう。その謀略に、叔母は利用されたのだと思う」

「たしかに……その推測はわたしもしたわ」

犬の宮の母が、翔とその兄に対して、公正な、叔母らしい態度で接していたということからも、その人の姉に抱いていた感情が、世間の人々が思うような単純な憎しみや怒りや嫉妬ばかりではなかっただろうことは察せられた。

妃ですらない姉に夫の寵愛を奪われ、心ない人々から揶揄され、笑われ、傷つき、孤独の中にいただろう犬の宮の母。彼女が何を思って先々帝の策略に手を貸したのかは、本人にしかわからないことだ。

「そもそも、あなたと犬の宮さまが異母兄妹だったことも、わたしは知らなかった」

ああ、と翔はうなずいた。

「そうだね、すまなかった。女東宮の一件が落ち着いたら、きちんと説明しようと思ってはいたんだ。ただ、あまりに複雑な、こみ入った話で、うかつに話せない部分も多かったから。隠していたわけではないが、時期を選んで話すべきだと思っていたんだよ。犬の宮が黙っていたのも、たぶん、同じ考えからだったと思う」

「怒っているわけじゃないのよ。ただ、あなたのこと、わたしはまだ半分も知らないのだと思って。知りたいと思ったの。そう、例えば、あなたのお兄さまのこととか」

「なんでも話すよ。きみに隠すことは何もない」

翔は火の宮の髪の中に顔を埋めた。

背後から抱きしめられ、火の宮の身体は彼の両腕の中にすっぽりとおさまっている。

「たしか、三つ上のお兄さまだったわね？　僧侶になられたっていう……」

「うん。私と兄はよく似た兄弟だった。姿はね。性格はかなり違うけれど」

「そうなの？」

「昔の私は、どちらかといえば泣き虫で、怖がりな子どもだったんだ。反対に、兄はやんちゃで、大胆な少年でね。大人の制止をうまいことふりきっては、邸の外へ毎日のように遊びに出ていたりした。兄を可愛がる女房にねだって、市などへも忍び歩きをして」

なんだか、自分の話を聞いているようだった。そういうと、翔は声を出して笑った。

「たしかに、きみは兄に少し似ているかもしれない。だから、私はこんなにきみに惹かれるのかもしれないな。……兄は面倒見のいい方だった。先々帝の命令で、十になったら寺に入らねばならないことは決まっていたから、それまでの時間、私をできる限り慈しんでくださった。弓にしろ、剣にしろ、私はすべて兄のまねごとから始めたんだよ……」

――十歳で僧籍に入り、今も山で修行中だという翔の兄。

美声で、やさしい人だという以前の言葉から、火の宮は若くして俗世を離れるにふさわしい、もの静かな青年を想像していたのだが、今の話からすると、少しようすが違うようだった。自由で大胆な三つ上の兄は、翔にとって、憧れの存在だったのだろう。

「今は離れて暮らしているが、兄上は今も大事な存在だ。だから、きょうだいを大切に思うきみのきもちはよくわかるよ。映の宮どのと五百重を森羅殿へ送り出し、自分はひとり残って不安な思いをすることになっても、きみは貴の宮どのを助けたかったんだね」

火の宮はうなずいた。

「貴の宮は生まれつき病弱で……わたしや映の宮なら耐えられることでも、あの子の身体では耐えられないかもしれないの。でも、子どものころに比べれば、あの子もずいぶん丈夫になったわ。医師の治療と五百重の薬で、きっとよくなるはずだと信じたい」

「私もここへくる前、貴の宮どのを見舞ったんだ。那智からの報せで、雷光殿で何か起きているらしいことを貴の宮どのが案じている、といわれてね。その時は一時的に回復していたようだが、私がいった時には、すでに高熱を出して伏せっていた。彼女はずっときみの名前をうわごとのようにくり返している、と宣旨がいっていたよ」

火の宮は翔の腕にぎゅっとしがみついた。

高熱に苦しみながらも、自分のことを心配している妹を想うと、胸が痛くなった。

「――少将……わたし、あなたにまだ話していないことがあるの」

「話していないこと？」

「解毒薬のことよ。わたしが宇治での秘密を打ち明けて、院から解毒薬を手に入れた話はしたでしょう。話を進めるために、それはもう飲んだとさっきはいったけれど……本当は、飲んでいないの。だって、院は映の宮にも毒を飲ませていたから。解毒薬は一本しかないし、わたしは映の宮を助けたかった。だから、わたし、あの子に解毒薬を譲ったの」

　火の宮を抱く翔の腕が強ばった。肩をつかまれ、彼にむきあわせられる。

「解毒薬を飲んでいない……!?　それじゃ、きみの身体には今も毒が……！」

「和歌の宮さまたちを殺した犯人を見つけたら、解毒薬を与えると院はいったの。だから、わたし、犯人を突き止めなくちゃいけないの。誤解しないで、映の宮も五百重もこのことは知らないのよ。私が嘘をついて、映の宮に解毒薬を飲ませたんだもの」

「わかっている。きみを愛するあのふたりが、そんなことを承知するわけがない」

　翔は苦しそうな表情で火の宮をみつめる。

「だが、なんてことを、火の宮……！　弟や妹を助けるために自分を犠牲にして！」

「本当は、怖かったわ。もしかしたら、ここでひとりで死んでいくことになるのかもしれないって思って、怖かった。だから、あなたがきてくれて、本当に嬉しかったのよ」

「死なせるものか」と翔が痛いほどの力で火の宮を抱きしめる。

「きみを守るといっただろう。むざむざきみを死なせたりしない……院の手元に解毒薬はあるのだ。どんなことをしても手に入れる。私の持つすべてをさし出しても」

「少将」

「きみは私の妻になるんだ、火の宮。私は、朝晩きみの笑顔を見て暮らし、きみの手で髪を結ってもらうと決めたんだ。疫神にも、死神にも、きみを渡してなるものか」

翔は火の宮の唇をふさいだ。何度も、何度も。その激しさ、惜しみない情熱に、火の宮が圧倒され、めまいを覚えるほどに。

「……考えよう。ふたりで犯人を見つけるんだ。きみは、さっきの話からすると、恋の宮さまが最有力の容疑者だと考えているんだね。私としても、そうであってほしいと思う。あの犬の宮が三人を殺した犯人などとは思いたくないよ」

「あるいは、そのふたり以外が犯人である可能性もあるわ」

翔は考えこむ顔になった。

「……三つの事件のうち、大夫の君については、とりあえず脇に置いておこう。森羅殿で起こった事件であれば、今は調べる手立てがないし、推理する材料が少なすぎる。考えるべきは残りの二つ、和歌の宮さまと相模、特に相模だ。私は相模の事件について、詳しいことを聞いていない。今の時点でわかっていることを、できるだけ教えてくれないか」

火の宮はそうした。死ぬ前の相模と自分の会話、彼女の死体やその発見場所について、知っている限りのことを翔に話して聞かせる。

「死んだ和歌の宮さまには、元許嫁(いいなずけ)だった幼馴染みがいた、か……」

「相模によれば、おたがい恋愛感情などまったくもっていない、本当に仲のいい友人同士だったそうだけれど。蔵人(くろうど)の、藤原貴嗣(ふじわらのたかつぐ)さまという人よ。知っている？」

「もちろん。良くも悪くも有名な人だからね。色事について、貴嗣どのはとにかくまめで、好ましい女性の噂を聞くと、人妻だろうが、町の女だろうが、いっさいかまわず会いにいくと聞いている。実際、思いがけない場所で彼の姿を見かけることが何度かあったよ」

「親しかったの？」

「いや、挨拶(あいさつ)をする程度だな。真面目(まじめ)なご性格の主上(うえ)は貴嗣どのの奔放(ほんぽう)さを好まれず、彼を遠ざけがちであられたこともあって、私もこれまであまり交流したことはない」

　火の宮はうなずいた。

　酒を友に、刹那(せつな)的な快楽を追いかけるその人と翔では、反(そ)りもあわないだろう。

「その蔵人の君のことは話のついでに出ただけだから、和歌の宮さまの事件とも、相模の事件とも、あまり関係はないんじゃないかしら……本人は宇佐使(うさづかい)のお役目で、現在京を離れているそうだし、女東宮争いについても興味をもっていなかったようだから」

「そうだな。あと、考えるべきは相模の死に方について、か……和歌の宮さまの時と同じく、縊(くび)り殺されていたのだね。状況は和歌の宮さまの時とだいぶ違っているようだが」

「そう、窓から突き落とすのではなく、わざわざ首を吊らせているのよ」

死体の指は爪が剝がれ、血まみれだったことから、絶命するまでにはいくらか時間がかかっただろうことを話すと、翔はうなずいた。

「即死ではなかったが、しかし、首に縄が食いこんでいる状態では助けを呼ぶための声も出せなかったわけだ。和歌の宮さま殺害のやり口からしても、犯人は慎重な性格だ。二階から突き落とすだけでは、助かる可能性も少なくないと危惧(きぐ)して、確実に殺すために縄をかけたのかもしれないな。実際、寺院などの建築中、この二階よりはるかに高い場所から落ちた工人(こうにん)で、足を折る程度の怪我ですんだ例を聞いたことがある」

翔は御簾(みす)のむこうへ視線をやった。

「二階から地上までの高さはどのぐらいなのか、確かめたほうがよさそうだ」

「それなら、実際の現場を見たほうがいいんじゃない？　手すりに括(くく)りつけられた縄は、まだそのままになっているのよ」

火の宮は廊下で見張り番をしている玉君(たまき)に声をかけた。

「――大丈夫です。今なら、廊下に誰もおりませんわ！」

慎重にようすを確かめて、玉君がいう。

普賢(ふげん)の起こした騒ぎの後始末に、一階へ駆けつけた警護の男たちも駆り出されているようだった。扇(おうぎ)で顔を隠した翔とともに、火の宮は足早にその場所へむかった。

（誰にも会わない……これは一階に人が集まっているからだけではないのかもしれない）

和歌の宮が殺され、相模が殺され、四季の宮は退去を命じられ、映の宮も五百重もいなくなった。当初に比べ、二階にいる人間はずっと少なくなっているのだ……。

「ここよ」

火の宮は窓を開けた。とたん、ひゅっと音を立てて雨と風が吹きこんでくる。

いくらか雨は弱まっていたが、夕闇のおり始めた外はますます暗く、春秋の池の水面もさだかには見えなくなっていた。

翔は身を乗り出して眼下をあちこち見ていたが、ふと何かに気づいたように視線をとめた。屋根の上の縄を見て、その根元が括りつけられている手すりの角へ目を凝らす。

「――何をするの、少将？　危ないわ……！」

窓枠を乗り越え、屋根の上におり立つ翔へ、火の宮は声をひそめていった。

大丈夫だ、とうなずき、翔は慎重な足どりで屋根瓦を踏むと、縄の括りつけられた手すりの角へ近づいていった。結び目のこぶを仔細に調べ、それから戻ってくる。

「もう。せっかく着替えたのに、また濡れてしまったわよ。いったい、何をしていたの？」

「結び目を確かめてきたんだよ」

（結び目……？）

ふたりは急いで部屋へ戻った。

「──その紐を貸してくれないか」

翔は櫛笥の中に入っているみづら用の組紐を指した。渡すと、出したままにしてあった鏡台の軸にそれをぐるぐると巻きつける。最後に結び目を作ると、きゅっと縛った。

「これは、手すりに結ばれていた結び目の再現だ。火の宮、きみも同じように作ってみてくれないか」

紐を渡される。意図はつかめなかったが、とりあえず火の宮はいわれた通りにした。

二つの組紐が結びつけられた軸をまじまじと見比べる。

「きみにも違いがわかるだろう」

「ええ。……結び目のむきが反対だわ」

「そうだ。きみの巻いた紐は右回りに結ばれ、私の巻いた紐は左回りに結ばれている」

「つまり……」

「相模を殺した犯人は左利きだということだ」

火の宮は目をみひらいた。

「宣旨がいっていたんだ。貴の宮どのは高熱にうなされながら、ずっときみの名前を呼んでいる、同時に、『左利き』という言葉もつぶやいていると。どういう意味かはわからない、たぶん、熱のいわせるうわごとなのだろう、と宣旨は片づけていた。私もそう思っていたが、あの結び目を見た瞬間、ひらめいたんだ。貴の宮どのがいっていたのはこのことだったのだ、と。彼女はきみになんとか犯人を伝えようとしていたんだ」

「だけど——どうして森羅殿にいる貴の宮がそんなことを知っていたの……⁉」

「貴の宮どのは、宇治で犯人と会っている。犯人と対峙し、生きている唯一の人間なんだ。和歌の宮さまの事件を聞き、貴の宮どのは危険な状況に置かれているきみをなんとか助けられないかと考え、あの夜の記憶をたどり、犯人の特徴を思い出したのかもしれない」

火の宮は目をつむった。

——あの夜の忌まわしい記憶がどれだけ妹を苦しめていたか知っている。

それを乗り越え、貴の宮は自分のために、大事な手がかりを思い出してくれたのだ。

「——犬の宮は左利きではない」

翔のつぶやきに、火の宮ははっとして顔をあげた。

犬の宮と碁を打った時のことを思い出す。

確かにそうだった。同じ邸で育った翔がいうのだから、彼女は両利きでもないのだろう。

犬の宮は犯人ではない！　その事実に火の宮はほっとする。

犬の宮でないなら、残る容疑者は恋の宮になる。彼女の利き手がどちらであるか、火の宮はむろん知るはずもなかった。まともに顔をあわせたのすら今日が初めてだったのだから。紫苑の君という存在を隠れ蓑に、これまで自分の存在を消していた恋の宮。

彼女が犯人だとしたら、うかつに対峙するのは危険だ、と火の宮は思った。

(彼女の用心深さから、その猜疑心から、わたしは大いに学ぶべきなのだわ)

火の宮は玉君を呼び、恋の宮の部屋のようすを尋ねた。

「恋の宮さまのお部屋ですか？　先ほどまで、何やらたたごとでないごようすでしたわ。三階から恋の宮さまが戻られたあと、紫苑の君が尋常でない怒りようを見せていたのです。部屋付きの女の童も追い出されたそうですわ。そのあいだ、恋の宮さまはひたすら、泣き伏していらしたとか……恋の宮さまが女東宮候補を外されたのではないか、とみなで噂をしていたんですが、本当のところはどうなのですか、火の宮さま？　派手に物の壊れる音などもしていましたが、今はすっかり静かになっているようです……」

(恋の宮さまの怒りの原因はわかっている。主従入れ替わりの秘密を八雲の院に話してしまった、と紫苑の君が告白したからだ)

火の宮は己以外誰も信じないという彼女の姿勢に舌を巻いたが、あの高慢な八雲の院が自分を騙した相手にそこまで寛大な態度をとるとは思えなかった。騙すことは好んでも、騙されることは大嫌いなのが八雲の院だ。恐らくみなの推測通り、恋の宮は女東宮候補を外されるだろう。計画の破綻を知った彼女が大いに荒れるのもむりはなかった。

玉君の横で静かに伏せていた普賢がぴくりと耳を動かし、立ちあがった。その理由もすぐに知れた。翠緑色の目に光が点る。何かを警戒している、と火の宮にはわかった。

声は窓の外から聞こえてきた。風のうなりを圧倒する朗々たる声だった。

そして、それを追って、さらなる声が幾重にも重なり、唱和するように、戯れるように、前の音の尾を噛んで延々と続いていく。

「なんでしょう、あの声は……犬の鳴き声……？」

玉君が不安そうにいった。翔をおいて、火の宮は廊下へ出た。

眼下に光るいくつもの小さな光を見て、玉君が声をあげた。

「どうしたのでしょう、犬たちがあんなにたくさん……！」

光って見えるのは犬たちの目だった。野良とおぼしき十数匹の犬たちが、雷光殿の正面に集まり、代わる代わる鳴き声をあげているのだった。

火の宮の背後で普賢が鳴いた。首を反らし、のけぞるようにして遠吠えを始める。それがどのように作用したのか、犬たちの鳴き声が弱まり、重なる声が徐々に少なくなっていった。最後の一頭が普賢の声に抗うように、細く、短く鳴いた時――。

突然、普賢の遠吠えをねじ伏せるような圧倒的な咆哮が夕べの空気を震わせた。

それまでの犬たちの声とは比べものにならない迫力だった。

夜を震わせ、池の水をさざ波立たせ、その威風で雨を払うような堂々たる咆哮に、普賢がたじろいだように声をとめる。

（日輪王！）

火の宮は犬の群れの中にその姿を探した。が、見えなかった。その巨体は闇の帳に隠されていた。見えないその存在が、しかし、この場の異様な空気を完全に支配している。

（声が近い。すぐ近くにいるわ。日輪王が小櫛(おぐし)の森を出て、雷光殿にやってきたんだ）

人間嫌いの天狼(てんろう)の王がなぜ、大勢が集まる雷光殿へと近づいてきたのか——。

ふと横を見ると、不安そうに窓の外をのぞく犬の宮がいた。

視線に気づき、犬の宮もこちらを見た。泣き濡れた顔はむくんで、瞼(まぶた)が腫(は)れていた。

先ほどの、秘密の暴露の記憶がよみがえる。

気まずい沈黙がふたりのあいだに数拍落ちた。

「——少し、お話しをしませんか、犬の宮さま?」

火の宮がためらいがちに口を開くと、犬の宮はほっとしたような笑みを見せた。

「ええ……わたしも、そうしたいと思っていました」

ふたりは火の宮の部屋へ入った。

翔の姿がなかった。見ると、几帳(きちょう)のほころびの間から直衣(のうし)の二藍(ふたあい)がわずかにのぞいていた。人の気配を察し、とっさに隠れることにしたのだろう。犬の宮であれば、彼の姿を見られても問題ない。声をかけようとして、しかし、火の宮は思い直した。

——犬の宮の母の話に触れることになるかもしれない。

その人が翔の両親を殺した、というあの秘密。おたがい、気まずく、やるせない思いをするのはわかりきっている。いずれ、対峙しなければならない真実ではあるけれど、今、あえてその状況を作る必要はないではないか、と火の宮には思えた。

「――火の宮さまには、さぞや驚かれたことでしょうね」

犬の宮がいった。先ほどの秘密の暴露についていっているのだろう。

「ええ。でも、それは、おたがいさまだと思いますわ」

「ああ……火の宮さまも宇治では、想像以上に恐ろしい思いをなさっていたのね」

「ええ。でも、わたしの秘密の責任は、わたしにあります。正当な反撃だったとはいえ、わたしはこの手で男を殺したのですもの。わたしには一生それを負っていかねばならない義務があります。でも、犬の宮さまはちがうわ……お母さまの秘密を女房から聞かされて以来、誰にもいえず、ずっと苦しんでいらしたのですね」

火の宮は犬の宮の手をそっと握った。

「院は、いっさいを不問に付すとおっしゃった。お母さまが罪に問われることはないのですもの。犬の宮さまも、もう秘密の重荷をおろしていいのではないですか」

「――ありがとう。あなたはわたしを慰めてくれるのね、火の宮さま……」

「当然ですわ。同じ被害者ですもの。院のあのなされようは、れっきとした暴力ですわ。みなの前で秘密を暴露させ、ほくそ笑んでいらしたのですよ。悪趣味にもほどがあるわ」

「あの八雲の院にむかって『殺してやる』といい放って、お咎めなしで解放されたのは、たぶん、後にも先にも火の宮さまだけだと思うわ」

ふたりは顔を見あわせ、一緒に笑った。

それから、犬の宮はふっと真顔になり、居ずまいを正した。

両手をそろえ、火の宮にむかって深々と頭をさげる。

「火の宮さま。このような場を作ってくださってありがとうございます。火の宮さまとは、気まずいままではいたくなかった。また、親しくおつきあいしていきたいのです。そして、あらためてお願いします。女東宮の座を、このわたしに譲ってくださいませんか」

「犬の宮さま……」

「おっしゃる通り、秘密を知って以来、苦しんできました。少将と、そのお兄さまに対しても、罪悪感を抱いてきましたわ。ふたりが親のない身になったのも、王という身分をうしなったのも、兄弟が離れ離れで暮らさなければならなくなったのも、母のせいですもの。でも、それでもなお、わたしは母を愛しています。今日までずっと、母はわたしを心から慈しんでくださった……わたしがいなかったら、母が罪に手を染めることもなかっただろうと思うのです。父の愛情や庇護(ひご)は期待できず、頼りにすべき祖父もすでに他界していた。わたしの将来を危ぶまれた母は、せめて内親王という身分を与えてやり、わたしの将来を少しでも安定したものにしてやりたい……そう望まれたと思うのです」

犬の宮は涙をこぼしながら、顔の右側の赤いあざへと手をやった。

「わたしが葡萄病(えびや)みに罹(かか)り、このあざが顔に残ったのを見た時、母は気が狂わんばかりの嘆きようでした。自分の罪が——夫と姉を殺したその罪が、子であるわたしの上に因果の報いとして現れたと思ったのですわ。自分を責め、泣き続ける母を見ながら、わたしは、強くならねばならない、と思いました。この忌々しい病を克服し、立ち直らなければ、母の心は潰れてしまうだろう、と。あの時から、わたしと母の立場は逆転したのです。それまで母に守られていたわたしが母を、哀れな母を守る立場になったのです……」

「犬の宮さま……」

「母が大逆を犯してまで与えてくれた内親王というこの立場を、わたしはムダにはできない。だから、わたしはどうしても女東宮になりたいのです。わたしの手にする誉れもあなたの苦しみがあってこそのものだった、とそういってさしあげたいのです」

　火の宮はうなずいた。犬の宮の頬に流れる涙を拭ってやる。

「わたしも犬の宮さまが女東宮になるべきだと思いますわ。強いあなたなら、それほどの苦しみを抱えられてきたあなたなら、八雲の院の残酷な仕打ちに心折られることはなく、傀儡として一方的に利用されることもなく、気高い女東宮になれると思いますもの」

「火の宮さま」

「顔をあげられて。わたしに頭をおさげになる必要はないわ。犬の宮さまも知っているでしょう。わたしは東宮候補の座をすでに辞退しているんですもの。院がなんといおうと、女東宮にはなりませんわ。わたしは少将と——源　翔と結婚するんですわ」

犬の宮が驚いたように顔をあげた。

「まあ……！　それは本当ですの、火の宮さま？」

「ええ。彼の求婚を受け入れることにしたんです。ここを出たら、そのまま、紀伊の守の邸ではなく、少将の邸へ入るつもりでいます。少将の邸で、家族みなで暮らすんですわ」

火の宮は几帳の陰をうかがった。

翔が姿を現すか、と思ったが、その気配はなかった。

「そうでしたの……少将と……まあ……彼の純情が報われましたのね……」

憂いの影に覆われていた犬の宮のおもてが、ようやく晴れたようだった。

「おめでとう、火の宮さま。すばらしいことだわ。いいえ、女東宮うんぬんの打算抜きに、あなたと少将が結ばれることが、わたし、本当に嬉しいのよ。火の宮さまは幸せになるわ。間違いなく。少将は……異母兄は、本当にやさしい、誠実な人だから」

「ありがとうございます」

火の宮はいった。

「でも、まだ、よろこぶのは早いんです。その前に、わたし、三つの殺人事件の真相をつきとめて、八雲の院から解毒薬を手に入れなければいけないんです」

犬の宮がはっとしたように口元を覆う。

「そうだったわ。わたしたちだけでなく、映の宮さまも毒を……！　あの時は、わたし、半分放心状態で、院の言葉をよく理解していなかったけれど、そう、映の宮さまのぶんの解毒薬も必要だったのね。それには、火の宮さまは犯人を捕まえなければいけない……」

解毒薬を飲んでいないのは映の宮ではなく、自分だ——とは火の宮はいわなかった。

今、そのことで彼女の心をわずらわせる必要はないと思えた。

「それに関しては、実は、一つ、大きな手がかりがつかめたんです。犬の宮さまはここにいる女たちの中で、左利きの人間を知りませんか？」

「左利き？」

「相模の首を絞めた縄の結び目を調べたら、犯人は左利きの人間だとわかったんです」

犬の宮は困惑した顔になった。

「わからないわ……少なくとも、わたしの周りには左利きの人間はいないと思うけれど。わたしじしんも右利きだし……森羅殿に残してきた女房の中に、たしか、左利きで筆を使う者がいた気がするけれど、それは、どう考えても無関係ですものね」

「恋の宮さまについてはどうですか？」

「恋の宮さま——紫苑の君を名乗っていたあの方が左利きかどうかということ？　さあ、覚えていないわ。恋の宮さまとも、紫苑の君とも、これまで数えるほどしか会っていないから。筆や箸を使う場面を見ない限り、利き手にはなかなか気づけないものだし……」

廊下から声が聞こえてきた。玉君が誰かと話をしているようだった。

「――失礼いたします、犬の宮さま……いらっしゃいますか？」

千尋の声がして、御簾の端から丸い顔が現れる。

「千尋？　……どうしたの？」

「お邪魔して申し訳ありません。お部屋にお戻りいただけますか？　その……困ったお客さまがいらしていまして。わたしだけではどうにも対処できないものですから」

「困ったお客？」

「はい。あの、犬の宮さまに大事なお話があるということなのですが……」

「どうしたの？　おまえがお客を扱えないなんて、珍しいこともあるものね」

犬の宮は首をかしげたあと、火の宮をふり返り、

「ごめんなさい。大事なお話の途中でしたのに」

「かまいませんわ。どうぞ、いらしてください」

「あちらが片づいたら、また、すぐ戻りますわ。それと、その、左利きの女の話も、千尋や女の童に聞いてみます。そういうことは、あの子たちのほうが詳しいと思うので」

犬の宮は部屋を出ていった。

それを見送ってから、火の宮は立ちあがり、几帳の陰をのぞいた。

「――あなたのことを話したから、そこで出てくるかと思ったけれど、隠れていたわね」

翔はうなずいた。

「すまない。今はまだ、犬の宮と話をする気になれなくて」

「いいのよ。むりもないわ。犬の宮さまとは、雷光殿を出てからゆっくり話しあうべきだとわたしも思うもの。……それより、少将、大丈夫？　顔色が悪いわ」

火の宮は彼の額に手をやった。熱はないが、つらそうな表情をしている。気のせいか、先ほどから口数も少なくなっているようだった。やはり池を渡ったせいだろうか。

「大丈夫だよ。……そう、ぐずぐずしているひまはないんだ。いつきみの身体に毒の症状が現れるかわからない。早く――早く解毒薬を手に入れなければ」

「だけど、少将、むりをしては……」

突然、ただならぬ女の悲鳴があたりに響いた。

火の宮と翔は弾かれたようにそちらを見た。

悲鳴は犬の宮のものだった。何かが倒れる音がする。普賢が激しく吠えたてた。

「誰かきて！　誰か助けて!!　お願い、千尋が――千尋が!!」

（千尋が!?）

反射的に立ちあがり、出ていこうとした火の宮の身体を翔が強い力で引き戻した。

「危険だ。私がいくから、きみはここに残っていろ」

「あなたひとりをいかせるなんて嫌だわ。犬の宮さまが助けを呼んでいるのに！」

「――わかった。ならば、私のそばを絶対に離れるな！」

翔は火の宮の手をぎゅっとつかんだ。

駆けつけると、部屋の前で玉君が座りこみ、ガタガタと震えていた。普賢はその横でさかんに吠えているが、室内へ入ろうとはしなかった。

御簾を乱暴に払い、翔が部屋へ入る。それに続いた火の宮の視界に飛びこんできたのはおびただしい鮮血の赤だった。ぎょっとして、思わず立ちどまる。灯台(とうだい)の火に照らされた部屋の隅、長い髪を投げ出すようにして、女がひとり、倒れているのが見えた。

薄緑色の袿(うちぎ)の肩のあたりが血に染まっている。その袿に火の宮は見覚えがあった。

（紫苑の君……！）

几帳が倒れ、多くの物が散乱した部屋の中央に座りこんでいた犬の宮が、翔に気づいて声をあげた。腕を切られたらしい、押さえる右手がべっとりと血に汚れていた。

「少将！　どうしてあなたがここに……？」

「その説明はあとだ。いったい、何があったんだ、犬の宮？」

「恋の宮さまが訪ねてきたの。話をしていたら、急に激高して、紫苑の君に刃(やいば)を……！」

「紫苑の君を刺した？　恋の宮さまが？なぜ⁉」

「わからないわ！　正気をうしなっていたとしか思えないもの。そのあと、彼女はわたしに襲いかかってきた。千尋はわたしを庇(かば)って、恋の宮さまと……千尋を助けて、少将！」

犬の宮が血に汚れた指で障子のむこうを指す。

外れかけた障子の先で激しい物音。上に下に入れ替わり、絡みあう着物の裾が見えた。

「やめて！　放して！　――いや!!」

「死ね、小娘!!」

「――千尋！」

翔が叫び、隣室へ走った。

火の宮は犬の宮の腕を素早く調べた。着物には多量の血がついていたが、傷はさほど深いものではなかった。袿を脱がせ、近くに散らばっていた手巾で傷口を軽く縛る。

「火の宮さま、わたしは大丈夫よ。わたしはいいの。それより、千尋を……！」

「ええ――犬の宮さま。ようすを見てきますわ」

火の宮は隣室へ飛びこんだ。

翔が千尋を腕に抱えていた。その顔は血に汚れ、青ざめ、ぐったりしていたが、千尋は生きていた。何度も足を刺されたらしく、緋色の袴の一部がどす黒く変色している。

「たいへんだわ――早く止血を！」

袴をめくって調べると、千尋の太腿には十数箇所の傷があった。翔がとり出した手巾で特に出血の激しい箇所を強めに縛った。千尋が苦痛のうめき声をあげる。

「応急処置だ。早く傷口を洗浄して、縫ったほうがいい。血止めの薬も必要だ」

「これくらいの傷、大丈夫ですわ……そ、それより、犬の宮さまは……」

「犬の宮さまは大丈夫よ。腕に軽い怪我をしているだけだから」

千尋が安堵の息を吐いた。

「よかった……！」

火の宮は部屋の隅に倒れた死体を見た。恋の宮だった。両目をみひらき、虚空をにらんでいる。その左胸には血まみれの小刀が深々と突き刺さっていた。

「なんてむごい……どうして恋の宮さまは、こんなことに……」

「紫苑の君――いえ、恋の宮さまは、『自分は女東宮候補を辞すことにした』といっていたんです……そのご挨拶のため、犬の宮さまに会いにきた――と……」

苦しそうに息をしながら、千尋がいった。

「八雲の院はもうすべて気づいている。女東宮の指名を受けることはないだろう――と。万座の中で辱めを受ける前に、自らこの場を去ることにした――と。『そこまでは淡々と話していたのですが、突然、そばで震えている紫苑の君を蹴り飛ばし、『何もかもおまえが秘密を暴露したせいだ』と叫んで……いきなり小刀をとり出し、紫苑の君を刺したのです。それから、犬の宮さまへ刃をむけて……とっさにはね返しましたが、凄い力でした。あんな小柄な女性の中に、あれほどの力があろうとは思えないほどの……」

（そう……やはり、恋の宮さまが事件の犯人だったのだわ。八雲の院もそれに気づいている、と考えて、最後に、自暴自棄な行動に出たのね……)

とはいえ、すべての事件を実行したのが恋の宮だとは思えなかった。特に、宇治で貴の宮を襲ったのは、確実に恋の宮ではなかったはずだ。那智に殺された若い女房は「身なりのいい、見目良い、若い女だった」とその女について証言していたのだから。

共犯者は紫苑の君だったということだろうか。火の宮は、この雷光殿に到着したその日、紫苑の君がうんざりするほど長い階段を軽快にのぼっていたことを思い出した。おっとりとした見かけによらず、彼女の身体能力はきわめて高かったのだ。

(式部卿の宮さまは紫苑の君を、流されやすく、自分というものがまるで確立されていない人だと評していたわ……)

彼女は主人である恋の宮のいうなりに、殺人の罪を犯してきたのだろうか。

「――千尋！　大丈夫なの⁉」

火の宮たち三人が部屋へ入ってくるのを見て、犬の宮が駆け寄ってきた。

「大丈夫ですわ。足を刺されただけです。犬の宮さまこそ、腕のお怪我は」

「この程度の傷、なんでもないわ」

犬の宮は震える手で血に染まった手巾(たのごい)に触れた。

「痛いでしょう。怖かったでしょう。ごめんなさい、千尋、わたしを庇って……」

「主人を女房が庇うのは当然のことですわ……」

気丈に微笑んだ千尋は、「でも」とすぐにその笑みをおもてから消した。

「たぶん、これまでのようにお仕えするのは難しくなるでしょう。わたしは恋の宮さまを殺めました……経緯はどうであれ、三品の内親王を殺した罪は軽いものではありません」

「おまえを恋の宮さま殺しの罪で処罰させるというの？」

犬の宮が顔色を変えた。

「そんなこと、させるものですか。襲ってきたのは彼女のほう、わたしたちは殺されかけたのよ！　この件に関しては、証拠もあるし、証人もいる。なんとしても八雲の院におまえの罪を免じてもらうわ。どうしておまえが罪に問われなければならないというの。第一、恋の宮さまは犯人だったのよ——罰せられるべきは恋の宮さまのほうだわ！」

その時、御簾のむこうから、玉君が震える声でいった。

「——火の宮さま……八雲の院から遣いが……何があったか、報告するように、と……」

みな騒ぎに気づいたらしい、聞こえてくるざわめきがどんどん大きくなっていく。

（千尋が重い罪に問われぬようにするには、わたしたちも今見たことを証言しなくてはならない……でも、少将の存在を隠して、それをするのは、たぶん不可能だわ）

証言に不自然なところがあれば、千尋を庇うために口裏をあわせていると疑われてしまうかもしれないからだ。火の宮は翔とともに八雲の院の御前に出る覚悟を決めた。どうせ東宮候補の座を辞退するのだ。今さら、ひそかに彼を部屋内に隠していたことを非難されたところで、かまうことはなかった。

「とにかく、今は、千尋の手当てが先だ」

　両手に抱えていた千尋をその場におろし、翔はいった。

「火の宮、きみは院の遣いに命じ、刀傷に効く薬をもってこさせてくれ。恋の宮さまが刃物をふり回し、犬の宮とその女房が負傷した、と。詳しい報告はすぐに追ってするので、まずは治療にかからせてくれというんだ。かなりの深手を負っているから、と」

「わかったわ」

「犬の宮、腕は動かせるか？　ここを片づけて、千尋を休ませる場所を作ってくれ。それから、女の童を見つけて、湯と水、清潔な布、針と糸を運ばせるんだ。出血が続くようなら、千尋の腿の傷を焼かねばならない。夏の傷は膿みやすいから」

　犬の宮は唇を嚙みしめ、うなずいた。

　火の宮は廊下へ出て、遣いの男の童に翔からいわれた通りのことを伝えた。さらに詳しく事情を説明させたがる相手を叱りつけ、とにかく院に伝えよ、と背中を突き飛ばすようにして三階へむかわせる。

　それから室内に戻ると、畳を動かし、千尋を寝かせるのを手伝った。部屋の中はだいぶ暗くなっていた。治療の助けになるよう、犬の宮が灯台を畳のそばへと運んでくる。

　その時、火の宮の視界の隅で、何かがうごめくのが見えた。

赤と白。血だまりの中で動く白い女の手だった。床に倒れた紫苑の君の手が、それ自体一つの生きもののようにぶるぶると震え、床板に爪をたて、助けを求めて精一杯に伸ばされるのを見て、火の宮は目をみひらいた。

——彼女はまだ生きているのだ。

血まみれの手は床の上であがいていた。生きるために。黄泉(よみ)の国へとひきずりこまれぬよう、すがるものを探していた。最後の力をふり絞り、紫苑の君の手は目の前にあるそれを最後の希望のようにつかんだ——犬の宮の長袴の裾を。

足をとられた犬の宮があっ、と叫んで姿勢を崩した。手にした灯台から油皿が外れ、彼女の胸に当たって落ちる。火のついた灯心がぽっ、と小さな赤い花のように彼女の足もとに点(とも)ったかと思うと、次の瞬間、透明な炎は撒(ま)き散らされた油を追って犬の宮の身体をたちまちのうちに駆けのぼった。

炎に包まれた犬の宮が甲高(かんだか)い鳥のような叫び声をあげる。

「犬の宮さま!!」

見えない手をふり払うように、犬の宮は身体をねじり、たたらを踏み、突如(とつじょ)自分を包みこんだ赤い地獄から逃れようと懸命にもがいた。だが、火は執念深い恋人のように彼女を抱きしめて離さなかった。油を吸った袿は、赤に白に青に橙(だいだい)にとめまぐるしく変化する光の衣(ころも)となり、香油をたっぷりと含んだ黒髪は豪奢(ごうしゃ)な炎の冠(かんむり)に変わった。

「危ない、火の宮!!」

犬の宮がよろめきながら近づいてくるのを見て、翔が火の宮を突き飛ばした。翔は千尋の上にかけていた上掛けの着物をつかむと、燃える犬の宮の身体をそれで覆った。

ひっ、という声にふりむくと、ふたりの女の童が水と湯のそれぞれ入った盥を手に立ちつくしていた。とっさに奪いとり、火の宮は立て続けにそれらを翔に浴びせかけた。

暴れる犬の宮を上掛けごと抱きしめていた翔がやがて腕を解いた。

火は消えていたが、その人は動かなかった。肉の焦げる嫌な臭いが鼻をついた。

「犬の宮さま!!　犬の宮さま!!」

千尋が主人の名前を叫びながら半狂乱になってその身体にすがりつく。

火の宮はぼうぜんとして、それ以上動けなかった。あまりにも突然のできごとだった。

泣き叫ぶ千尋の腕の中にいる、変わり果てたその姿をみつめる。嘘だと思った。朗らかで、賢く、美しかったその人だとは思えなかった。髪の多くが焼けて縮れ、赤黒くただれた頭皮がむき出しになっていた。眉も、睫毛も、一本残らずうしなわれている。赤黒く変色した瞼の下で、犬の宮の目がぐるりと動いた。血走った目が火の宮をみつめた。

火の宮は気をうしなった。

次に気がついた時、火の宮は自分の寝所にいた。

──かすかに漂う香。静寂。

ゆっくりと首を動かした。部屋の中には誰の姿もなかった。

どれほど時間が経ったのか、まるでわからなかった。闇の中で灯台の火が色濃く輝いている。揺れる炎は火の宮の記憶を刺激した。悪夢がゆっくりとよみがえる。いや、悪夢ではない、と火の宮は思った。悲鳴。炎。犬の宮の目。焼け死んでいく彼女の絶望の目。あの悲劇は夢ではなく、現実だった。火の宮は両手で顔を覆った。

「──目覚めたのか、火の宮」

翔が入ってきた。

「少将……」

「どこか痛むところは？　とっさに抱きとめられず、きみは床に頭を打ったから」

「いいえ──大丈夫よ。どこにも痛みはないわ。とても……とても疲れているだけで」

翔はうなずくと、身体を起こす火の宮の背にやさしく手を添えた。

「ひとりにしてすまなかった。心細かったろう。普賢は廊下で番をしてくれているよ」

「あなたはどこへいっていたの……？」

「院の御前へ。たいへんな騒ぎだったんだよ。院に呼ばれ、説明を求められ、犬の宮たちがなぜ死んだのか、いっさいをお話ししなければならなかった。きみも、千尋も、気をうしなっていて、私以外、話せる人間はいなかったから。なぜ私がここにいるのかというところから始めなくてはならなかった。長い話になったよ。とても――とても長い……」

翔の端整なおもてには疲労の影が色濃くにじんでいた。

よく見ると、右の眉の端が焦げて縮れ、額や顎先には小さな火ぶくれができている。

彼の腕の中で、犬の宮は死んでいったのだ、と火の宮は思った。

彼のいとこであり、異母妹でもある犬の宮は……。

「犬の宮さまは、助からなかったのね……」

「――そうだ。火の回りが速すぎて、どうにもならなかった」

「紫苑の君は……」

「彼女もだめだった。刺し傷が肺に達していたんだ。あれから、すぐにこと切れた」

「どうして？　どうして、犬の宮さまがあんな目に遭わねばならなかったの……？」

「わからない」

「何もかも、うまくいくはずだったのに。わたしはあなたと結婚して、犬の宮さまは女東宮になって。どちらも幸福になれるはずだったのよ。それなのに、どうして……！」

涙があふれてとまらなかった。最後に見た犬の宮の笑顔がよみがえる。

しゃくりあげ、泣き続ける火の宮を翔は黙って抱きしめた。火の宮の大量の涙は、すべて、あちこち焼け焦げた童直衣の胸に吸いこまれていった。

翔が小さなうめき声をあげた。ふと、濡れた感触に気づいて、火の宮は視線を落とした。

直衣の腹のあたりにじっとりと血がにじんでいる。

「少将！　怪我をしているの？」

「ああ。だが、心配いらない。ごく浅い傷だし、薬を塗り、手当てもすんでいるから」

「どうしてこんな怪我を……」

「千尋から小刀をとりあげた時、揉(も)みあいになって、腹を刺されたんだ。——犬の宮が息をひきとったのを見て、千尋は錯乱した。泣きながら、隣室に走り、恋の宮さまの遺体に駆け寄ると、胸に刺さっていた小刀を引き抜いて、自分の喉(のど)を突こうとした」

火の宮は息を呑んだ。

「それで、千尋は……」

「大丈夫だ。小刀はすんでのところでとりあげた。私の腹を刺したのを見て正気に返ったのか、暴れるのをやめたが、その後、糸が切れたように倒れた。足の怪我の出血もあったし、とにかく衝撃が大きすぎたんだろう。今は別室で手当てを受け、眠っているよ」

むりもない、と火の宮は思った。あれほど忠実な女房が、目の前で主人に焼死されて、正気でいられるわけがなかった。千尋が死なずにすんだことに安堵するいっぽう、目覚めた彼女が受け止めねばならない現実の残酷さを思い、火の宮の胸は鋭く痛んだ。

再び、とめどない涙が頰を濡らした。翔に抱きつき、火の宮はひとしきり泣いた。

「もう大丈夫だ、火の宮。泣かなくていい。大丈夫だから」

火の宮の髪に深く顔を埋めて、翔はいった。

「怖いことはもうない。すべて終わったんだ——終わったんだよ」

終わった——たしかにその通りだった。和歌の宮。恋の宮。犬の宮。偽者の候補者だった四季の宮と自分以外、全員が死んでしまった。陰謀も策略も企む者はもういない。

(だけど、こんな結末を望んでいたわけじゃない——こんな悲しい、むごい結末を望んでいたわけではないのに！　犠牲者なんて出したくはなかったのに……)

「——そのようすだと、火の宮の身体は心配いらないようだな」

思いがけない声に、火の宮は翔の抱擁からじしんの身体を引き離した。

「——院……！」

八雲の院が立っていた。

翔が急ぎ居ずまいを正し、その人にむかい、深く頭を垂れる。

「院、いかがなさいましたか。わざわざ階下へおいでになるとは」

「よい、火の宮はそのままで。私はあなたがたのようすを見にきたのであって、病人に床を払わせるためにきたのではない。——怪我は大丈夫か、少将。浅手で助かったな」

「は。ありがとうございます。少し痛みがありますが、じきに癒えましょう」

「だが、顔色がよくないようだぞ。当分のあいだ、無理はしないほうがいいだろう」

翔が譲った場所に八雲の院は腰をおろした。

「約束通り、これを火の宮に渡しにきたのだ」

院は懐からとり出した小瓶を火の宮の手に握らせた。

(解毒薬……)

「事件の真相を——犯人を見つければ与えるという約束だったはずだ。倒れていたあなたの代わりに、少将がその役目を果たした。規定破りという気はするが、今回は状況が状況だ、認めよう。解毒薬を飲みなさい、火の宮。それはもう、あなたのものだ」

火の宮は手の中のそれをぼんやりみつめた。

連続殺人事件の犯人は恋の宮だった。その事実はいまだに胸に落ちないままである。だが、きっと、時が経つうちに、さまざまなことが整理され、判明し、残酷な事実も受け入れられるようになるのだろう。その日を迎えるためにも死ぬわけにはいかない。

「急いで飲むんだ、火の宮」

翔にうながされ、火の宮は小さくうなずいた。瓶の中身を飲み干すと、苦い薬草の味が口の中いっぱいに広がった。

「——よかった。これでもう、大丈夫だ」

翔は安堵の息を深々と吐いた。

「解毒薬が効く確率は半々なのよ」

「効くさ。絶対に。きみほど強運の持ち主はいない。天狼の主、神の愛し子なんだから」

火の宮は翔の言葉を信じることにした。悲観的になっても、楽観的になっても、結果がそれで変わることはないのだ。だとしたら、服毒死する恐怖はしばらく忘れていたい。

「火の宮。もう一つ、あなたにいい報せを与えよう。森羅殿の医師から報告がきた。少し前に貴の宮が目を覚ました。熱も徐々に下がり始め、快方にむかっているそうだ」

　火の宮は弾かれたように顔をあげた。

「貴の宮が……！　あの子は助かるのですね。よかった……！」

「ついでにいえば、映の宮も元気なようだ。雷光殿(ここ)にいたはずの彼がいつのまに森羅殿に移動していたとは、ふしぎなこともあるものだ。それも双子の神秘のなせる業(わざ)か？」

　院の皮肉も、今の火の宮の胸には少しも応(こた)えなかった。貴の宮と映の宮がぶじでいる。それだけでじゅうぶんだった。その報せを聞いて初めて、火の宮は事件が終わったことを実感できる気がした。同時に、自分だけが生き残ったことへの罪悪感も初めて湧いた。

「ここを出たら、命を落としたみなのために、何か、してあげたい。菩提(ぼだい)を弔(とむら)う、法要のようなものを営みたいわ……恋の宮さまも含めて」

　火の宮のつぶやきに、八雲の院が眉をあげる。

「恋の宮？」

「彼女のしたことにも、その心境にも、少しも共感はできませんが……あれほど深い憎しみを世の中すべてに抱くほど、あの方のこれまでが幸福でなかったことはわかりますもの。誰も信じず、すべてを疑って、殺して。その魂は、これから、地獄の業火(ごうか)に焼かれるのでしょう。その苦しみが、せめて、み仏の力で少しでも減じられれば、と……」

「——少将」

八雲の院は鋭くいった。

「どういうことだ。彼女はまだ知らないのか。どうして話していないのだ」

「火の宮は、先ほど、目覚めたばかりなのです、院」

翔は目を伏せ、低くいった。

「今すぐ事実を知らせるのは、心の負担が大きすぎると思い、いまだ話さずにおりました」

「ばかな。そのような偽り(いつわ)の配慮はやさしさとはいえぬ。彼女に事実を伝えるべきだ」

「……事実……？」

ふたりの会話に不安を覚え、火の宮はいった。

「翔。どういうことなの？　事実というのは何？　院は何をおっしゃっているの？」

「火の宮……それは……明日、雷光殿を出てから、私の邸で話したいと思っている」

「犬の宮のことだ」

八雲の院がいった。

「院！」

「中途半端に事実の断片を口にしても、火の宮の不安を煽(あお)るばかりだぞ、少将。回りくどいことはせず、事実をはっきり伝えるべきだ。聞きなさい、火の宮。犯人は恋の宮ではない。犯人は犬の宮と千尋だ。あなたの妹を宇治で襲い、和歌の宮をくびり殺し、大夫の君に毒を盛り、相模を窓から突き落とし、最後に恋の宮と紫苑の君を殺してすべての罪をかぶせようとしたのはあのふたりだ」

院の言葉が火の宮にはすぐに理解できなかった。

（犬の宮さまと千尋が犯人……？　あのふたりが全員を殺した……⁉）

「嘘だわ。そんなこと……そんなはずがない……そんなはずはないわ！」

混乱しながら、火の宮は叫んだ。

「恋の宮さまに殺されかけたのは犬の宮さまのほうだったのですよ。犬の宮さまは腕を切りつけられ、庇った千尋は足に大怪我を負ったのだわ。恋の宮さまが犯人でないなら、どうして怒りに任せて紫苑の君を刺し、犬の宮さまを襲ったりするのですか……⁉」

「恋の宮はそんなことはしていないのだよ、火の宮。彼女が激高し、紫苑の君を刺して犬の宮にも刃をむけた――それは犬の宮と千尋からの一方的な説明にすぎず、あなたも、少将も、実際にはその場面を見ていないはずだ。あなたがたが駆けつけた時、紫苑の君は瀕死の状態で彼女たちの嘘に反論できず、恋の宮のほうは恐らくすでに殺されていた」

「殺されて……？　違います、恋の宮さまは生きていましたわ。そうよ、だって、あの時、わたしも、少将も、恋の宮さまと千尋の争う声を聞いているのだから……」

「――あれは、千尋が声色を使い分け、隣室に姿を隠して、一人二役を演じていたんだ」

苦しそうに、翔がいった。

「一人二役……?」

「私が隣室に駆けつけた時、恋の宮さまが千尋に覆いかぶさる形になって、ふたりは血まみれで争っているように一瞬見えた……だが、実際、あれは恋の宮さまの死体を相手に千尋がひとり芝居を演じていたにすぎなかったんだ。ふたりは恋の宮さまと紫苑の君を殺し、その罪を隠すために自分たちの身体を傷つけあった……恋の宮さま殺しの罪を負うことになる千尋がより深い怪我を負ったが、どちらも命に関わるほどの傷ではなかった」

火の宮は自室に犬の宮を呼びにきた千尋のことを思い出した。

よく考えてみれば、あの少し前に、恋の宮扮(ふん)する紫苑の君が激高して騒ぎを起こしていたことはみなが知っていた。ただでさえ彼女と犬猿の仲だった千尋が、わざわざそんな危険な相手と大事な主人を対峙させるはずがなかったのだ。

「恋の宮さまは、なぜ犬の宮さまの部屋を訪れたの……?」

「彼女は犯人が犬の宮だと気づいたのかもしれない。そして、真相をバラされたくなければ東宮候補をおりるよう、脅迫したのかもしれない……四季の宮さまは偽者(にせもの)、きみは東宮候補の辞退を表明し、恋の宮さまじしんは犯人でないとすれば、残るは犬の宮だ。恐らく、前から犬の宮を疑っていたのだろうが、これまでは証拠がなかったんだろう。だが、相模の事件で、千尋は縄の証拠を残した。紫苑の君に扮して女房仕事をしていた恋の宮さまは、千尋と接する機会が何度もあった……千尋の利き手を見ることもあっただろう」

「あなたも……千尋が左利きであることを知っていたのね……」

翔は小さくうなずいた。

「だから、きみが左利きの人間に心当たりがないかと犬の宮に聞いた時、彼女が知らないと嘘をつくのを几帳の陰で聞いて、これは千尋ひとりの犯行ではない、犬の宮も共犯、あるいは主犯だと気づいたんだ……信じたくはなかった。あの犬の宮が……だが、同時に、ありえない話ではない、とも思ったよ。彼女は賢く、強く、野心にあふれていた……幼いころから、あきらめることを決してしない、辛抱強さと粘り強さをもつ少女だった。そして、千尋も、犬の宮のためなら、命をも捧げられる強い忠誠心をもっていた……」

「和歌の宮と相模、大夫の君を殺した動機については、私が少将から聞いた話を教えよう。彼はかなり体調が悪そうだ。……火の宮に寄りかかっていなさい、少将」

脂汗を浮かべる翔に、八雲の院がいった。

「――殺人の動機は、恐らく三人とも共通のものだろう、というのが少将の推理だ。犬の宮には、自分の秘密を知る三人の口を早急にふさぐ必要があったのだろう、と」

「秘密？」

「あなたは、蔵人――藤原貴嗣という青年を知っているか、火の宮？」

院の口から出てきた思いがけない名前に、火の宮は虚を突かれた。

「知っていますわ。和歌の宮さまの元許嫁だったという……幼馴染みの青年でしょう?」

「そう、色好みで有名な美青年だ」

「その人がなんだというのですか?」

「ほとんど親交のない彼を、少将は何度か意外な場所で見かけたことがあったそうだよ。叔母の家——つまり、犬の宮の邸で」

火の宮は驚き、自分の肩にもたれかかる翔を見た。

「——つまり、それは……犬の宮さまのところへ、貴嗣さまが、通っていた、と……?」

「通っていたかどうかは、わからない」

翔は苦しそうに顔を歪めた。

「彼を見かけたのは、二度だけ……犬の宮が葡萄病みから回復して、まもなくのころだった。叔母を見舞うため、私は邸を訪れたのだが、朝方、人目を忍んで庭を出ていく貴嗣どのを見かけたんだ……女房の誰かを訪ねたのだろう、と、その時は思ったが、きみが相模から聞いた話——和歌の宮さまと貴嗣どのの関係について——を聞いて、もしも、と考えたんだ。もしも、貴嗣どのが逢っていたのが犬の宮だったら? もしも、彼が犬の宮との関係を幼馴染みの和歌の宮さまや、女房の相模に話していたら? 犬の宮は貴嗣どのとの過去を暴露されることを恐れ、彼女たちを早急に始末する必要に駆られたのかもしれない。

自分がすでに処女でないことが知れたら、女東宮にはなれないからだ」

「そして、大夫の君は、犬の宮の担当女房だった」

八雲の院がいった。

「宣旨の君の役目を思い出せば、彼女がなぜ殺されたのか、あなたにもその理由が察せられるだろう――火の宮？」

火の宮は手で顔を覆った。

自分には賄賂（まいない）がきかない、といっていた宣旨の言葉を思い出す。不都合な事実を知られて口止めしようにも、買収がきかない自分は、女房たちの中でも外れクジなのだ、と。

逆にいえば、他の女房たちは報酬次第では、八雲の院へ偽りの報告を述べることも躊躇（ちゅうちょ）しない人々だということだろう。大夫の君も恐らくそのひとりだった。彼女はくだんの検査で、犬の宮が処女（おとめ）でないことを知っていた。だから犬の宮は、あるいは千尋は、大夫の君が食べるであろう蜂蜜に毒を仕込んで、彼女の口を永遠にふさいだのだ……。

「以前、森羅殿での物忌（ものい）み時に、蔵人と数人の男たちを呼んで夜を過ごしたことがある」

その時の記憶を呼び起こすように、八雲の院は目を細めた。

「例によって色事の話になったのだが、極上の美女とはどんな女（ひと）か、という話題で、蔵人がこんなことをいっていたのを覚えている。――暗闇の中では、美人も不美人も変わりはない。自分にとっての極上の美女は、何も求めず、奪わず、昨日のことを咎めず、明日の約束もしない、ただ、やさしさをさし出しあって一夜の夢をともに見られる相手だ、と。

そういう賢い女であれば、たとえ、顔に葡萄蔓のような赤あざがあってさえ、それは紅葉を髪飾りにする秋の女神の龍田姫のように、いとしく、美しく思えるものだ……と」

（何も求めず、奪わず――昨日のことを咎めず、明日の約束もしない――）

葡萄病みによる顔のあざ。過去の大罪への罰だといってじしんを責める母親の嘆きようを見て、犬の宮は希望をうしない、絶望していた。そんな彼女の前に、藤原貴嗣は現れた。

それは、遊び慣れた彼にとってはありふれた情事の一つ、気まぐれな、季節の花を摘むにも似た戯れの恋だったのかもしれない。

それでも、その時の彼女に、それはたしかに必要な恋だったのだろう。

犬の宮を美しいといい、赤いあざを龍田姫の髪飾りのようだとやさしい言の葉をくれたつかの間の恋人。約束もなく、誓いもない、一夜、二夜で終わったはかない手枕の夢。

（――女東宮になるため、犬の宮さまが過去の情事を闇に葬る必要があったというなら、誰よりも先に始末するべき相手は、貴嗣どのだったはずだわ……）

だが、犬の宮はそうしなかったのだ。その機会がつかめなかったのか、あるいは、おしゃべり好きな女たちと違い、宮仕えの打算と保身が身についた男であれば、自分の出世を考え、東宮争いという大事に関わる秘密をうかつに口外はしまいと踏んだのか。

あるいは、彼との短い夜の幸福な思い出を彼女はとうとう捨てきれなかったのか――。

翔が大きく咳き込んだ。彼を見た火の宮はその顔色の尋常でない蒼さに驚いた。

「しっかりして翔！　どうしたの。苦しいの？　なぜ？　浅い傷だといっていたのに……」

「――そうだ。腹の傷はごく浅いはずだ。私もこの目でそれを確かめたぞ」

つぶやく八雲の院の顔色も変わっていた。

「内臓は傷ついてはいない。出血も少ない。それなのに、なぜこのような症状が出る？」

「これは恐らく――毒のせいです、院」

赤紫色に変わりつつある唇を震わせ、翔はいった。

（毒⁉）

「大夫の君を殺した毒です。確実に恋の宮さまを殺すため、千尋があらかじめ小刀に毒を塗っておいたのだと思います。あれは仕事のできる、有能な女房だ……だからこそ、千尋は自刃のためにその小刀を選んだのでしょう。その毒の残った刀が、私の腹を……」

苦悶に顔が歪み、翔の口から大量の血が吐き出された。

「翔!!」

「少将!!」

「いけない――院、おさがりを。おさがりください。私の傷にも私の血にも、決してお触れあそばすな。玉体に障りがあってはならないのですから……！　火の宮、きみもだ。私に近づいてはいけない――火の宮……私の毒が――きみを……」

身体をくの字に折り曲げ、激しい苦痛に耐えながら、翔は血の塊と言葉を押し出した。

「翔！　もう話さないで！　傷を洗うわ。毒を焼くわ！　必ずあなたを助けるから！」

「聞いてくれ、火の宮――鎮まって」

必死の力で火の宮の抱擁を押しのけようと、翔は震える手をもがくように動かした。

「すまない。どうやら、私はもう――助からないようだ」

「翔!!」

「許してくれ……きみとの約束を守れない。きみを妻にして、一生守ると誓ったのに……」

「翔！　嫌――嫌よ！　嘘でしょう、信じないわ！　死なないで！　いかないで、翔！」

火の宮は子どものように泣き叫んだ。

「あなたが死んだらわたしも後を追うわ！　この場で舌を嚙んで死ぬわ!!」

「いけない、そんなことをしては――きみにはきみをまっている家族がいる……」

――映の宮。貴の宮。五百重。森羅殿にいる三人の顔が火の宮の脳裏に浮かんだ。

血と汗がうつむく翔の手元にぽたぽたと落ちる。翔は震えながら顔をあげた。

「――院にお願いがございます」

「願いだと？　なんなりと申せ！」

「犬の宮の罪を――彼女のしたことを――世間には、公表しないでください」

かすれつつある声で、翔は訴えた。

「事実が明らかになったら、遺された叔母も、また、生きてはいないでしょう。叔母には、犬の宮がすべてだったのです。叔母も、犬の宮も、これまで、過去のことで、じゅうぶん、苦しんできました。これ以上、叔母と、わたしの異母妹の名を、泥にまみれさせるようなことはしたくないのです――どうか、院、彼女らにお慈悲を……！」

八雲の院が強く唇を引き結んだ。

「この数日の間に、六人が死んでいる。しかも、そのうちの三人は内親王だ。これだけの惨劇、さすがに雷光殿の内のこととて、内密に処理することは難しい」

「内密にする必要はありません。罪は、すべてこの私がかぶります」

「少将……！」

「私が――犬の宮の異母兄である私が、彼女を女東宮の座につけようと、不相応な野心を抱いたと。千尋を使って他の候補者を殺したと。最後に、しくじり、お見抜きになられた院によって成敗されたと、そう、筋書きを……どうか、院……どうか……！」

「育ててくれた叔母と異母妹のために汚名をかぶると？　あなたの名誉はどうなるのだ！」

「親もなく、妻子もない私に、なんの名誉が要りましょうか。院、内親王である犬の宮が東宮の座欲しさに六人もの人間を殺したとなれば、皇家全体の傷になります。私は違う。私は源氏、私は臣下です。死にゆく者には、これ以上の傷も痛手も汚辱もないのです」

院は火を噴くような目で翔をみつめ、やがてうなずいた。

「――そなたの願い、引き受けよう」

「ありがとうございます――院に心からの感謝を……それからどうか、火の宮のことも」

翔の身体が崩れ落ちる。

「翔！　嫌よ！　死なないで！　だめよ！　お願い、わたしを置いていかないで!!」

「火の宮……」

暗闇の中にいるように、翔の手が火の宮を探してさまよう。もう目が見えなくなっているのだ、と気づいた。火の宮は彼の手を握りしめ、涙で汚れた自分の頬に強く押し当てた。

「ここにいるわ。わたしはここよ、翔。ずっとそばにいるわ。離れないから」

翔はうつろな目で、うなずいた。

「――きみに出逢えてよかった。きみに恋をして、きみを抱きしめて、きみの唇に触れて……美しい、短い夢を見られてよかった」

「翔……!!」

「きみは私を壊してくれたんだ、火の宮。頑なな心の殻を破ってくれた。私の手をとって、明るい日の注ぐ、心地よい風の吹く、よろこびのある世界へと連れ出してくれた……」

火の宮はうなずいた。胸がつぶれそうな悲しみと涙で息ができないほどだった。

――不遇な帝に忠義を立て、傲慢な院に忍従し、叔母と異母妹を心配し、離れて暮らす僧侶の兄を慕うやさしい青年。良識と、礼儀と、正義と、皇族の末裔の格式としがらみにとらわれて。いつでも自分のことは後回しで、穏やかな諦念の中に自分を閉じこめて。

彼が火の宮の大胆さ、奔放さをあれほど愛したのは、彼の求める恋がやさしい気持ちを花束のようにもち寄る穏やかなそれではなく、これまで属していた世界から彼を引き剝がす、破壊的な情熱ゆえだったのかもしれない。

「愛しているわ、翔。わたしの夫はあなただけよ……永遠にあなただけだわ……」

「泣かないでくれ——笑って……きみの笑顔が好きなんだ……」

微笑を浮かべた唇の端から、赤黒い血がどっとあふれた。

「愛している……きみは私のぶんまで生きてくれ。誰よりも強く——大胆に——誰にも負けず……火の宮……私の運命。私の人、私の恋、私の夏、私の花……」

握りしめた手から力が抜けていく。

翔は目を閉じ、そのまま二度と動かなかった。

まだ温もりの残る翔の身体を抱きしめたまま、火の宮はその場に座りこんでいた。世界が急激に遠ざかっていくようだった。何も見えない。何も聞こえない。何も感じない。

——気づくと、普賢がひっそりと火の宮に寄り添っていた。

あたりは灰色の煙に覆われている。

近づいてくる足音。怒鳴り声。女たちの悲鳴が遠くに響いている。

「——ここにおわしましたか、院！　疾くお逃げください！　火事です！」

弓や刀、盥を手にした男の童たちが、血相を変えて八雲の院に駆け寄ってくる。

「こちらの水をおかぶりください。もうかなり火が回っているのです！　千尋という例の女房が二階の廊下に火を放ち、自らにも火をつけて自害いたしました……！」

八雲の院は素早く水をかぶった。

それから火の宮の腕をつかみ、強引に立ちあがらせようとする。

「きなさい、火の宮。逃げるのだ。ここにいては焼け死ぬぞ！」

火の宮はその手を乱暴にふりほどき、動かない翔の身体をぎゅっと抱きしめた。

焼け死んでもかまわないと思った。ちろちろと柱や御簾を舐め始めている炎に、今の彼女は爪の先ほどの恐怖も感じていなかった。可愛い赤い踊り子のようだとさえ思った。炎は自分を歓迎しているのだ。自分は火の宮、炎の娘なのだから、と。

突然、院の手刀が火の宮の下腹を打った。

あまりの痛みに目がくらみ、声もなくうずくまった火の宮を院がたくましい肩に軽々と担ぎあげ、歩きだす。

「悪いが、このまま死なせるわけにはいかない。少将との約束だ」

（――翔……）

煙と痛みにぼやける視界の中で、床に倒れた翔の姿がにじんで見えた。

遠ざかっていく。離れたくない。彼のそばにいると約束したのに。彼と自分を引き離すこの男が憎かった。この男。何もかもこの男のせいではないか。すべての悲劇も、胸がつぶれるようなこの悲しみも。殺してやる。殺してやる。火を噴くような怒りが身の内に渦巻いた瞬間、火の宮の意識は肉体を離れ、普賢の体を乗っとっていた。

「――院!!」

男の童の叫び。

普賢の鋭い牙が八雲の院の御衣（おんぞ）の肩を切り裂き、血飛沫（ちしぶき）が舞った。甘い血の匂いが獣の本能に火をつける。火の宮は制御の手綱（たづな）を手放し、逆巻く感情を解放し、怒りと興奮のままに普賢を猛（たけ）らせた。普賢の凄まじい咆哮に男の童たちがへたりこんだ。

八雲の院その人だけが微動だにしなかった。その両眼は夏の太陽のように爛々（らんらん）と輝いている。牙をむく普賢の跳躍を素早くかわすと、院は高らかに眷族（けんぞく）を呼ばわった。

「日輪王!!」

燃え落ちる梁（はり）。窓が破れる音。燃える御簾を破り、金色の神使（つかわしめ）、天狼の王が現れた。その巨大な姿は落雷が獣の形をとったかのように光り輝いていた。火眼金睛（かがんきんせい）が普賢をとらえる。普賢は思わず怯（ひる）み、飛びすさった。日輪王は軽い跳躍でやすやすと彼との距離を縮めると、鉄を煮る炉のような真っ赤な口を開いた。日輪王の鋭い牙が普賢の首に食いこむと、肉の裂ける凄まじい痛みに眼裏（まなうら）が赤く燃えた。

それが火の宮の見た最後の光景だった。

終

暁静かに目覚めして　思へば　涙ぞ抑へあえぬ
はかなく　この世を過ぐしては
いつかは　浄土へ参るべき……

山中に響く清澄な歌声。

嗅ぎ慣れた苔の匂いの中で、火の宮は目を覚ました。

野生の藤蔓に入口を覆われた岩室は、夏の日中にあっても夜のように涼しい。

長く眠っていたせいか、喉の渇きを覚えた。四肢を伸ばし、被毛に覆われた体をゆっくりと起こして、外へ出る。太陽は天の頂点にあった。岩場を歩き、小川へと注ぐ清水を飲む。

渇きが癒やされると、次には激しい空腹を覚えた。

普賢の体を乗っとったまま、この山中にきて十数日が経っていたが、これまで傷を治すのに専念していて、食べ物を口にしたのは数えるほどしかなかった。傷ついた普賢の体はもてる力のすべてを治癒へと注ぎ、物を消化するための働きさえ惜しんでいたのである。

だが、それも終わったようだった。日輪王につけられた首の傷は完全に癒えた。火の宮はたちまち岩場を駆けのぼり、のんびりと草を食んでいた牡鹿を襲った。

（傷は癒えた。都は遠い。わたしは自由。普賢とふたり、怖いものは何もない）

日輪王との争いで傷を負い、焼け落ちる雷光殿から飛び出した火の宮は、そのまま夜を縫って京の外へと走った。

傷を癒やすための安全な隠れ処、清浄な空気と水のある場所が必要だ、と天狼の本能が告げたのである。それに導かれるまま、この山に入り、小さな岩室をみつけて寝床とした。山の頂近くにあるので、そばには修行場らしい小さな寺がぽつんと一つあるばかり、人里も遠く、自然はやさしく、彼女をわずらわせるものは何もなかった。

こうして意識があるということは、火の宮の本来の肉体はあの火事の中から救い出されて、今もどこかに存在していることになる。

たぶん、憎らしい八雲の院が焼け落ちる雷光殿から自分を運び出したのだろう、と火の宮は苦々しく考えた。〝火の宮〟は映の宮と貴の宮のいる森羅殿にいるのかもしれない。が、そこに戻りたいとは思わなかった。首の傷は癒えても、心の傷はいまなお深く、見えない血を流し続けている。このままずっと普賢の中にいれば、自我はしだいに天狼の中に溶けていき、肉体との糸は切れ、その時〝火の宮〟は死ぬのだろう。

遊びがてら兎を追って走っていると、寺の裏手に出た。

見ると、井戸端でふたりの僧がこちらに背を向け、会話をしながら食器を洗っている。

ふと、近づいてみようかと思ったのは、僧侶のひとりの声に気をとめたからだった。

岩室の中でじっと身を丸め、傷を癒やしているあいだ、火の宮はその僧の声を何度も耳にしていた。それは時に幽谷の静寂を破る朗々たる読経の声であり、時に先ほどのような胸に沁みとおる仏歌の詠唱でもあった。

食器を洗い終えると、ふたりは立ちあがった。食器を入れた籠を手にしたひとりの僧が崖へと近づくと、遠くの山の峰をみつめて動かなくなった。

彼よりだいぶ年若らしい、もうひとりの僧がそれに気づき、さみしそうにいった。

「また、すぐに戻っていらっしゃるのでしょう、春海さま？　明日、京に入られて、そのまま、ずっとあちらに留まられるわけではないですよね？」

「戻るさ」

春海と呼ばれた僧が凛として答える。

「帝の仰せを受け、内裏にあがりはするが、数日、滞在するだけだ」

「そうですか。帝は、あるいは、春海さまをそのままおそばに留められるおつもりなのではないか――と、兄弟子のひとりが申しておりましたゆえ」

「一介の修行僧を？　まさか。我らが師ならともかく、ありえぬことだ」

「帝は少将さまを寵愛されていらしたので、兄君の春海さまをご覧になったら……」

「弟の面影を私の上に探されたところで、帝も失望されるばかりだろう」

春海と呼ばれた僧の声に、やるせない響きがにじんだ。

「弟は、心やさしい、清廉な人間だった。彼を寺に入れ、自分が俗世に残るべきだったのではないか、と悔いているよ。そうすれば、あのようなことにはならなかったはずだ」

僧がふりむいた。火の宮は息を呑んだ。名工が丁寧に刻んだような高い鼻筋。形のいい、白い額。愛しい恋人が黄泉から戻ったように、そっくりな青年がそこにいた。

(翔――翔――翔!)

魂が揺さぶられ、封じていた感情があふれだす。火の宮の魂は普賢を離れ、そして――。


「――火の宮! 目覚めたか!」

映の宮。貴の宮。五百重。いとしい、懐かしい人々が自分をのぞきこんでいる。

森は消え、まぶしい夏の青空はうせ、火の宮の目は森羅殿の昏い天井をみつめていた。

映の宮と五百重の笑顔。貴の宮の泣き顔。だが、そのどれも、今の火の宮には遠かった。

彼女の心はまだあの山中にあった。吉とも凶ともつかぬ予感が胸に兆し、近づいてくる二つの足音を感じた。一つは、主のもとへと急ぐ普賢のもの。そして、もう一つは――。

(新しい運命がやってくる)

物語は終わらない。

集英社オレンジ文庫をお買い上げいただき、ありがとうございます。
ご意見・ご感想をお待ちしております。

● あて先
〒101-8050　東京都千代田区一ツ橋2-5-10
集英社オレンジ文庫編集部 気付
松田志乃ぶ先生

仮面後宮 2
修羅の花嫁

集英社
オレンジ文庫

2024年2月24日　第1刷発行

著　者　松田志乃ぶ
発行者　今井孝昭
発行所　株式会社集英社
〒101-8050東京都千代田区一ツ橋2-5-10
電話【編集部】03-3230-6352
【読者係】03-3230-6080
【販売部】03-3230-6393（書店専用）
印刷所　大日本印刷株式会社

ISBN 978-4-08-680542-1 C0193